www.tredition.de

AF202948

Ilka Feldermann

Von Licht und Schatten

Schatten

Minas Traum

www.tredition.de

© 2017 Ilka Feldermann

Verlag: tredition GmbH, Hamburg

ISBN
Paperback: 978-3-7439-1836-8
Hardcover: 978-3-7439-1837-5
e-Book: 978-3-7439-1838-2

Printed in Germany

Die Zeit hat uns gezeichnet,

der Jugend wilde Hoffnung scheint so weit,

was bleibt ist die Vergänglichkeit.

Teil I

1.

„Es gibt Licht- und es gibt Schattenmenschen. Gerne würde ich im Licht stehen, leicht sein, aber leider kann sich niemand aussuchen, was aus ihm wird. Und so leben wir im Licht oder im Schatten. Ein Dazwischen existiert nicht."

Ich lösche die letzten Sätze und fange von vorne an.

„Ich heiße Mina, habe ein Kind und bin allein."

Diesen Satz konnte man stehen lassen. Es war der erste wahre Satz seit mindestens einem halben Jahr. Alles andere war gelogen oder triefte vor Selbstmitleid.

Ich heiße Mina und habe es mehr mit dem geschriebenen als mit dem gesprochenen Wort. Vor sechs Monaten ist allerdings etwas passiert, das mich wortlos zurückgelassen hat. Jetzt versuche ich langsam, Schritt für Schritt meine Sprache wiederzufinden, so wie jemand, der wochenlang im Krankenhaus liegt, das Gehen erst wieder üben muss.

Vor allem soll das, was ich schreibe, wahr sein. Es darf sich kein falsches Wort einschleichen. Ich möchte nichts dazu erfinden. Ausschmückung und Übertreibung nehmen überhand, bis von der Wahrheit nichts mehr zu erkennen ist.

Am Ende bleibt nur das Geschriebene übrig, denn die Erinnerung an die vergangenen Erlebnisse verblasst unaufhaltsam. Es ist wie beim Betrachten eines Fotoalbums. Lachende Gesichter, schöne Landschaften, Sonnenuntergänge, nette und glückliche Menschen. Man könnte meinen, das Leben sei ein fantastischer Traum. Es wäre schön, wenn am Schluss das übrig bliebe, die Erinnerung an die glücklichen Momente.

Mein Leben ähnelt seit einem halben Jahr eher einem Albtraum. Ich will diesen Albtraum in Worte fassen, um ihn loszuwerden. Vielleicht ist danach ein Neuanfang möglich, aber vorher muss das, was geschehen ist, aufgeschrieben werden.

Natürlich ist das mit Schmerzen verbunden. Ich muss in Gedanken zurück in die Vergangenheit reisen, in die bisher schmerzhafteste Zeit meines Lebens. Um sechs Monate reise ich zurück. Es war Frühling und mein Sohn Pepe ein halbes Jahr alt. Er war ein süßes Baby, keine Frage, aber auch anstrengend. Ein lebhaftes hellwaches Kind. Er sah aus wie ein kleiner Engel, blonde Löckchen, große blaue Augen und er schaute einen immer mit diesem intensiven Blick an, der zu sagen schien, „Und was machen wir jetzt, Mama? Wie du bist müde? Vergiss es!"

Im Großen und Ganzen waren wir glücklich. Nick, Pepe und ich waren plötzlich eine Familie. Von einem Tag auf den anderen zog ich bei Nick ein und wir stritten nicht zu knapp. Darüber, wer mehr machte. Darüber, wer mit Wickeln oder Spülen dran war. Darüber, wer mit Schlafen dran war. Der ganz normale und vor allem sehr triviale Alltagswahnsinn, durch den alle frischgebackenen Eltern müssen.

Leider warnt einen keiner davor, dass sich das ganze Leben wirklich so komplett ändert, wenn man ein Kind bekommt. Dass die gemeinsame Zeit erst einmal gestrichen ist und jeder für sich schauen muss, wo er bleibt. Man denkt immer nur bis zur Geburt, aber nie weiter.

Wir hatten ein gesundes Kind bekommen, wir hatten ein schönes Zuhause und wir hatten beide eine Arbeit, die uns ausfüllte. Also was gab es da zu jammern? Eigentlich hätte man rundum glücklich sein müssen.

Vielleicht waren die folgenden Geschehnisse die Konsequenz aus der Unfähigkeit, das eigene Glück fassen und festhalten zu können. Die Quittung dafür, das Glück nicht angemessen gewürdigt zu haben. Möglich wäre aber auch, dass

Nick und ich generell nicht in der Lage dazu waren, länger als fünf Minuten am Stück glücklich und zufrieden zu sein. Wir sahen immer die Kehrseite des Glücks und wenn diese Kehrseite auch nur in dem Wissen bestand, dass das Glück nicht ewig währt.

2.

„Die Katastrophe begann an einem verregneten Samstag im April."

Nick wollte sein erstes kinderfreies Wochenende bei einem Freund verbringen und sich ein bisschen erholen. Ich verstand zwar nicht, weshalb er das brauchte, denn in meinen Augen machte er eigentlich fast gar nichts. Und wie er es fertig bringen konnte, sich für ein ganzes Wochenende von uns zu trennen, verstand ich schon zweimal nicht. Ich war getroffen und sehr schlecht gelaunt, aber dahinter steckte natürlich der pure Neid. Dadurch, dass ich stillte, lag mein erstes kinderfreies Wochenende irgendwo in ganz weiter Ferne.

Als ich sah, was Nick alles für ein Wochenende mitnahm, wurde ich richtig sauer. Die alte, bisher unangerührte Flasche Absinth, jede Menge schrecklicher Filme, in denen sich mehr Zombies als Menschen tummelten, und den Bass.

„Sag mal, du nimmst ja deinen halben Hausstand mit. Planst du überhaupt jemals wiederzukommen?", versuchte ich ihn aufzuziehen.

Er grinste mich nur an und hatte offensichtlich nicht vor, sich von mir die Laune verderben zu lassen. Im Gegenteil – seine Stimmung war fantastisch. So euphorisch hatte ich ihn schon lange nicht mehr gesehen. Das gab mir einen Stich. Warum konnte er nur so rundum glücklich sein, wenn er im Begriff war, zwei Tage ohne uns zu verbringen? Seine gute Laune trieb meine schlechte ins Bodenlose, vor allem da in diesem Moment Pepe aus seinem 15-Minuten-Schlaf erwachte und sofort ungeduldig zu schreien begann. Das war ein Schreien, das keinen Aufschub duldete. Also rief ich Nick zu: „Kannst du auf dem Weg bitte noch den Müll rausbringen. Er steht schon an der Tür."

„Klar", antwortete er, „Winkt ihr mir noch von oben?"

„Klar", sagte auch ich und spurtete die Treppe zu meinem Zimmer hoch, bevor Pepe sich in einen Heulkrampf hineinsteigern konnte. Als er mich sah, beruhigte er sich sofort. Wir beobachteten zusammen vom Fenster aus Nick beim Beladen des Autos. Ich war kurz davor, das Fenster zu öffnen und ihm doch noch ein schönes Wochenende zu wünschen, da fiel mir der Müll wieder ein. Natürlich lag er noch vor der Haustür.

„Er wird sich ein ganzes Wochenende lang amüsieren und ist nicht mal imstande vorher den Müll rauszubringen", sagte ich laut zu mir selbst.

Ich musste sofort handeln, sonst würde ich vor Wut platzen. Mit dem nur im Body bekleideten Pepe auf dem Arm und der Mülltüte in der Hand lief ich in Hausschuhen in den Nieselregen hinaus und stellte mich Mitten in die Einfahrt, gerade als Nick mit dem Auto zurücksetzte. Quietschend trat er auf die Bremse, stellte den Motor ab und sprang aus dem Wagen. Diesen Blick, mit dem er mich in jenem Moment anstarrte, hatte ich noch nie bei ihm gesehen und den würde ihn auch nie vergessen. Erst an diesem Blick, der mich kalt durchbohrte, merkte ich, dass Nick nicht prinzipiell lieb und nett war, sondern noch eine andere, sehr dunkle Seite hatte. Der Nick, der jetzt vor mir stand, jagte mir, ehrlich gesagt, einen ziemlichen Schrecken ein. Er schaute mich an wie ein Killer vor dem Abdrücken. „Spinnst du, dich mit Pepe hinter ein fahrendes Auto zu stellen!", brüllte er mich an.

Natürlich schrie ich nicht minder laut zurück: „Erstens hast du den Müll liegen lassen, zweitens schaut man beim Rückwärtsfahren immer in den Rückspiegel und drittens kann ich nicht fassen, dass du dich nicht einmal anständig von uns beiden verabschieden kannst!"

Er fasste mich einfach bei den Schultern und schob mich unsanft aus dem Weg. Dann stieg er wortlos wieder in sein Auto und fuhr langsam aus der Einfahrt. Auf der Straße trat er dann aufs Gas und fuhr mit quietschenden Reifen davon.

Jetzt hatte ich ihm also doch noch erfolgreich die Laune vermasselt. Leider fühlte ich mich dabei sehr bescheiden. „Also Mina, das hast du mal wieder toll angestellt, herzlichen Glückwunsch!", sagte ich zu mir selbst.

Als Pepe anfing, sich über die Kälte und Nässe zu beschweren, brachte mich das auf andere Gedanken und ich verdrängte diese unglückliche Abschiedsszene fürs Erste. Nie hätte ich gedacht, dass das unser letzter Abschied sein könnte.

Mit diesem endgültigen „nie" landete ich unsanft wieder im Hier und Jetzt.

Ich starrte auf den Bildschirm. Das Aufschreiben meiner Geschichte war nicht nur für das Erinnern gedacht, sondern sollte mich auch zurückbringen in meinem Brotjob. Das war zumindest der Plan.

Meine Arbeit war die beste der Welt und die Einzige, zu der ich überhaupt in der Lage war. Während andere Leute im Büro saßen, verbrachte ich meine Zeit in dunklen Kinosälen und schrieb danach Rezensionen, die ich an die örtliche Tageszeitung verkaufte und manchmal auch an ein größeres Blatt. Es fühlte sich mehr an wie ein Hobby oder eine Leidenschaft. Es war absolut klasse und ich wollte nie etwas anderes tun. Natürlich konnte man von so etwas nicht leben und bis ich Nick kennenlernte, jobbte ich immer noch nebenher in der Gastronomie. Mit Nick verflüchtigten sich meine Geldsorgen, denn er verdiente genug als Programmierer und ich konnte mich ganz dem Kino und dem Schreiben widmen.

Seit jenem schrecklichen Apriltag war mein Leben selbst zum Film geworden. Ein Film, den ich leider nicht verstehen konnte und der mir auch nicht wirklich gefiel. Von einem Tag auf den anderen war ich alleinerziehend und konnte nicht mehr einfach Nick das Kind in den Arm drücken, um ins Kino zu verschwinden. Seitdem hatte ich keine Kritik mehr verfasst.

Der Zeitung teilte ich mit, dass ich mich bis auf Weiteres ausschließlich um mein Kind kümmern würde, was ja auch stimmte. Es war ein Teufelskreis. Denn vor lauter ums Kind-Kümmern konnte ich keine Filme mehr sehen und ohne das fehlende Einkommen konnte ich mir keine Tagesmutter leisten. So war ich in einer Sackgasse gelandet.

Außer meinem Schreiben und dem damit verbundenen kläglichen Einkommen hatte ich noch weitere Dinge aufgeben müssen. Zum Beispiel meine Vorliebe für abendliche Kneipenbesuche oder die Fähigkeit, mir die Sorgen und Nöte anderer Menschen anzuhören. Nach meiner eigenen persönlichen Katastrophe hatte ich nur noch Pepe und mich im Kopf und die Belange meiner Mitmenschen und der ganzen restlichen Welt tangierten mich nicht mehr wirklich.

Mein soziales Netz war stark ausgedünnt. Ein Teil der Freundschaften hatte sich schon, seit ich mit Nick zusammen war, erledigt. In der Schwangerschaft wurde das noch schlimmer. Da drehte sich mein ganzes Denken nur noch um das Kind in meinem Bauch.

Heute gibt es nur noch mich und meine Trauer – und natürlich Pepe. Ohne ihn säße ich jetzt nicht hier. Ohne ihn und die Hoffnung. Nachdem Nick einen Monat lang verschwunden war, suchte ich sogar einen Pfarrer auf, weil ich so verzweifelt war und nicht mehr weiterwusste. Der Pfarrer sagte mir, er könne mir in Bezug auf Nick nicht weiterhelfen, aber er wisse, dass Kinder eine fröhliche Mutter bräuchten.

Seitdem hält mich dieser Satz über Wasser und ich versuche mit Pepe so viel Spaß wie möglich zu haben. Das hilft mir. Das Lachen, das Singen, das Toben und das Rumalbern. Aber wenn Pepe schläft, dann packt sie mich wieder, die Einsamkeit.

3.

„Wir waren seelenverwandt."

Nick und ich, wir waren uns so ähnlich, dass ich die Unterschiede, wenn ich sie denn entdeckte, umso befremdlicher fand. Beide waren wir Einzelkämpfer und auch ein Stück weit Sonderlinge. Als wir zusammenkamen, waren wir so erstaunt von den vielen Gemeinsamkeiten in unseren Lebensgeschichten, dass wir schnell davon überzeugt waren, füreinander geschaffen zu sein.

Wenn ich mich unsicher oder minderwertig fühlte, konnte Nick das nachvollziehen. Er sagte nicht: „Oh, das bildest du dir doch nur ein" oder „Das wird schon wieder", sondern konnte meine unangenehmen Gefühle, meine Gedankenverknotungen und paranoiden Anwandlungen verstehen. Dadurch, dass er mich verstand, konnte er mir auch richtig helfen. Er hatte ein ähnliches Päckchen geschultert. Darüber hinaus verband uns ein gewisser Hang zur Melancholie.

Mit Nick hatte ich jemanden gefunden, der nicht die Augen verdrehte und darauf wartete, dass der Weltschmerz endlich aufhörte, sondern jemanden, der jedes Gefühl nachempfinden konnte. Wir hatten beide den Eindruck, nach stürmischer See endlich in einem sicheren Hafen angekommen zu sein. Auch gelang es uns natürlich spielend leicht in unserer Verliebtheit die Düsternis hinter uns zu lassen und es zu genießen, zur Abwechslung auch mal im Licht zu stehen. Unsere Verliebtheitsphase hielt lange an und ich erinnere mich gerne daran zurück. Ich schrieb Nick jeden Tag ein Liebesgedicht – natürlich ein tragisches.

Doch was ein echtes Schattenkind ist, misstraut seinem Glück. Nachdem ich Nick besser kennengelernt hatte und auch die Phase der blinden Verliebtheit endgültig zu Ende gegangen war, merkte ich, dass Nick mir in vielerlei Hinsicht überlegen war. Er stand in gewisser Weise über den Dingen. Er hatte die Probleme, die mich immer noch quälten, schon längst überwunden. Die Beziehung zu mir hatte ihn beruhigt und ganz werden lassen. Er genoss die Zeit mit mir, aber er war auch gerne alleine und mit seiner Arbeit beschäftigt. Er brauchte mich nicht so sehr, wie ich ihn brauchte, und er suchte auch meine Nähe nicht so, wie ich seine suchte. Das Wissen, dass er mich hatte und dass ich da war, reichte ihm völlig aus.

Als ich das endlich begriffen hatte, war ich bereits schwanger. Es gab keine Möglichkeit mehr zur Umkehr, denn wir freuten uns beide auf das Kind und auch darauf, den Rest unseres Lebens miteinander zu verbringen. Aber mir war klar geworden, dass ich in dieser Beziehung immer in der schwächeren Position sein würde. Ich würde immer diejenige sein, die darauf bestand, mehr Zeit gemeinsam zu verbringen, immer diejenige, die sich nach mehr Nähe sehnte. Nick war im Grunde seines Herzens ein Einsiedler und inzwischen war ich mir nicht mehr sicher, ob er Pepe und mich unterm Strich mehr als Bereicherung seines Lebens oder als Belastung empfunden hatte. Ein paar Wochen nach Pepes Geburt kehrte eine gereizte Stimmung als Dauergast bei uns ein. Wer mit der schlechten Laune angefangen hatte, lässt sich im Nachhinein nicht mehr sicher bestimmen, aber die Freude und die Sorge ums Kind, hatten das Glück, einander zu haben, restlos verdrängt.

Und so ist es eigentlich auch nicht besonders verwunderlich, dass Nick nicht mehr hier bei uns ist.

Sobald ich diesen Gedanken aufschreibe, weiß ich, er ist verkehrt. Nick hätte Pepe nie freiwillig verlassen, nie so endgültig. Jetzt bin ich mir dessen noch sicher und deshalb muss ich es festhalten!

4.

„Der Traum"
Heute Nacht hatte ich einen ganz besonderen Traum.

Zu Beginn meines Traums war ich tot.

Ich sah mich nicht sterben, aber ich wusste, dass mein Leben auf irgendeine Art und Weise, die jetzt nicht mehr von Belang war, zu Ende gegangen war.

Ich befand mich in meinem Traum in einer großen Bahnhofshalle mit hunderten von anderen Reisenden. Mein Zug wartete auf Gleis 1 auf mich. Es war ein altertümlicher Zug mit einer Dampflokomotive und Vorhängen an den Fenstern. Die Fahrt würde gemütlich werden und ich verspürte eine unbändige Freude und Lust sofort einzusteigen. Ich sah mich nochmals um, aber da war niemand, den ich kannte. Kein Pepe und kein Nick in Sicht. Diese Fahrt würde ich alleine unternehmen und das war in Ordnung. Es war sogar gut so, denn bei dieser Fahrt ging es nur um mich. Ich würde die beiden vermissen, aber nicht zu sehr.

Die Reise führte nach Lateinamerika. Der Zug würde durch alle Länder des riesigen Kontinents fahren. Ich würde mir alle Städte ansehen, alle Sehenswürdigkeiten bewundern, Abenteuer erleben und Tausende von Kilometern zurücklegen. Das war meine Reise und ich hatte schon ein halbes Leben lang davon geträumt. Es gab nichts in meinem Leben, auf das ich

mich derart freute und das ich mit einer so großen Leidenschaft herbeisehnte wie diese Reise.

Ich holte noch einmal tief Luft, dann stieg ich in den Zug.

Die zwei Wächter

*Sie standen in einer riesigen, unvorstellbar großen Schalt-
zentrale und unterhielten sich angeregt. Dabei ließen sie die
Bilder auf den Monitoren und die Tausenden blinkenden
Lämpchen keine Sekunde aus den Augen.*

*„Es kann nicht sein. Es wäre eine Katastrophe", sagte
schließlich der ältere der beiden.*

*„Ich habe es aber mit eigenen Augen gesehen. Es hat sich
so zugetragen, wie ich es dir geschildert habe. Sie hat genau
das geträumt, was tatsächlich passiert. Wenn auch nicht alles.
Es ist ein Zufall, aber er musste irgendwann eintreten. Das war
zu erwarten. Die Frage ist, ob wir darauf reagieren müssen
und welche Maßnahmen wir ergreifen können."*

*„Es gibt keinen Zufall. Das hat etwas zu bedeuten. Aber,
was viel wichtiger ist, es ist alles in Gefahr geraten. Er darf sie
nicht finden. Wenn diese Frau diesen Traum hatte, sind wir in
Gefahr."*

*„Wie er wohl inzwischen aussieht?", überlegte der Jünge-
re.*

*„Interessanter als sein Äußeres dürfte sein, zu was er sich
entwickelt hat", entgegnete der Ältere.*

„Es verschwinden immer wieder spurlos Menschen."

„Ja. Er sucht den Weg zurück."

„Ihr Mann ist auch verschwunden."

*„Nein, wie schrecklich! Glaubst du mir jetzt, dass es kein
Zufall ist!"*

„Warum haben wir nie versucht, ihn aufzuhalten?"

„Das hier ist unsere Aufgabe", der Ältere deutete vor sich auf die Schaltzentrale, „Die anderen hätten sich vielleicht mit ihm befassen können. Aber du weißt sehr wohl, dass wir ihm nichts entgegensetzen können."

„Natürlich", seufzte der Jüngere. „Wir sind friedlich. Aber manchmal, wenn ich sehe, was er tut, würde ich gerne eingreifen. Verstehst du das?"

„Du musst jetzt eingreifen. Halte die Frau davon ab, diesen Traum nochmals zu träumen. Lenk sie ab, egal wie. Zerstöre sie. Das ist der einzige Weg, uns alle zu schützen."

„Ich soll sie eliminieren. Das widerspricht unserer Natur. Das könnte ich nie!"

„Dies ist ein Notfall. Kannst du dir vorstellen, was passiert, wenn er den Weg zurück findet. Er wird sich rächen und alles zerstören. Was zählt dagegen ein einziges schmerzerfülltes Leben?"

„Nichts im Vergleich zu unseren Welten. Und zu unserer Ordnung im Vergleich zu einem Chaos. Trotzdem weiß ich nicht, ob ich dazu in der Lage wäre."

„Du musst sie stoppen, egal, wie du es anstellst!"

„Warum ich? Warum kann das nicht einer von unten übernehmen?"

„Du weißt, wir dürfen keinen Kontakt aufnehmen. Das wäre das Gefährlichste, was wir machen könnten."

„Wann kann ich zurück? Ich will dich nicht verlassen. Das hier ist meine Arbeit und mein Leben."

„Ich kann dir nicht versprechen, dass du zurückkommen kannst. Du bist hier ersetzbar und ich brauche jemand, dem ich ganz und gar vertrauen kann. Es tut mir leid."

Die beiden Männer umarmten sich lange. Es war der einzige Moment, in dem sie die Schaltzentrale aus den Augen ließen.

5.

„Zoé war meine Rettung"

Nach Nicks Verschwinden haben mich zwei Menschen vor dem Abstürzen bewahrt. Das war an erster Stelle Pepe und an zweiter Zoé, meine Nachbarin und beste Freundin.

Zoé war ursprünglich eine Freundin von Nick. Als Nick das alte Doppelhaus, in dem wir jetzt wohnen, von seinem Vater geerbt hat, hat er seiner Freundin Zoé und ihrem Freund Raúl angeboten, eine Hälfte zu kaufen. Er brauchte Zoé und Raúl nicht lange zu überreden. Sie griffen sofort zu, denn das Haus ist wunderschön. Besonders der Teil von Zoé und Raúl, denn sie hatten ihrer Hälfte einen neuen Anstrich verpasst und das Dach neu decken lassen. So war das Haus jetzt kein eineiiger Zwilling mehr wie zuvor, sondern hatte eine schöne neue und eine schöne alte Seite. Allerdings war meine Haushälfte seit sechs Monaten etwas unausgefüllt bzw. einfach zu groß für eine Frau mit Baby.

Zoé ist inzwischen zu meiner einzigen Freundin geworden. Bei ihr musste ich nicht „drüber reden". Nicht begründen, warum Nick verschwunden war. Meine alten Freundinnen hatten Nick nicht besonders gemocht. Er war ja auch nicht der umgängliche charmante Typ, sondern eher der seltsame Eigenbrötler, der sich am liebsten zurückzog, sobald sie auftauchten. Ich hatte keinerlei Bedarf nach Sprüchen wie, „Das habe ich mir schon immer gedacht, dass du dich auf den nicht verlassen kannst." Zoé dagegen war einfach da, verurteilte nicht, sondern gab mir alles, was ich an Trost brauchte. Damals schlief sie sogar die ersten Nächte bei Pepe und mir, so lange bis meine Mutter kam, um sie abzulösen.

Zoé ist auffallend schön, sowohl innerlich als auch äußerlich. Ihre Augen sind tiefblau und ihre langen glatten Haare fast schwarz. Darüber hinaus besitzt sie eine Modelfigur, um die man sie nur beneiden kann. Alles zusammengenommen –

die Figur und das Gesicht – ist Zoé vielen zu schön, besonders den anderen Frauen.

Am Anfang war ich sehr eifersüchtig auf Nicks attraktive Freundin. So lange, bis ich merkte, dass sie niemals mit Nick oder einem anderen Mann flirtete und nur Augen für ihren eigenen Freund hatte. Raúl ist Tänzer am Theater und die beiden sind ein Traumpaar. Raúl ist zwar nicht so schön wie Zoé, aber er hat ein markantes Gesicht und die perfekte Figur eines Tänzers.

Auf meinem Schreibtisch steht ein Bild von uns vieren. Es wurde aufgenommen, als Zoé und Raúl gerade in das Haus eingezogen waren. Wenn ich es ansehe, muss ich mir eingestehen, dass Nick und ich, rein äußerlich betrachtet, nicht so gut harmonieren, was unter anderem daran liegt, dass ich klein und ein bisschen mollig bin. Nick dagegen ist groß und schlank, hat kurze braune Haare mit einer langen Rastalocke am Hinterkopf, deren Existenzberechtigung nie in Frage gestellt werden darf. Nick sähe eigentlich nicht schlecht aus, wäre da nicht sein immer mürrischer und abweisender Gesichtsausdruck, der seine ganze Attraktivität zu Nichte machen kann. Sein Gesicht ist zerknautscht, weil er die Stirn ständig in Falten legt, und da er ein Nachtarbeiter ist, hat er ziemlich schwarze Ringe unter den Augen. Wenn er nicht gerade lacht, schaut er immer ein bisschen verkniffen – vermutlich, um sich die Leute vom Leibe zu halten, die seine kostbare Zeit und Ruhe stören könnten. Am meisten liebe ich seine feingliedrigen Hände und die grünblauen Augen.

An mir selbst mag ich eigentlich nur meine langen lockigen dunklen Haare, die mir wie eine Löwenmähne über den Rücken fallen. Und vielleicht noch mein Outfit, denn ich lege Wert darauf, das nichts, was ich anziehe, zusammenpasst. Ich mache das nicht, um aufzufallen, sondern weil es mir einfach Spaß macht, anders rumzulaufen als alle anderen. Wenn ich gefragt werde, warum ich mich so stillos kleide, dann antworte ich immer, dass für mich Angepasstheit das Allerschlimmste sei. Wenn ich mich jeden Tag in eine immer gleiche Uniform aus Jeans und T-Shirt oder Rock und Bluse zwänge, würde sich auch in meinem Denken irgendwann nichts Neues mehr entwickeln. Deshalb störe ich die Leute lieber mit meinen Rüschenblusen, löchrigen Jeans, Pluderhosen und Norwegerpullis und habe dafür das Gefühl mir einen Rest von Freiheit zu bewahren. Zudem ist diese Art des Protestes nicht gesundheitsschädlich und tut den anderen höchstens ein bisschen in den Augen weh.

Aber anstatt über mich zu schreiben, wollte ich eigentlich beschreiben, was Zoé so besonders macht. Sie ist der einzige erwachsene Mensch, den ich kenne, der wirklich gut ist. Zoé ist frei von jeglicher Boshaftigkeit. Sie lästert nie über andere. Sie ignoriert dummes oder egoistisches Verhalten einfach und geht darüber hinweg, ohne es in irgendeiner Weise kommentieren zu müssen.

Man könnte annehmen, dass es auf Dauer mit so einem „guten" Menschen ein wenig langweilig werden würde, aber das Gegenteil ist der Fall. Zoés Gegenwart ist einfach nur wohltuend. Ihr einziger Fehler ist, dass sie auch noch einen Job, Raúl und andere Freundinnen hat, mit denen ich sie teilen muss. Um mich zu trösten, nimmt sie mich jedes Mal, wenn sie mich sieht, in den Arm und flüstert mir ins Ohr: „Hola mi querida. Ich habe dich so vermisst."

6.

„Im Mai klopft es an."
Genau vier Wochen nach Nicks Verschwinden, als das Wetter gerade anfing frühlingshaft zu werden und ich langsam aus meiner Erstarrung erwachte, ging das Klopfen los.

Natürlich dachte ich im ersten Moment, es sei Nick, der da um sechs Uhr morgens an die Fenster trommelte. Ich sprang aus dem Bett, rannte im Schlafanzug einmal ums Haus, konnte aber niemanden entdecken und schlich mich möglichst leise ins Bett zurück, um Pepe nicht zu wecken.

Natürlich war an Schlaf nicht mehr zu denken mit so viel Adrenalin im Blut. Also lag ich wach und horchte und wartete. Bald darauf klopfte es wieder. Es war kein leichtes Klopfen, sondern eher ein Hämmern. Ich bekam es mit der Angst zu tun und beschloss Zoé anzurufen. Ihre Stimme klang hellwach und sie meldete sich auf Spanisch mit „Diga!". Wahrscheinlich war sie der Meinung, nur ihre Verwandtschaft aus Kolumbien könne sich um diese Uhrzeit bei ihr melden.

„Entschuldige bitte, ich bin es Mina. Bei mir klopft es ans Fenster, ohne dass ich jemanden sehen kann und ich habe solche Angst."

Zoé lachte: „Oh meine Liebe. Das sind nur die Elstern. Die klopfen an das spiegelnde Fensterglas. Du musst die Fensterläden schließen, dann hören sie damit auf."

Den ganzen Mai über verfolgten mich die schwarzweißen Vögel. Ich schloss nach und nach sämtliche Fensterläden und lebte mit Pepe in der schönsten Frühlingszeit im Halbdunkel. Das aggressive Hämmern und das Gefühl, dass ein Wesen sich unbedingt Zutritt zu unserem Haus verschaffen wollte, machten mich fast verrückt. Da ich mit Pepe nicht die ganze Zeit im Dunkeln hocken konnte, ging ich viel mit ihm spazieren. In der Nähe unseres Hauses verläuft ein kleiner Bach, an dem ein Weg entlang führt, dem man bis aus der Stadt hinaus folgen kann. Diese Spaziergänge taten mir gut. Ich musste nicht direkt unter Leute gehen, was ich in meiner Stimmung einfach nicht konnte, aber ich war trotzdem draußen und die Natur tröstete mich.

Allerdings wäre mir der Herbst lieber gewesen als der Frühling mit seinem Geschmack nach Verliebtheit und Neubeginn. Ich wollte, dass Nick endlich zu mir zurückkam und dass die quälende Ungewissheit ein Ende hatte. Wenn ich heute an diesen zweiten Monat denke, sehe ich immer die Elstern vor mir, wie sie unser Haus mit ihrem durchdringenden Schäckern umflattern und wie sie scheinbar riesengroß auf der Fensterbank sitzen und mit ihren harten Schnäbeln auf das Glas einhacken. An einem Morgen klebte sogar Blut am Fenster.

Ich nahm den Angriff der Elstern als böses Omen, als Zeichen dafür, dass jederzeit die Polizei mit der Nachricht von Nicks Tod bei mir anklopfen konnte.

7.

„Meine Welt versinkt im Chaos."

Ich war noch nie ein besonders ordentlicher Mensch. Seit Nick nicht mehr da war, versank auch meine äußere Welt langsam, aber unaufhaltsam im Chaos. Pepe und ich störten uns nicht daran. Wenn man mit einem Kind zu Hause ist, kann man entweder viel Zeit in den Haushalt oder viel Zeit in das Kind investieren. Ich hatte mich für Letzteres entschieden.

Manchmal überkam mich allerdings die Angst, dass mir das Chaos über den Kopf wachsen könnte und dass ich irgendwann komplett aufhören würde, es wahrzunehmen. Zoé, die uns als Einzige regelmäßig besuchte, verlor nie ein Wort über den Zustand meines Hauses. Es war auch nicht direkt dreckig, sondern nur unordentlich und ziemlich staubig. Zoé räumte sich irgendwo ein Plätzchen frei und begann mit Pepe zu spielen oder von der Arbeit zu erzählen. So war es zumindest bis zu dem Tag, an dem sie sagte: „In deinem Badezimmer liegt jetzt seit Tagen eine kopflose nackte Barbiepuppe auf dem Boden. Ich finde, das sieht irgendwie gewalttätig aus. Was meinst du?"

Ehrlich gesagt, wusste ich gar nicht, wovon sie sprach. Hier lag überall irgendetwas auf dem Boden und so zuckte ich nur verwirrt mit den Schultern.

„Ich glaube, du solltest dir eine Mitbewohnerin suchen", fuhr sie fort. „Das Haus ist viel zu groß für dich und Pepe alleine und dann sind da noch die Nebenkosten. Wovon willst du die bezahlen? Ich helfe dir auch beim Suchen."

Alles in mir sträubte sich gegen Zoés Idee, aber die Sache mit den Nebenkosten stand tatsächlich im Raum. Ich hatte keine Einnahmen außer dem Kinder- und Elterngeld, das in einem halben Jahr aufhören würde zu fließen, und mein Erspartes würde auch bald aufgebraucht sein. Schließlich beschlossen wir, das Dachgeschoss aufzuräumen und mir eine Mitbewohnerin zu suchen.

8.

„Sonntagabend bin ich bei Nick."

Seit Nick verschwunden war, haben Sonntagabende etwas sehr Beklemmendes an sich. Die Sonntagabende hatten uns gehört. Sonntagabends hatten wir bei einer Flasche Rotwein zusammengesessen und geredet. Alles, was man unter der Woche vergaß zu erzählen, fiel einem wieder ein. Ich habe diese Sonntagabende geliebt. Vielleicht war es für Nick mehr ein Pflichtprogramm, aber mir war es wichtig, einmal in Ruhe mit ihm reden zu können. Heute nehme ich mir jeden Sonntagabend, sobald Pepe schläft, die Zeit, an Nick zu denken. Auch sein Verschwinden gehe ich jeden Sonntag nochmals durch, zum einen, weil ich meine, es dadurch am besten verarbeiten zu können, zum anderen in der Hoffnung, dass ich ein wichtiges Detail übersehen haben könnte, dass mir Aufschluss darüber gibt, was geschehen ist.

Ich erwartete Nick an einem Sonntagabend zurück. Ich war schon sehr beunruhigt, weil wir im Streit auseinandergegangen waren und ich immer Angst hatte, wenn jemand, den ich liebte, eine weite Strecke mit dem Auto zurücklegte.

Nick hatte sich nicht bei mir gemeldet und sein Handy war ausgeschaltet. Ich hatte es sehr oft versucht.

Er wollte Sonntagabend zurückkommen, nicht weil er Montagmorgen zur Arbeit musste, sondern weil es unser gemeinsamer Abend war. Wir arbeiteten beide von zu Hause aus und nahmen die Arbeit so, wie sie kam, ohne nach dem Wochentag zu schauen. Ich war mir gar nicht sicher, womit er gerade befasst war oder ob er eine Deadline einhalten musste. Nick redete mit mir nie über seine Arbeit, wofür ich ihm dankbar war, da ich mich herzlich wenig fürs Programmieren interessierte.

Ich konnte mich also nicht darauf verlassen, dass er tatsächlich am Sonntagabend von seinem Freund, von dem ich nur den Vornamen kannte, zurückkommen würde. Das Einzige, was ich sicher wusste, war, dass ich eine schlaflose Nacht vor mir hatte, falls er nicht käme. Und so war es dann auch. Mit meiner Schlaflosigkeit steckte ich Pepe an, der die halbe Nacht meine Hand umklammert hielt. Er spürte genau, dass etwas ganz und gar nicht okay war. Zudem war ich das ganze Wochenende sehr gereizt gewesen, was Pepe leider auch mitbekommen hatte.

Morgens um halb sieben rief ich bei Zoé an. Sie versprach vor der Arbeit noch kurz bei mir vorbeizuschauen. Als sie sah, in was für einem jämmerlichen Zustand ich mich befand, rief sie bei der Arbeit an und meldete sich krank. Sie blieb den ganzen Tag bei mir und wir überlegten gemeinsam, ob uns vielleicht der Nachname dieses Peters wieder einfiel, den Nick irgendwo in Oberbayern besuchen fahren wollte. Aber wir kamen weder auf den Namen noch auf den Ort. Wahrscheinlich hatte Nick tatsächlich nur immer von einem Peter gesprochen und auch den Ort, wenn überhaupt, nur einmal erwähnt, auf jeden Fall nicht oft genug, als dass ich ihn mir gemerkt hätte.

Offensichtlich hatte dieser Peter nicht zu Nicks besten Freunden gezählt, denn diese wussten auch nichts Genaueres über ihn zu berichten, außer dass Nick Peter auf einem Interrail-Trip kennengelernt hatte und dass die beiden sporadisch miteinander telefonierten.

Ich dachte an „Brokeback Mountain", den ich vor kurzem gesehen hatte, und überlegte, ob Nick wohl am Wochenende bei diesem Peter sein Coming-Out gehabt haben könnte und jetzt mit ihm im Bett lag, während ich hier wahnsinnig wurde vor Sorge.

Montagabend beschlossen wir, dass ich am Dienstag zur Polizei gehen sollte, falls Nick nicht in der kommenden Nacht heimkam. Es wurde die gefühlt längste Nacht meines Lebens.

An meinen Sonntagabenden versuche ich so intensiv wie möglich an Nick zu denken und sonst, außer Wein zu trinken, gar nichts zu tun. Manchmal sehe ich ihn mir gegenüber auf dem Sofa liegen, entweder mit den Gedanken ganz präsent bei mir oder in seiner eigenen Welt. Ich rede mit ihm, erzähle ihm von Pepe und von meinen Träumen und davon, wie sehr ich mich danach sehne, dass er einfach irgendwann vor der Tür steht.

9.

„Albtraum."
Seit einem halben Jahr verfolgt mich ein Albtraum, der immer wiederkehrt. Nick liegt im Dunkeln auf einer Bahre. Sein Kopf ist verkabelt. Trotz der Dunkelheit kann ich sein Gesicht erkennen. Er sieht ausgezehrt aus, nur noch Haut und

Knochen. Er schläft unruhig, träumt wahrscheinlich schlecht. Ich beuge mich über ihn. Ich möchte ihn am liebsten aufwecken. Dann spüre ich einen Luftzug. Es ist noch jemand im Raum. Ich halte den Atem an und merke genau, dass etwas auf mich zu schleicht. Lautlos und unaufhaltsam. Ich schaue auf Nick. Erwarte Hilfe von ihm. In diesem Moment legen sich von hinten eiskalte Finger auf meine Schultern. Ich will schreien, doch kein Laut kommt über meine Lippen. Nick schlägt die Augen auf und sieht mich an. Seine Augen sind gelb und sein Gesicht ist das einer Echse. Er öffnet langsam den Mund und eine lange gespaltene Zunge schnellt mir entgegen. An dieser Stelle wache ich vor Schreck auf und bin jedes Mal froh, dass ich den nicht sehen musste, der hinter mir stand. Ich träume diesen Traum regelmäßig und bin mir sicher, dass er mir etwas sagen will.

Manchmal denke ich, Nick lebt irgendwo glücklich und zufrieden. Er hat einen Neuanfang gemacht, weil ich ihm zu spießig und zu langweilig geworden bin. Aber dann habe ich diesen Traum und ich weiß, dass es ihm sicherlich nicht besser geht als mir. Er hatte einen Unfall, hat das Gedächtnis verloren und wartet darauf, dass ich ihn finde. Oder es ist noch schlimmer, aber dieses „noch schlimmer" will ich mir nicht weiter ausmalen. Dafür reichen mir meine Träume.

10.

„Ich lebe für Pepe."

Für Pepe würde ich sterben und müsste vorher nicht mal groß darüber nachdenken. Ich betrachte ihn beim Spielen und bin glücklich. Ich sehe ihm beim Schlafen zu und bin verliebt. Ich könnte ihn permanent in seine dicken Bäckchen beißen und ihn ständig durch das Haus jagen, um ihn zum Lachen zu bringen. Es ist so wunderbar, wie leicht man ein Kind glücklich machen kann. Und es ist schrecklich, wie schnell man dieses Glück wieder zerstören kann.

Seit ich mit Pepe alleine bin, habe ich kaum noch Zeit für mich. Pepe ist da und will Aufmerksamkeit vom Moment an, wenn er morgens die blauen Augen aufschlägt, bis zum Augenblick, wenn er sie abends wieder schließt. Er ist kein Kind, das stundenlang auf dem Sofa sitzt und Bilderbücher anschaut oder ruhig und konzentriert zehn Bilder am Stück malt. Pepe will mit mir toben, er will vorgesungen und vorgelesen bekommen und endlos hohe Türme bauen. Er will tausend Mal am Tag „Hoppe, hoppe Reiter" und „Backe, backe Kuchen" spielen, sodass ich mich am Ende so erschöpft von diesen Endlosspielen fühle, als hätte ich einen Berg erklommen. Nur handelt es sich leider nicht um eine angenehme körperliche Erschöpfung, sondern um eine unangenehme geistige, so als hätte ich den ganzen Tag Tüten geklebt. Ich schaue unentwegt auf die Uhr und warte darauf, dass endlich halb sechs ist und Zoé für ein Stündchen vorbeikommt, um mich abzulösen.

Wenn Zoé da ist, müsste ich eigentlich den Haushalt machen. Abendessen kochen, Wäsche aufhängen, Staub saugen, aber meistens hänge ich nur total apathisch im Sessel und schaue den beiden beim Spielen zu.

Vernünftig wäre es zurück zu meinen Eltern zu ziehen. Dort hätte ich durch meine Mutter die nötige Unterstützung. Aber dann sehe ich mich wieder in dem winzigen Dorf sitzen, in dem ich aufgewachsen bin, und nur bei dem Gedanken daran, rollt eine dicke Welle der Depression auf mich zu.

Schließlich kam ich auf die Lösung, die Idee mit dem Mitbewohner in die Tat umzusetzen. Mit einem Mitbewohner hätte ich jemanden, der ab und zu auf Pepe aufpassen würde und der mir zugleich Geld zum Bezahlen der Nebenkosten einbrächte. Und es sollte ein Mann sein, damit Pepe nicht ganz allein unter Frauen wäre.

11.

„Zoé trennt sich."

Zoé hat sich gestern von Raúl getrennt und ich kann es immer noch nicht fassen. Sie waren für mich, wenn es so etwas überhaupt gibt, ein Traumpaar.

Gestern klingelte Zoé am späten Abend und fragte, ob sie ein paar Nächte bei mir schlafen könnte. Ihre Augen waren gerötet und ich schenkte ihr erst einmal ein Glas Wein zur Beruhigung ein. Raúl hatte sie angeschrien und sich ihr in den Weg gestellt, als sie vor seinem Zorn aus dem Haus flüchten wollte. Auch das war für mich absolut unvorstellbar, bis Zoé mir von seinen Gründen erzählte.

Raúl hatte erneut darauf gedrängt, es mit künstlicher Befruchtung zu versuchen, da Zoé keine Kinder bekommen konnte, und sie hatte ihm daraufhin eröffnet, dass sie nicht ewig bei ihm bleiben würde, sondern irgendwann zu ihrer Familie nach Kolumbien zurückkehren müsste, um ihre Mutter zu pflegen. Sie wäre als jüngste Tochter für ihre Mutter im Alter verantwortlich. Raúl sagte, dass das kein Problem für ihn sei und er einfach mitkommen würde. Aber Zoé entgegnete, dass sie ihn nicht mitnehmen könne. Die Tradition in ihrer Familie würde vorschreiben, dass die jüngste Tochter ohne Mann bleibt, bis die Mutter gestorben ist.

Verständlicherweise ist Raúl daraufhin ausgeflippt. Zoé hatte ihm vorher noch nie etwas von dieser Tradition erzählt und dass obwohl sie jetzt seit neun Jahren zusammen waren. Da hat er sie angeschrien und hat sich ihr in den Weg gestellt. Raúl hat sie festgehalten und Zoé musste sich von ihm losreißen. Daraufhin hat sie sich von ihm getrennt, wie sie sagt aus Angst, dass die Situation noch mehr eskalieren könnte.

Ich betrachtete meine Freundin lange. Sie starrte in ihr Rotweinglas und wirkte dabei ganz gefasst. Sie weinte nicht und ich fragte mich, wie gut ich meine beste Freundin wirklich kannte. Die Geschichte mit der Mutter, um die sie sich kümmern sollte, erinnerte mich stark an den Film „Bittersüße Schokolade", den ich mit Zoé zusammen angeschaut hatte und ich wurde den Verdacht nicht los, dass sie sich bei ihrer Flucht vor Raúl von ebendiesem Film inspirieren hatte lassen.

Zoé sah mich über den Rand ihres Glases hinweg lange an. Ihre Augen waren ganz schwarz. Sie sagte leise: „Liebe Mina, du hältst mich für uneigennützig. Aber das bin ich nicht. Das Eigennützigste und Gemeinste, was ich in diesem Leben verbrochen habe, war mit Raúl zusammen zu sein. Aber ich habe mich in ihn verliebt und ich wollte es unbedingt."

„Und jetzt liebst du ihn nicht mehr, weil er dich aus lauter Verzweiflung darüber, dass du ihn verlassen wirst, angeschrien hat? Zoé, das ist doch absurd und absolut überreagiert", entgegnete ich ihr.

„Ich liebe ihn mehr als mein Leben, aber es ist besser, wenn ich mich jetzt von ihm trenne als kurz vor meinem Abflug. So hat er noch Zeit, sich langsam von mir zu lösen."

„Wann fliegst du?", ich merkte, wie mir die Tränen in die Augen schossen.

„Es kann in einem Jahr oder in einem Monat sein, je nachdem wie es meiner Mutter gesundheitlich geht", erwiderte Zoé ruhig.

Inzwischen war ich wirklich verzweifelt und meine Stimme zitterte, als ich sagte: „Weißt du was, ich glaube dir kein Wort. Solche Zustände und solche Traditionen gibt es heute einfach nicht mehr. Du erfindest da was, um mich und Raúl abzuspeisen und dich aus dem Staub zu machen, nur weil er unbedingt ein Kind mit dir haben will. Und warum sprichst du von diesem Leben? Hast du schon andere Leben gehabt, in denen du Menschen genauso wehgetan hast wie jetzt uns?"

Zoé stellte das Glas ab und kam auf mich zu. Ganz sanft zog sie mich in ihre Arme und streichelte mir über den Kopf.

Dazu murmelte sie: „Querida Mina. Weißt du was, ich ziehe, solange ich noch hier bin, bei dir ein. Und ich gehe erst, wenn wir für dich einen Menschen, mit dem du gut zusammenwohnen kannst, gefunden haben. Außerdem werde ich dir von Kolumbien aus jede Woche schreiben. Das verspreche ich dir. Und jetzt lass uns schlafen gehen."

Als wir wenig später in meinem Bett mit Pepe in der Mitte lagen, hörte ich sie leise in ihr Kissen schluchzen, aber ich hatte nicht die Kraft, sie zu trösten. Ich war einfach nur paralysiert von dem Gedanken, meine einzige Freundin auch noch zu verlieren.

12.

„Raúls Misstrauen."

Irgendwann musste ich doch eingeschlafen sein, denn als mir am Morgen Pepes Faust ins Auge donnerte und ich so unsanft geweckt wurde, war Zoé schon zur Arbeit aufgebrochen. Vorher hatte sie noch die Küche aufgeräumt.

Um kurz nach zehn, als ich gerade den dritten Kräutertee zur Beruhigung der Nerven trank, läutete es an der Tür. Raúl stand draußen und fragte, ob er mit mir reden könne. „Klar", sagte ich, „wenn du im Gegenzug mit Pepe 20-mal das gleiche Puzzle puzzelst, können wir sehr gerne reden."

Ich kannte Raúl genauso lange wie Zoé, war aber nie besonders vertraut mit ihm geworden. Dass er vor meiner Tür stand und mit mir reden wollte, war ein absolutes Novum. Ein Blick in sein blasses Gesicht mit den schwarzen Augenringen reichte, um zu wissen, über was er reden wollte.

Obwohl er fix und fertig war, alberte er erst einmal eine Runde mit Pepe herum, was ich ihm hoch anrechnete.

Ich betrachtete den spielenden Raúl eine Weile und staunte erneut darüber, wie sehr man ihm den Tänzer anmerkte. Jede seiner Bewegungen war kraftvoll und geschmeidig. Sein ganzes Wesen strahlte Leidenschaft und Energie aus. Was mir jedoch auch auffiel war, dass er wesentlich älter wirkte als Zoé, obwohl die beiden eigentlich gleich alt waren. Und das lag nicht nur an den schwarzen Ringen unter seinen Augen.

Ich beschloss nicht lange, um den heißen Brei herumzureden, sondern den Stier bei den Hörnern zu packen. „Du hast Zoé angeschrien und jetzt bist du hier, weil es dir Leid tut und ich sie dazu überreden soll, zu dir zurückzukehren."

Raúl schüttelte den Kopf. Er versuchte sichtlich angestrengt ruhig zu bleiben, aber das Zittern in seiner Stimme verriet, wie aufgebracht er war.

„Nein, ich will nicht, dass sie zu mir zurückkommt! Ich war noch nie mit einer Frau so lange zusammen und ich habe auch noch nie eine Frau so sehr geliebt. Aber ich bin mir sicher, dass sie mich betrügt."

Ich unterbrach ihn empört: „Zoé betrügt dich ganz sicher nicht! Zu so etwas wäre sie gar nicht fähig. Sie liebt dich, so wie du sie liebst. Zoé untreu – das glaube ich nie im Leben."

Raúl beugte sich angespannt nach vorne. Kurzzeitig vergaß er das Puzzle, was Pepe mit einem spitzen Aufschrei quittierte. Schnell nahm er ihm das dargebotene Teil aus der Hand und legte es an die richtige Stelle.

„Ich habe keine Beweise für meine Behauptung, aber ich bin mir sicher, dass diese Kolumbien-Familien-Geschichte eine Farce ist. Wir sind jetzt seit neun Jahren zusammen und in dieser Zeit ist sie kein einziges Mal nach Hause geflogen oder hat Besuch von ihrer Familie bekommen. Wir wohnen jetzt seit drei Jahren in diesem Haus und es kam noch nie ein Brief oder eine Karte aus Kolumbien. Sie sieht nicht mal aus wie eine Kolumbianerin mit ihren blauen Augen."

Ich merkte, wie langsam die Wut in mir hoch kroch und ich Lust bekam, ihn einfach rauszuschmeißen.

„Raúl, in welcher Welt lebst du eigentlich. Heutzutage kommuniziert man nicht mehr per Brief, sondern per E-Mail oder via Skype. Und in Südamerika sind die Europäer eingefallen. Hast du das vergessen? Da laufen genauso Menschen mit blauen Augen rum wie in Spanien oder Italien. Was Zoés Korrespondenz angeht, müsstest du wahrscheinlich erst ihren Rechner hacken, um da ran zu kommen."

Raúl war still und blickte starr auf das Puzzleteil in seinen Händen. Dann sagte er leise: „Ich war an ihrem Rechner. Er ist nicht passwortgeschützt. Sie bekommt Mails aus der ganzen Welt, keine Ahnung, woher sie die Leute kennt. Und sie bekommt jede Menge verschlüsselte E-Mails, die ich nicht lesen kann."

„Du gehst jetzt besser", sagte ich ruhig. „Wenn du Zoé nicht zurückgewinnen willst, dann kann ich nichts für dich tun. Ich bin sicherlich nicht die richtige Person, wenn du dich einfach bei jemandem aussprechen willst. Du weißt, Zoé ist meine beste Freundin und es ist mir schon unangenehm zu wissen, dass du ihr hinterher geschnüffelt hast. Ich will keine Geheimnisse vor ihr haben."

Raúl erhob sich langsam vom Boden. Er wirkte dabei etwas unsicher und gar nicht mehr wie ein Tänzer. Zum Abschied reichte er mir die Hand und sagte: „Du willst keine Geheimnisse vor ihr haben, aber wie viele Geheimnisse sie vor dir hütet, ist dir egal. Ich dachte, du würdest mich besser verstehen. Wegen Nick, meine ich. Er ist doch auch weg und du weißt nicht warum."

„Geh jetzt bitte!" Ich spürte den Kloß im Hals, aber ich wollte auf keinen Fall vor ihm eine Schwäche zeigen. Es war sicher nicht böse gemeint, aber er hatte meinen wundesten Punkt getroffen. Plötzlich verstand ich wirklich, was in ihm vorging. Ich schloss ihn kurz in die Arme, nur so kurz, dass er wusste, dass ich ihn trotz allem mochte.

13.

„Mit dem Fahrrad durch die Luft."

Heute Nacht hatte ich wieder einen Alptraum. Ich war auf dem Dach eines Hochhauses, eines wirklich gigantisch hohen Hochhauses. Es war so hoch, dass man den Boden nicht von oben sehen konnte. Wahrscheinlich dämmerte es gerade oder die Luft war voller Smog oder es waren tatsächlich Wolken, die die Sicht nach unten versperrten. Auf jeden Fall sah man nur in ein graues dunkles Etwas, wenn man einen Blick nach unten riskierte. Ich fuhr Fahrrad auf dem Hochhausdach und ich fuhr leider auch über die Dachkante hinaus. Ich wusste, so lange ich trete, stürze ich nicht ab. Ich konnte durch die Luft fahren und wieder zurück aufs Dach und wieder strampelnd in der Luft fliegen. Eigentlich wollte ich mit dem Fahrrad auf dem sicheren Dach bleiben, aber ein Sog zog mich immer wieder über die Dachkante. Natürlich vergaß ich irgendwann zu treten und fiel.

Eigentlich hätte ich glücklich sein können, seit Zoé zu mir gezogen war. Ich war abends nicht mehr alleine und ich hatte jemanden, der sich liebevoll um Pepe kümmerte. Das Problem an der Sache war nur, dass Zoé unmenschlich unter der Trennung von Raúl litt. Sie ging zwar noch jeden Tag zur Arbeit, aber sie hatte schon angedeutet, dass sich auch dort ein Problem anbahnte.

Zoé arbeitete als Erzieherin in einer Kita und eine Erzieherin mit Liebeskummer konnte sich natürlich nicht mehr so aufopfernd um die Kinder kümmern und das merkten auch die Kolleginnen. Zoé hatte sowieso einen schweren Stand in der Einrichtung. Sie war den anderen einfach zu professionell. Sie konnte gleichermaßen gut mit den Kindern, den Eltern und der Leitung umgehen, was zwangsläufig die Neider auf den Plan rufen musste. Und jetzt, wo es ihr schlecht ging und sie ihre Aufgabe nicht mehr hundertprozentig ausfüllen konnte, rieben sich manche schadenfroh die Hände.

Mit Pepe musste sie nicht die Fröhliche spielen. Mir reichte es schon, wenn sie ihm Bücher vorlas und einfach für ihn da war. Für mich blieb bei dem ganzen Drama natürlich keine Energie mehr übrig. Zoé war wortkarg und verschlossen geworden. Und ich wusste auch, dass sie nachts nicht schlief, weil ich sie in ihr Kissen weinen hörte. Trotz ihres großen Leids fiel es mir schwer, Mitleid mit ihr zu haben. Ihr Freund lag im Nachbarhaus, vermutlich ebenso schlaflos und verzweifelt wie sie selbst. Sie musste nur hinübergehen und sich wieder mit ihm versöhnen. Ich verstand sie nicht und das belastete unser Verhältnis. Jedes Mal, wenn ich sie darauf ansprach, erwiderte sie: „Er hat mich angeschrien. Außerdem muss ich mich sowieso von ihm trennen. Was macht es für einen Unterschied, ob wir jetzt leiden oder erst in einem Jahr. Zudem will er mich gar nicht mehr, sonst würde er um mich kämpfen."

Obwohl ich Zoé bisher für uneitel gehalten hatte, litt sie doch darunter, dass Raúl sich nicht darum bemühte, sie wiederzubekommen. Ich bewunderte Raúl dafür, dass er in dieser Situation genau das Richtige tat. Er rannte ihr nicht hinterher, sondern ließ sie zappeln. Ich wollte mir nicht vorstellen, welche unendliche Selbstbeherrschung ihn das wohl kostete. Obwohl die beiden Tür an Tür wohnten, begegneten sie sich kaum. Raúl probte am späten Vormittag und hatte abends und am Wochenende Aufführungen. Zoé dagegen arbeitete von früh morgens bis nachmittags. Sie konnten sich wunderbar aus dem Weg gehen.

14.

„Die Bewerbung."

Da Zoé momentan nicht zu viel zu gebrauchen war und mir durch das Geldproblem das Wasser langsam bis zum Hals stieg, ging ich die Sache mit der Dachgeschossvermietung alleine an. Ich inserierte in den örtlichen Kleinanzeigen-Blättern mit folgendem Text: „Alleinerziehende Mutter sucht kinderlieben Mitbewohner, der gerne im Haushalt und Garten mitanpackt. Dachgeschoss, ca. 20 qm. Miete 200 € kalt. Küchen- und Bad-Mitbenutzung."

Ich gab eine Chiffre-Adresse an, um nicht von einer Anrufer-Flut überschwemmt zu werden. Aber wie sich herausstellte, waren die Männer entweder ziemlich schreibfaul oder nicht sehr erpicht darauf, mit Mutter und Kind zusammenzuwohnen. Ganze acht Bewerbungsschreiben hatte ich nach einer Woche, wovon ich vier gleich aussortieren konnte. Die übrigen Bewerber lud ich fürs kommende Wochenende zur Besichtigung ein. Ich bat Zoé dabei zu sein, wenn die vier aufkreuzten, um noch eine zweite Meinung zu haben. Allerdings sollte sie sich im Hintergrund halten und sich vor allem um Pepe kümmern, denn wir wussten ja beide nicht genau, wie lange sie noch bei mir wohnen würde. Folglich würden wir sie nicht als offizielle Mitbewohnerin vorstellen, sondern lediglich als gute Freundin. Insgeheim hatte ich auch die Hoffnung noch nicht aufgegeben, dass Raúl und sie wieder zusammenkamen. Insofern sah ich ihr Wohnen bei mir nur als Übergangslösung.

Der erste Bewerber war ein ziemlich junger Romanistikstudent mit wenig ansprechendem Äußeren und Verhalten. Nach zehn Minuten sagte er mir frei ins Gesicht, dass ich ihm mit meinen 29 Jahren viel zu alt sei. Der zweite war ein sympathischer Medizinstudent. Er sah gut aus, gab sich zurückhal-

tend und bescheiden. Am liebsten hätte ich ihm direkt zugesagt, aber ich wollte den letzten beiden auch noch eine Chance geben. Der dritte war sehr jung, dazu sehr hübsch und
Zahnmedizin-Student. Der vierte war ein Jahr jünger als ich,
Informatikstudent und schrieb an seiner Masterarbeit.

Als die Veranstaltung beendet war, ließ ich mich erschöpft
aufs Sofa fallen. „Und?", fragte ich Zoé. „Ich nehme den Medi-
ziner, oder?"

Zoé schüttelte lächelnd den Kopf und antwortete: „Der ist
so gutaussehend und charmant. Du würdest dich sofort in ihn
verlieben und das ist keine gute Basis für eine glückliche
Wohngemeinschaft."

„Dann der Zahnmediziner, der war so richtig süß."

Und wieder verneinte Zoé: „Er ist viel zu jung. Der macht
jedes Wochenende Party. Er wird nachts betrunken lärmend
die Treppe hoch stapfen und dich und Pepe aus dem Schlaf
reißen. Aufstehen wird er erst, wenn du schon wieder ins Bett
gehst."

Ich seufzte: „Wahrscheinlich hast du recht, aber dann
bleibt nur noch der Informatiker. Der war nett, aber irgendwie
so selbstbewusst und bestimmt. Meinst du nicht, dass ich mit
dem viel Ärger haben werde."

Zoé lächelte: „Er ist genau der Richtige für dich. Du
brauchst jemand, der eine Aufgabe hat und einen strukturier-
ten Tagesablauf. Der nicht sein Vergnügen, sondern seine Ab-
schlussarbeit im Kopf hat. Ein Gegenüber, das mit dir auf glei-
cher Augenhöhe ist. Ich finde, er passt super."

„Aber die anderen beiden waren irgendwie viel netter",
maulte ich noch ein bisschen.

Zoé jedoch blieb standhaft: „Und genau das ist noch ein
Pluspunkt für ihn. Du suchst keine Affäre, sondern einen Mitbewohner. Außerdem kann er gut mit Kindern. Das habe ich
sofort gemerkt. Er nimmt sie ernst, ohne sie in den Mittel-
punkt zu stellen."

Das gab schließlich den Ausschlag, denn was Kinder anging, vertraute ich Zoés geschultem Auge.

Als ich Stefan anrief, um ihm zu sagen, dass er das Dachzimmer haben könnte, freute er sich riesig. Während ich mit ihm telefonierte, wurde mir klar, dass ich ihm wenn dann jetzt die ganze Wahrheit erzählen musste, damit er sich frei entscheiden konnte.

„Ich muss dir noch eine Sache sagen, bevor das hier spruchreif wird. Es fällt mir allerdings sehr schwer darüber zu reden", begann ich etwas zögerlich und fuhr nach einer kurzen Pause fort: „Der Vater von Pepe ist verschwunden. Das war im April diesen Jahres und jetzt ist November und ich habe seitdem nichts mehr von ihm gehört." Während ich erzählte, merkte ich, wie mir die Tränen in die Augen stiegen und meine Stimme kippte.

Stefan sagte: „Das ist ja schrecklich! Kann ich dir irgendwie helfen, ihn zu finden? Was sagt die Polizei dazu?"

„Die kümmern sich nicht um abgeha. Männer, solange sie keine Schulden hinterlassen. Natürlich ist er als vermisst gemeldet, aber sicherlich nicht zur Fahndung ausgeschrieben."

„Aber dein Freund ist doch bestimmt ein anständiger Kerl und lässt dich nicht einfach mit dem Baby sitzen", stellte Stefan sichtlich irritiert fest.

„Wir hatten Streit. Er wollte einen Kumpel besuchen fahren, von dem ich nichts als den Vornamen weiß, und er kam einfach nicht wieder zurück."

Stefan war eine Weile still. Er war Informatiker. Wahrscheinlich ratterten gerade sämtliche Szenarien mit den dazu gehörigen Wahrscheinlichkeiten durch seinen Kopf.

Schließlich sagte er zögernd: „Es gibt Menschen, die führen ein Doppelleben. Du musst wissen, ob das bei ihm denkbar ist oder nicht."

„Nein, das ist undenkbar. Nick führte höchstens im Internet ein Doppelleben, ansonsten hat er das Haus kaum verlassen."

„Hast du nach Spuren auf seinem Rechner gesucht?"

„Nein, ehrlich gesagt, betrete ich sein Zimmer nie."

„Wenn du willst, könnte ich das für dich erledigen", bot er mir an.

„Oh, das wäre echt klasse!", freute ich mich.

Mit einem Mal breitete sich ein warmes Gefühl in meinem Bauch aus und ich war mir sicher, mit Stefan einen Riesenglücksgriff gelandet zu haben.

15.

„Ablenkungsmanöver."

Bei all dem Trubel um Zoé, Raúl und meinen neuen Mitbewohner war mir Nick abhandengekommen – nicht nur im realen Leben, sondern auch in meiner Gefühlswelt. Manchmal allerdings, wenn ich wirklich einmal kurz Ruhe für mich hatte, traf mich seine Abwesenheit umso härter. Die Trauer kam nicht mehr in kleinen Dosen, sondern erwischte mich kalt und ließ mich innerlich vor Angst erstarren. Denn ich wusste, dass mir niemand jemals Nick ersetzen konnte. Er war der ruhende Pol in meinem Leben gewesen. Nur er konnte mich erden, sodass ich das Gefühl bekam, mein Leben war so, wie es war, in Ordnung. Ich fühlte mich wie ein Boot, das ohne Anker und ohne Ruder auf einem Fluss dahintrieb und hilflos der Strömung ausgeliefert war.

Nach sieben Monaten spürte ich auch die körperlichen Entzugserscheinungen. Sex mit Nick war perfekt gewesen. Ich mochte seinen Körper, seinen Geruch und das, was er mit meinem Körper machte. Leider war nach Pepes Geburt erst einmal nichts mehr gelaufen. Ich hatte ja auch nicht ahnen können, dass unsere gemeinsamen Tage gezählt waren.

Jetzt schlief jede Nacht Zoé mit mir im Bett und zwischen uns lag Pepe. Ich stellte mir mehr als einmal vor, wie es wäre, ihr körperlich näher zu kommen. Wenn es eine Frau auf der Welt gab, die mich auch körperlich anzog, dann war sie es.

Wahrscheinlich war ich deshalb auch nicht allzu überrascht, als sie eines Nachts auf mich zukam. Stefan war schon in sein Zimmer verschwunden und wir zwei saßen noch im Wohnzimmer und lasen. Plötzlich stand Zoé auf, kniete sich vor mich hin und legte ihren Kopf in meinen Schoß. Zuerst dachte ich, sie würde weinen und ich sollte sie trösten. Ich strich ihr beruhigend über ihre langen schwarzen Haare und murmelte etwas von wegen „Es wird schon wieder". Bis ich spürte, dass ihre Hände unter meinem Pulli verschwanden und sich zu meinen Brüsten vortasteten. Als sie ihr Ziel erreicht hatten, war es zu spät, um damit aufzuhören. Durch die lange Abstinenz hatte ich so einen Durst nach körperlicher Nähe, dass ich das Gefühl bekam in Flammen zu stehen. Zoé grub sich mit ihrem Gesicht weiter in meinen Schoß und ich schloss die Augen und hielt mich an ihren Schultern fest. Obwohl ich es nicht wollte, wurde ich doch wenig später sehr laut, und ich war mir sicher, dass Stefan in seinem Bett große Augen bekam.

Als wir später auf dem Teppich lagen und sich meine Atmung wieder normalisiert hatte, wusste ich, dass das eine einmalige Geschichte gewesen war. Wir sprachen nicht miteinander, sondern jede hing ihren eigenen Gedanken nach. Zoé hatte mal wieder in mir gelesen wie in einem offenen Buch und meine Lust gespürt. Selbstlos wie immer, hatte sie versucht mir zu helfen, aber wonach wir beide uns eigentlich sehnten, war etwas anderes.

Am nächsten Morgen hatte ich ein richtiges Katerfeeling. Es war ein Samstagmorgen und ich wusste, dass Zoé zu Hause war. Die Geschichte von gestern Nacht war mir mit einem Mal fürchterlich unangenehm und ich wollte mich für den Rest des Tages im Bett verkriechen, aber natürlich ließ Pepe das nicht zu. Mit spitzen Fingernägeln bohrte er Löcher in mein Gesicht und wiederholte eintönig immer wieder die Worte „Mama auf, Mama auf, ..."

Mit hochrotem Kopf trat ich schließlich in die Küche. Zoé erwartete mich schon. Sie hatte Brötchen geholt und den Tisch für vier gedeckt. Glücklicherweise schlief Stefan am Wochenende immer bis in die Puppen. Ihm wollte ich jetzt am allerwenigsten unter die Augen kommen. Ich setzte mich mit einem genuschelten „Morgen" auf meinen Platz und stierte in meine Tasse. Zoé kam um den Tisch herum, drückte mir einen leichten Kuss auf die Wange und sagte dazu gut gelaunt: „Guten Morgen liebe Mina". Da fiel mir ein großer Stein vom Herzen, denn Zoé hatte es geschafft, die peinliche Stimmung zu vertreiben. Jetzt war ich mir sicher, dass die gestrige Nacht keinerlei Konsequenzen für unsere Freundschaft haben würde.

Allerdings bekam ich während des Frühstücks doch noch einen leichten Schock, als Zoé mir eröffnete, dass sie über Weihnachten nach Kolumbien zu ihrer Mutter fliegen würde, um sich vor Ort über deren Gesundheitszustand im Klaren zu werden. Sofort schossen mir die Tränen in die Augen und ich murmelte leise: „Aber du bist noch nie nach Hause geflogen. Wenn du es jetzt tust, kommst du sicher nicht wieder."

Zoé entgegnete mit ihrer beruhigenden tiefen Stimme: „Ich hätte meine Familie jedes Jahr besucht, aber als Erzieherin verdient man nun mal nicht die Welt und ein Flug nach Kolumbien kostet ein Vermögen. Ich habe mein ganzes Geld in die Tilgung des Kredits für das Haus gesteckt, aber das hat Raúl jetzt komplett übernommen. Insofern konnte ich etwas für den Flug ansparen."

„Raúl wird das Haus verkaufen, oder?", ich merkte wie eine weitere Last auf meine Schultern drückte.

„Nein. Das denke ich nicht", erwiderte Zoé. „Mach dir keine Sorgen, Raúl wird dir erhalten bleiben." Zoé lächelte mich an und ich überlegte, wie viel Kraft sie dieser Galgenhumor wohl kostete.

„Versprich mir, dass du wiederkommst!", bat ich sie und versuchte ihr dabei fest in die blauen Augen zu schauen und in ihnen zu lesen, ob sie mir auch die Wahrheit sagte.

„Ich lasse alles da, bis auf einen kleinen Koffer mit Weihnachtsgeschenken für meine zahlreichen Nichten und Neffen. Meinst du wirklich, ich könnte mich so einfach von Pepe trennen? Von dir schon, aber von ihm niemals."

Sie zwinkerte mir zu und verwuschelte dabei Pepes Locken. So zum Scherzen aufgelegt war Zoé seit einer Ewigkeit nicht gewesen und ich dachte bei mir, dass ihr das kleine Vergnügen gestern mit mir auch ganz gut getan hatte.

In diesem Moment kam Stefan sichtlich verpennt in die Küche. Er angelte mit einer Hand nach der Kaffeekanne und rieb sich mit der anderen den Sand aus den Augen. Dann ließ er sich wohlig seufzend auf einen Stuhl fallen und fragte: „Sagt mal, was für einen Film habt ihr euch gestern eigentlich noch reingezogen? Bei dem Sound konnte man nicht wirklich gut einschlafen."

„Oh, das war irgend so ein moderner französischer Film auf Arte. Echt abgedreht, aber mit coolen Schauspielern", antwortete Zoé frech.

Pepe lenkte gekonnt vom Thema ab, indem er abwechselnd den rechten und den linken Fuß auf den Frühstückstisch legte und dazu aufforderte mit ihm das Füße-weg-kitzel-Spiel zu spielen. Ich ließ mich direkt darauf ein, denn ich hatte schon wieder einen roten Kopf bekommen. Stefan schien die Erklärung für die nächtliche Ruhestörung anscheinend geschluckt zu haben, denn er machte sich über den Brötchenkorb her, ohne ein weiteres Wort darüber zu verlieren.

16.

„Das Monster."

Heute Nacht hatte ich den schlimmsten Albtraum seit langem. Ich sah Nick, wie er mit geschlossenen Augen in einem dunklen Raum auf einer Bahre lag. Es wirkte auf mich wie ein Kellerraum, weil das einzige Licht von einem erleuchteten Bildschirm kam. Nicks Kopf war verkabelt, die Kabel liefen an einem Apparat zusammen, an dem der Bildschirm angeschlossen war. Vor dem Bildschirm saß eine Gestalt, die ich nur von hinten sah. Auf dem Bildschirm lief ein Film von uns. Ich erkannte mich selbst und Pepe und unser Haus. Pepe war fünf Monate alt. Wir hatten uns in der ersten warmen Märzsonne auf eine Picknickdecke in den Garten gelegt. Es war eine sehr glückliche Erinnerung. Mein Gesicht in Großaufnahme. Da die Sonne blendete, hatte ich die Augen zusammengekniffen. Mein Gesicht wurde größer und kam immer näher. Dann verwackelte das Bild. Ich erinnerte mich auch daran warum. Nick hatte mich küssen wollen. Der Bildschirm wurde schwarz. Ganz kurz, bevor das Licht erlosch, spiegelte sich das Gesicht der Gestalt im Bildschirm. Wir sahen uns an, denn auch ich spiegelte mich im Bildschirm. Dann drehte sich die Gestalt mit einem Ruck zu mir um. Bevor sie mich erkennen konnte, war der Raum in absolute Schwärze getaucht.

Nach diesem Traum war ich durcheinander. Ich konnte nicht anders, als Stefan beim Frühstück davon zu erzählen.

„Du meinst also Nick wird von einem Monster gefangen gehalten?", Stefan strich sich dick Nutella auf ein Brötchen. Gleich würde er das aufgetaute Weißmehlschokoladen-Konstrukt in seine überdimensionierte Kaffeetasse tunken und damit den Kaffee zum Überlaufen bringen. Das Problem bei der Prozedur bestand darin, dass er meistens oder immer vergaß die Überschwemmung nach Beendigung des Frühstücks wegzuputzen. Da ich sowieso wegen Pepe ständig am Kehren und Wischen war, nahm er wohl an, dass der „kleine Kaffeerand" von mir mit weggewischt werden konnte.

„So ein Quatsch!", entgegnete ich. „Es war nur ein Albtraum und da Zoé in Kolumbien ist, bleibst nur du übrig, dem ich am Morgen meine Alpträume erzählen kann. Weißt du eigentlich, dass du mit deinen Tischsitten ein ganz schreckliches Vorbild für meinen Pepe abgibst?"

Wir wohnten erst seit sechs Wochen zusammen, aber verhielten uns schon wie ein altes Ehepaar. Eigentlich verhielten wir uns nicht wie ein altes Ehepaar, denn wir hatten jede Menge Spaß zusammen.

Stefan wischte sich mit dem Handrücken über seinen verschmierten Nutella-Mund und fragte: „Wie sieht es denn nun aus, dein Monster?"

„Gut", antwortete ich. „Es sieht gut aus, außer dass es eben ein Monster ist."

„Das verstehe ich nicht. Monster sind glibberige, schleimige, eklige Gestalten. Die können niemals gut aussehen. Das war ja ein mistiger Albtraum, den du da hattest. Ein gut aussehendes Monster. Pah! Wenn du mich das nächste Mal mit deinen Träumen behelligst, dann bitte nur mit wirklich gruseligen Monstern."

„Aber das ist doch gerade das Gruselige", entgegnete ich. „Wenn jemand äußerlich schön ist und du aber genau weißt, innerlich ist er böse und kalt wie Eis."

Stefan schlürfte geräuschvoll seinen Kaffee. Dann fragte er: „Handelt es sich denn um ein schönes männliches oder ein schönes weibliches Monster? Für Nick wäre es vermutlich angenehmer von einem schönen weiblichen Monster gefangen gehalten zu werden."

Ich trat Stefan heftig unterm Tisch gegen das Schienbein. Er wurde wirklich immer frecher und es war an der Zeit, dem Einhalt zu gebieten.

Ich antwortete ihm, seinen übertrieben lauten Schmerzensschrei ignorierend: „Das konnte ich nicht erkennen. Ich glaube, es könnte sowohl männlich als auch weiblich sein. Es wirkte androgyn mit einem sehr unheimlichen bösen Blick."

„Also, jetzt lassen wir mal die Rocky Horror Picture Show beiseite", beendete Stefan endgültig das Monster-Thema. „Ich wollte dir noch etwas Wichtiges mitteilen. Wir können am 24. zusammen feiern. Ich werde erst am ersten Weihnachtsfeiertag zu meiner Familie abdüsen."

Ich strahlte ihn an: „Oh, das ist echt klasse. Mir hat es wirklich davor gegraut, an Heiligabend hier allein mit Pepe unterm Baum zu sitzen. Du bist ein echter Schatz!" Am liebsten hätte ich ihn gedrückt, aber so nahe standen wir uns dann doch nicht.

Stefan hob die Hand, wie um mich in meiner Euphorie zu stoppen. „Ich werde allerdings die zweite Hälfte der Nacht mit einem Kumpel durch die Kneipen ziehen. Dann bin ich am nächsten Tag halbtot und damit bestens gerüstet für unseren alljährlichen Weihnachtsdisput."

Stefan hatte drei Geschwister und mir schon erzählt, dass es bei ihm zu Hause an Weihnachten immer hoch herging. Er kam aus einer sehr streitlustigen Familie.

Natürlich hätte auch ich zu meinen Eltern fahren können. Meine Mutter hätte sich riesig darüber gefreut, mit ihrem Enkelkind zu feiern. Aber ich wollte an Weihnachten unbedingt hier sein – nur für den Fall, dass Nick wieder auftauchte. Es war ein sehr unvernünftiger Gedanke, denn die Wahrscheinlichkeit, dass er am 24. Dezember heimkehrte, war sicherlich genauso gering wie an jedem anderen Tag. Trotzdem hatte ich mich dagegen entschieden, das Haus auch nur für einen Tag zu verlassen. Man konnte mich inzwischen getrost als Hausmütterchen bezeichnen. Das Haus und ich, wir waren quasi eine eingeschworene Einheit geworden. Über diesen absurden Gedanken musste ich laut lachen und Stefan und Pepe stimmten in mein Lachen ein. Ich sah Stefan an. Seine Augen strahlten vor Witz und Übermut. Hätte er nicht diese schreckliche Frisur, würde er vielleicht richtig gut aussehen.

Er hatte ziemlich lichtes Haar und ließ die Haare an den Seiten lang wachsen. Diese standen meistens in alle möglichen und unmöglichen Richtungen ab. Ich hatte mich noch nicht getraut, ihn auf diesen Verwirrter-Professor-Look anzusprechen, und vermutlich war es auch besser für mich, wenn ich ihn nicht allzu attraktiv fand.

17.

„Manchmal habe ich Zweifel."
Ich verfüge über die besondere Gabe an allem zweifeln und alles in Frage stellen zu können. Manchmal stelle ich mir vor, wie sich unsere Beziehung entwickelt hätte, wenn Nick nicht verschwunden wäre. Wenn wir zum Beispiel noch ein oder zwei Kinder mehr bekommen hätten. Nach Pepes Geburt hatten wir wirklich sehr oft gestritten, wahrscheinlich aus Schlafmangel und Überforderung heraus. Aber hätte sich die Stimmung mit der Zeit wirklich wieder gebessert? Hätten meine Endlosschleifen – „Warum machst du nicht?", „Warum hast du nicht?", „Warum hast du es vergessen?" – irgendwann aufgehört? Hätte ich mich irgendwie damit arrangiert, immer die Hauptverantwortliche für Pepe zu sein und Nick quasi nur als freiwilligen Helfer zur Seite zu haben? Trotzdem hätte ich es gerne gelebt. Vielleicht wäre doch alles wieder gut geworden und wir hätten uns beide an unsere Rollen gewöhnt.

Wenn ich so am Zweifeln an unserer Beziehung bin, an der Beziehung, die ja keine mehr ist oder die nur noch virtuell in meinem Kopf existiert, dann hilft es mir manchmal, mich daran zu erinnern, wie Nick und ich uns kennenlernten.

Ich war joggen – einmal im Jahr fange ich so ein Sportding an und bin dann sehr euphorisch und ganz bei der Sache, bis meine sportlichen Ambitionen wieder einschlafen. Beim Joggen versuchte ich den Kampf mit meinem eigenen Körper zu vergessen, indem ich mich ganz auf die Musik meines MP3-Player konzentrierte und die Schritte im Einklang mit dem Takt setzte. Trotzdem fiel mir der junge Mann auf, der am Wegrand in der Sonne stand. Es war Winter und eigentlich eigenartig bei der Kälte einfach so herumzustehen. Er stand genau auf dem Fleck, den die tief stehende Sonne beschien, und ließ sich von ihr anstrahlen. Er stand im Hellen, während alles andere im dunklen kalten Winterschatten lag. Die Augen hatte er geschlossen und genoss anscheinend vollkommen entspannt die Wärme und das Licht. Ich war fasziniert von diesem Bild und es erfüllte mich mit Glück, obwohl nicht ich es war, die in der Sonne ruhte. Ein Lächeln lag auf seinem Gesicht und es machte mich froh, ihm kurz im Vorbeilaufen dabei zuzuschauen, wie er diesen Augenblick auskostete.

Auf meinem Rückweg stand er immer noch da, jetzt natürlich im Schatten. Da er sich nicht mehr sonnte, stand er etwas unmotiviert herum, so als würde er auf jemanden warten. Tatsächlich ließ er mich nicht aus den Augen, als ich an ihm vorbeilief. Er starrte mich so unverwandt an, dass ich stehenblieb, den Kopfhörer absetzte und zu ihm sagte: „Die Sonne scheint nicht mehr, du kannst nach Hause gehen."

Der junge Mann lachte mich glücklich an und sagte: „Ich habe auf dich gewartet. Du hast so einen total witzigen Laufstil und ich hatte gehofft, dass du hier nochmal vorbeiläufst, damit ich dich auch von vorne sehen kann."

Ich starrte ihn an und wusste nicht, ob ich jetzt einge-
schnappt sein sollte. Ich betrachtete ihn genauer und da fiel
mir auf, dass er diese hellgrünen Augen hatte, die ich so
mochte.

Er machte einen Schritt auf mich zu und streckte mir seine
Hand entgegen. Er sagte: „Übrigens, ich heiße Nick."

18.

„Im Keller"

In unserem Keller stinkt es bestialisch. Leider steht die
Waschmaschine im Keller und so muss ich jeden zweiten Tag
die steile dunkle Treppe hinabsteigen und mich durch den Gestank quälen, um die Wäsche in die Maschine zu stopfen. Als
Nick noch da war, habe ich ihn einfach mit den Worten „Geh
das Mäuschen suchen!" in den Keller geschickt und dann war
das Problem eine Zeit lang behoben. Durch irgendeine Ritze
kommen die Mäuse herein, verhungern dann in einer Ecke
des weitläufigen feuchten Kellers und beginnen zu verwesen.
Da ich mich vor nichts so ekele wir vor toten Tieren, ist es undenkbar, selbst den Kadaver zu entfernen. Es reicht mir schon,
wenn ich aus Versehen über einen stolpere. Dann renne ich
laut kreischend die Kellertreppe hoch und mein Puls ist irgendwo bei 180.

Stefan mit seinem makabren Humor meinte vor kurzem,
ob ich Nick vielleicht in einem der Schränke im Keller deponiert hätte. Daraufhin erklärte ich ihm die Sache mit den Mäu-
sen und bat ihn darum, sich in Zukunft des Problems anzunehmen. Leider muss Stefan nur einmal die Woche Wäsche
waschen und der Leidensdruck ist deshalb bei ihm nicht besonders hoch. In letzter Zeit, wenn ich im Keller den Gestank
in der Nase habe, muss ich daran denken, dass Nicks Leiche
vielleicht tatsächlich irgendwo liegt und genauso verwest und

stinkt wie das Mäuschen in unserem Keller. Ich merke, wie mich der Gedanke fertig macht und ich dabei ganz verzweifelt werde. Aber wahrscheinlich bleibt mir nichts anderes übrig, als auf Zoés Heimkehr zu warten. Sie ist in allen Dingen zum Glück sehr beherzt und wird auch dieses Mäuschen ohne großes Trara entsorgen.

Wenn ich das, was ich bisher getippt habe, durchlese, könnte man den Eindruck gewinnen, dass Pepe gar nicht vorhanden ist. Er ist der Dreh- und Angelpunkt meines Lebens, aber in meinem Bericht taucht er kaum auf. Auch ein Dialog zwischen Stefan und mir müsste, realistisch betrachtet, ganz anders aufgebaut sein.

Stefan sagt: „…"

Pepe schreit dazwischen, sodass ich Stefan nicht verstehen kann.

Stefan wiederholt seinen Satz leicht genervt.

Während ich ihm antworte, steigt Pepe auf seinen Tripp Trapp-Stuhl mit dem Plan, sich auf die Lehne zu setzen und ein bisschen sein Gleichgewicht zu trainieren.

Entsetzt reiße ich ihn vom Stuhl und stelle ihn auf den sicheren Boden. Diese ungerechte Aktion meinerseits wird mit einem lang anhaltenden und unerträglich lauten Schreien quittiert.

Inzwischen hat sich Stefan mitsamt Essen auf sein Zimmer verzogen, weil ihm die Konversation doch zu anstrengend wurde.

Dann stände das alltägliche Wickeldrama an, in dessen Verlauf sich Pepes Schreien zu einer sehr schmerzhaften Lautstärke steigern würde. An dessen Ende würde ich die Haustür zuknallen hören. Ein sicheres Zeichen dafür, dass Stefan zum Arbeiten an die Uni geflüchtet war.

Der Bericht über den Alltag einer Mutter mit Baby oder Kleinkind ist für Außenstehende einfach nur ermüdend und langweilig. Ich habe das ganze langweilige Alltagsgeschäft einfach ausgeblendet in der Hoffnung, dass Pepe, falls er in vielen Jahren diese Seiten einmal lesen wird, mir verzeiht, dass seine durchdringende Stimme hier wenig Gehör findet.

19.

„In der Kirche"

Letzte Nacht habe ich mich im Traum fürchterlich nach Nick gesehnt. Ich habe an nichts anderes als an ihn gedacht und meine Herzschmerzen waren so schlimm wie ganz am Anfang, als er verschwunden war. Im Traum war ich in einer überfüllten Kirche und dort habe ich Nick wiedergesehen. Ich stand ganz hinten an der Tür und er relativ weit vorne. Ich habe ihn erst erkannt, als er sich nach mir umgedreht hat und wir uns lange und intensiv anschauten. Sein Gesicht war anders, es war irgendwie schief. Und plötzlich wusste ich, dass ich sofort von hier verschwinden musste. Ich verließ die Kirche und begann zu rennen. Ich wusste, Nick folgte mir. Wir rannten durch endlos lange, von hohen Bäumen gesäumte Straßen. Ich hatte einen relativ guten Vorsprung, aber trotzdem das Gefühl, dass ich mein Tempo immer mehr steigern musste, um ihn abzuhängen. Schließlich, als ich mir sicher war, dass ich seinem Blickfeld entkommen war, ließ ich mich hinter eine Hecke fallen und blieb dort völlig außer Atem liegen.

Dieser Traum hat mich sehr beschäftigt. Zuerst dieses unerträgliche Verlangen nach ihm und dann die absolute Notwendigkeit, ihm zu entkommen. Hatte ich Angst davor, dass er, wenn er zurückkäme, verändert war? Oder wollte ich in meinem allertiefsten Inneren gar nicht mehr, dass er zurückkam?

20.

„Weihnachten"

Was soll ich sagen? Es war einer der schönsten Heilig-abende, die ich bisher erlebt habe. Jetzt sitze ich hier in meinem bequemen Ohrensessel, die Kerzen brennen noch und ich bin schwer angeheitert von dem Cognac, dem wir zum Schluss noch den Rest gegeben haben. Ich balanciere meinen Laptop auf den Knien und schreibe noch ein bisschen an meiner Geschichte, denn ich muss diesen schönen Abend einfach festhalten. Wer weiß schon, was morgen ist.

Ich hatte das Wohnzimmer und den Esstisch wirklich schön geschmückt und dabei ganz neue kreative Seiten an mir entdeckt. Die Fichten und Tannen im Garten mussten alle etwas Reisig spenden und dazu kamen noch ungefähr vierzig Kerzen, die das Zimmer in ein wirklich wunderbares Licht tauchten. Zum Essen gab es einfach nur selbstgebackene Pizza, denn mit Raclette oder Fondue konnte Pepe wirklich noch nichts anfangen. Da er zu seinem Geburtstag schon das obligatorische Bobby Car von Oma und Opa bekommen hatte, gab es von mir zu Weihnachten den passenden Anhänger dazu. Tatsächlich hatte auch Stefan an ein Geschenk für Pepe gedacht, ein altes Matchboxauto aus seinen eigenen Beständen. Pepe war damit absolut glücklich. Ehrlich gesagt, freute er sich wesentlich mehr darüber als über meinen tollen neuen Anhänger. Um acht Uhr saßen wir entspannt und satt zusammen und schauten Pepe dabei zu, wie er immer wieder sein neues altes Auto über den Tisch fahren und dann in den Abgrund stürzen ließ. So wie ich Pepe inzwischen kannte, würde er die nächsten Wochen nichts anderes machen.

Als es an der Tür läutete, bekam ich einen ungeheuren Adrenalinstoß und konnte mich nicht rühren. Aber das musste ich auch nicht, denn Stefan war schon aufgesprungen. Wahrscheinlich hatte er den gleichen Gedanken wie ich. Falls Nick zurückkam, dann heute Abend.

Schließlich schaffte ich es doch aufzustehen und folgte Stefan an die Tür. Draußen stand Raúl mit einer Flasche Cognac in der einen und einem großen Weihnachtsstern in der anderen Hand.

„Frohe Weihnachten! Falls ihr nichts dagegen habt, würde ich gerne mit euch anstoßen", sagte er an der offenen Tür und stieß bei jedem Wort eine weiße Wolke aus.

Glücklicherweise übernahm Stefan die Konversation, denn ich hatte immer noch weiche Knie und einen Kloß im Hals.

„Ja klar. Zu einem Veterano sagen wir bestimmt nicht nein. Wir dachten, dass du mit deinen Theaterkollegen um die Häuser ziehst."

„Nein. Viele haben auch Familie und außerdem ist mir noch nicht nach Party. Aber mit euch zusammen würde ich schon gerne ein bisschen feiern. Allerdings macht Mina ein Gesicht, als wäre sie nicht so begeistert von meiner Anwesenheit."

Stefan schob Raúl mit den Worten ins Haus: „Jetzt komm endlich rein, sonst haben wir hier ganz umsonst die Bude eingeheizt. Mina hat nur gedacht, du wärst Nick. Deshalb guckt sie jetzt etwas komisch."

„Oh Mina, das tut mir leid." Raúl nahm mich kurz in den Arm und drückte mich.

Ich nahm wahr, wie gut er roch, und wünschte mir, er hätte mich noch etwas länger gehalten. Ich schüttelte instinktiv den Kopf, um diesen irritierenden Gedanken wieder loszuwerden. Dann sagte ich: „Nein, ich bin nicht enttäuscht, dass du es bist. Eher erleichtert. Aber darüber möchte ich jetzt nicht reden. Lasst uns feiern!"

Ich nahm Raúl den Weihnachtsstern aus der Hand und ging zurück ins Wohnzimmer.

Es gelang uns tatsächlich, weder Nick noch Zoé mit einem Wort zu erwähnen und einen richtig schönen Abend miteinander zu verbringen. Um zehn wünschte ich mir von den beiden noch, dass sie, während ich die Küche aufräumte, Pepe ins Bett brachten, der auf dem Sofa eingeschlafen war. Er hielt in der einen Hand das Matchboxauto und in der anderen Hand die kleine Taschenlampe, die ihm Raúl geschenkt hatte, fest umklammert.

Als die Männer wieder runterkamen, machten wir den Cognac auf. Um Mitternacht verabschiedete sich Raúl, denn er musste am 25. arbeiten. Stefan nutzte die Gelegenheit, ebenfalls zu verschwinden, denn er wollte noch mit ein paar Unikollegen auf eine Party gehen. Ich blieb zurück mit einem wohligen Gefühl im Bauch. Ich wusste, dass dieses Gefühl zum großen Teil dem Wein und Cognac geschuldet war, aber zum anderen Teil hatte ich den Abend mit zwei Männern verbracht, von denen der eine sehr nett und witzig und der andere äußerst attraktiv war und dieser Umstand hatte mir einfach gut getan. Leider war ich zu aufgekratzt, um schnell einschlafen zu können. Ich horchte in mich hinein und versuchte herauszufinden, was ich eigentlich für Stefan empfand. Es fühlte sich so an, als wäre ich kurz davor, mich in ihn zu verlieben.

21.

„Erster Weihnachtstag"

Der Kater am ersten Weihnachtstag war schrecklich. Noch bevor ich aufstand, schwor ich mir, nie wieder einen Tropfen Alkohol zu trinken. Obwohl Pepe erst um neun eingeschlafen war, war er um halb sieben schon wieder topfit. Ich verfluchte mich selbst und die Männer, mit denen ich gestern gebechert hatte. Die Hoffnung, ein starker Kaffee würde den entstandenen Schaden schon richten, erfüllte sich nicht. Leider schaffte ich es nicht bis zur Toilette, sondern übergab mich im Flur. Natürlich musste Pepe dreimal durch das Erbrochene rennen, bevor ich es weggewischt hatte. Bis ich soweit war, hatte er alles im ganzen Haus verteilt. Total erledigt von der Putzaktion blieb ich am Boden sitzen, lehnte meinen Kopf an die Wand und schloss die Augen.

Eine weibliche Stimme, die „Frohe Weihnachten" sagte, riss mich aus dem Halbschlaf.

Ich starrte sie an und sie starrte mich an und wir dachten wohl beide das Gleiche, nämlich „Oh, nein! Muss das wirklich sein!"

Vor mir stand meine ehemalige beste Freundin Laurena Meister. Wir waren damals nicht im Guten auseinander gegangen und brachen deshalb jetzt nicht gerade in euphorische Freudengesänge über unser unverhofftes Wiedersehen aus. Laurena war mit meiner introvertierten Art auf Dauer nicht klar gekommen und mich hatte im Gegenzug ihre ewige, manchmal auch gekünstelte gute Laune genervt. Sie kam mit allen Menschen bestens zurecht, ich dagegen nur mit ganz wenigen. Vielleicht ziehen sich Gegensätze am Anfang an, aber mit der Zeit konnte sich das Zusammensein solch unterschiedlicher Menschen, wie Laurena und ich es waren, zu einer ganz schönen Tortur entwickeln.

Und jetzt stand diese oberflächliche Frau, mit der ich nie wieder etwas zu tun haben wollte, vor mir und schaute mitleidig auf mich herab. „Kann ich dir irgendwie helfen? Du siehst etwas mitgenommen aus", fragte sie scheinheilig.

In Anbetracht meines Zustandes antwortete ich recht schlagfertig: „Du kannst mit meinem Sohn Pepe spielen. Er rennt hier irgendwo herum. Wahrscheinlich musst du ihm vorher die Füße abwischen. Ich muss wieder ins Bett."

Bevor ich mich in die Senkrechte aufgerichtet hatte, entgegnete sie: „Daraus wird leider nichts. Ich muss zum Bahnhof und zu meinen Eltern nach München fahren. Aber ein andermal gerne. Ich denke, wir sehen uns jetzt wieder öfter."

Wenn mein Magen nicht schon leer gewesen wäre, hätte ich mich daraufhin nochmals übergeben müssen. Was für ein Unglück! Von allen jungen Frauen in dieser Stadt musste Stefan ausgerechnet auf Laurena Meister treffen. Es war niederschmetternd und es gelang mir nicht mal, mich adäquat von ihr zu verabschieden. Ich ließ sie einfach stehen, machte eine abwehrende Geste mit dem Arm und schwankte in mein Zimmer zurück. Im Bett fühlte ich mich schon etwas besser aufgehoben und lauschte dem gleichmäßigen Scheppern, das mir zeigte, dass Pepe sich in der Küche mit seinem Auto amüsierte. Jetzt, wo ich wusste, dass Stefan wahrscheinlich vergeben war, konnte ich genau fühlen, was ich für ihn empfand. Ich fand ihn mehr als nur nett, aber dadurch dass er nie mit mir flirtete, war ich davon ausgegangen, dass er nichts von mir wollte, und hatte meine Gefühle beiseitegeschoben. Und das würde mir auch weiterhin gelingen, ob mit Laurena oder ohne. Mit diesem beruhigenden Gedanken schlief ich endlich wieder ein.

22.

„Einsam"

Nach inzwischen neun Monaten Trennung bin ich mir nicht mehr sicher, ob ich Nick noch liebe. Stefan hat mir dafür die Augen geöffnet, dass es noch andere interessante Männer außer Nick gibt. Und jetzt, wo Stefan eine Freundin hat, die ihn am liebsten vollständig okkupieren würde, fühle ich mich sehr einsam und verlassen, denn meine Erinnerungen an Nick sind irgendwie verblasst, so wie wenn ich nur noch einen alten krisseligen Schwarzweißfilm statt eines Farbfilms sehen könnte. Natürlich denke ich noch an ihn. Ich sehe ihn zwangsläufig jeden Tag in Pepe, der seine Augen geerbt hat.

Zurzeit schaue ich mir oft mit Pepe zusammen alte Fotos an. Wir spielen dabei das Spiel „Papa suchen". Mich macht es traurig, aber Pepe liebt es, seinen Papa, an den er sich nicht erinnern kann, auf allen Bildern zu finden. Wenn er mich am Ende fragend anschaut, erkläre ich immer: „Papa musste weit wegfahren, um einen Freund zu besuchen. So wie Zoé wegfahren musste, um ihre Familie zu besuchen. Und so, wie Zoé bald wiederkommt, kommt Papa auch bald zurück."

Eigentlich hätte Zoé am fünften Januar wieder zurückkommen müssen, aber am vierten kam eine Mail, dass sie nochmals um eine Woche verlängern würde. Das machte mir wirklich zu schaffen, denn ich brauchte sie gerade unheimlich dringend. Über Silvester war ich tatsächlich mit Pepe zu meinen Eltern geflüchtet, weil ich den frisch Verliebten nicht länger beim Turteln zuschauen konnte. Wobei Stefan und Laurena gar nicht wirklich am Turteln waren. Sie wirkten eher so, als wären sie überrascht, einander gefunden zu haben, und auch noch gar nicht so sicher, ob ihre Geschichte eine Zukunft hatte. Trotzdem machten sie einen glücklichen Eindruck und für mich war dieses Glück gerade nicht zum Aushalten.

Bei meinen Eltern kam ich vom Regen in die Traufe. Die beiden hatten sich schon sehr lange nichts mehr zu sagen und die Stimmung „Zuhause" legte sich sofort bleischwer auf mich und drückte noch den letzten Rest Optimismus aus mir heraus.

Selbst Pepe fiel es in diesem Umfeld schwer, Leben in die Bude zu bringen, und wir beide waren einfach nur heilfroh, als wir am zweiten Januar wieder in den Zug steigen konnten. Den Silvesterabend hatten meine Eltern natürlich vor der Glotze verbracht und ich war einfach bei Pepe liegengeblieben, als ich ihn ins Bett brachte und hatte den Beginn des Jahres 2013 verschlafen. Beim Abschied auf dem Bahnsteig hatte ich meiner Mutter, als wir uns umarmten, ins Ohr geflüstert: „Bitte zieh doch zu mir. Ich bräuchte dich so dringend." Sie schaute mich darauf nur an mit einem strengen Ausdruck in den Augen und schüttelte unmerklich den Kopf. Sie hatte sich meinen Vater ausgesucht und sie würde bei ihm bleiben bis zum bitteren Ende. Das war eine Frage der Loyalität, des guten Rufes, der materiellen Sicherheit und wohl auch der Bequemlichkeit.

Der Besuch bei meinen Eltern hatte mich so runtergezogen, dass ich zu Jahresbeginn am absoluten Tiefpunkt angelangt war. Hätte ich nicht die Verantwortung für Pepe gehabt, weiß ich nicht, ob ich noch die Kraft gehabt hätte, weiterzumachen. Aus Erfahrung wusste ich aber, dass es jetzt nur noch besser werden konnte. Außer Zoé brächte schlechte Nachrichten aus Kolumbien mit.

Endlich, am 13. Januar war es so weit. Ich stand mit Pepe auf den Schultern auf dem Bahnsteig und wartete so aufgeregt auf den Zug, als würde die große Liebe meines Lebens ankommen.

23.

„Zoé bleibt."

Zoé sah noch besser aus als sonst. Sie hatte eine gesündere Farbe bekommen und war nicht mehr ganz so blass. Wir umarmten uns alle drei sehr lange. Schließlich machte sich Zoé von mir los und sagte atemlos: „Mensch Mina! Ich war gerade mal drei Wochen weg. Was ist bloß passiert, dass es dir so schlecht geht."

Das waren natürlich die falschen Worte, denn plötzlich stand ich auf dem überfüllten Bahnsteig und brach in Tränen aus.

„O.k., jetzt mal ganz ruhig", Zoé war sichtlich überfordert mit meinem Gefühlsausbruch und auch Pepe zog die Mundwinkel nach unten und war kurz davor, ebenfalls loszuheulen.

„Wir nehmen uns vor dem Bahnhof ein Taxi und dann fahren wir schnell nach Hause und du erzählst mir alles in Ruhe", schlug Zoé vor.

„Ich will nicht nach Hause", schluchzte ich. „Da ist es so voll."

Und dann musste ich lachen, als ich Zoés Gesichtsausdruck sah. Weinen und lachen zusammen, das war mir auch noch nie passiert. Pepe wusste gar nicht mehr, was er davon halten sollte, und wollte jetzt sofort von Zoés auf meinen Arm wechseln.

„Also gut, dann gehen wir jetzt erst mal Kaffee trinken. Es gibt hier in der Nähe ein Café mit Kinderspielecke. Da können wir in Ruhe reden", schlug Zoé vor.

Als ich Zoé schließlich von den ganzen Tiefschlägen mit Stefan, Laurena und meinen Eltern berichtet hatte, kam mir die Geschichte schon nicht mehr ganz so schlimm vor und ich wunderte mich, dass mich diese Ereignisse so mitgenommen hatten.

„Ich glaube ja nicht an Zufälle", sagte Zoé. „Wenn sich Stefan ausgerechnet mit deiner ehemaligen besten Freundin zusammentut, dann bedeutet das für dich nur, dass du ihn dir in punkto Beziehung für immer aus dem Kopf schlagen solltest. Er ist ein Mitbewohner, vielleicht ein Freund, aber auf keinen Fall ein Nick-Ersatz. Und das sage ich nicht, weil ich Nicks Freundin bin. Inzwischen bin ich vielmehr auch deine Freundin und will, dass du glücklich wirst. Aber mit Stefan würdest du niemals glücklich werden. Er ist ein Typ, der die Auseinandersetzung braucht, und du bist immer auf der Suche nach Harmonie. Das würde nicht gut gehen."

Ich nickte brav zu Zoés Ausführungen und wusste auch, dass sie wahrscheinlich wie so oft im Recht war, aber gleichzeitig dachte ich an die vielen witzigen und interessanten Gespräche, die ich mit Stefan gehabt hatte. Und dass es da schon eine gewisse Übereinstimmung zwischen uns gab, von der Zoé vielleicht einfach nichts wusste. Was sollte ich auch tun? Ich konnte eh nichts ändern. Außer ihm vielleicht in einem schwachen Moment meine Gefühle gestehen.

Zoé hatte den Kopf gesenkt und rührte in ihrer Tasse. Schließlich hob sie ihr schönes Gesicht und sagte: „Mina ich muss dich etwas fragen und du musst mir bitte ehrlich antworten."

Sofort war ich hellwach und versuchte mich bereit zu machen für den nächsten Schlag. Ich holte tief Luft und nickte.

„Ich wollte dich fragen, ob ich noch eine Weile bei dir wohnen kann. Ich werde nicht nach Kolumbien zurückkehren. Meine Mutter ist an Sylvester gestorben."

24.

„Ich bin anders."

Ich bin anders als andere Menschen, wobei ich das nicht mit Bestimmtheit sagen kann, da ich nicht weiß, ob meine Mitmenschen nicht auch anders sind – anders in dem Sinne von, irgendwelche Fähigkeit haben, über die man mit anderen lieber nicht spricht. Mit Anderssein meine ich auch nicht, dass ich besonders sonderbar bin, sondern einfach, dass ich bestimmte Eigenschaften habe, die andere vielleicht nicht haben. Wobei, wie gesagt, diese Annahme ist eine Hypothese, denn vielleicht gibt es auch viele so wie mich, die sich nicht getrauen, darüber zu reden oder die dem ganzen keine Bedeutung beimessen. Ich spreche von so etwas wie einem siebten Sinn, einer besonderen Art von Intuition, einem zweiten Gesicht, das mich manchmal Dinge sehen oder träumen lässt, die dann tatsächlich so ähnlich passieren. Dabei weiß ich nicht, ob ich durch meine Gedanken oder Visionen die Geschehnisse beeinflusse oder ob ich einfach deren Kommen erahne. Natürlich wünsche ich mir, dass Letzteres der Fall ist, denn ich wäre nur ungern wegen meinen Gedanken verantwortlich für Dinge, die sich ereignen.

Unwichtige Alltagsdinge kann ich allerdings direkt beeinflussen. Wenn ich beispielsweise überhaupt keine Lust auf einen Arzttermin habe, ruft sicher die Sprechstundenhilfe an, um den Termin zu verschieben.

Manchmal kann ich sogar das Wetter beeinflussen. Dann scheint genau an dem einen Tag, für den ich etwas Besonderes geplant habe, die Sonne und vorher und nachher regnet es eine Woche lang. Wenn die Leute mich dann beglückwünschen zu meinem Glück mit dem Wetter, sage ich mit einem Augenzwinkern, dass das Hexerei sei. Alle denken natürlich, ich würde scherzen.

Über diese Fähigkeiten rede ich mit niemandem, nicht einmal mit Zoé. Zum einen sind sie nicht wirklich wichtig oder hilfreich und zum anderen würde man nur meinen, ich wolle mich wichtigmachen.

Als Zoé erzählte, dass ihre Mutter gestorben war und sie nicht mehr plane nach Kolumbien zurückzukehren, hatte ich sofort ein schlechtes Gewissen. Was hatte ich mir denn sehnlicher gewünscht, als dass Zoé hier bei mir bleiben könnte? Vielleicht hatte ich es mir so sehr gewünscht, dass nun mein Wunsch auf eine schreckliche Art und Weise in Erfüllung gegangen war.

„Was ist denn?", Zoé riss mich aus meinen Gedanken. „Freust du dich denn gar nicht darüber, dass ich hierbleibe?"

„Wie sollte ich mich denn darüber freuen, wenn gerade deine Mutter gestorben ist? Es muss dir doch schrecklich gehen", antwortete ich.

Natürlich konnte ich Zoé nicht erzählen, dass ich mich schuldig fühlte. Es war ja auch absurd.

„Weißt du, ich habe meine Mutter seit sehr vielen Jahren nicht mehr gesehen. Ich denke, dass ich dich inzwischen weitaus mehr liebe als sie, obwohl sich das vielleicht nicht gehört."

„Ich glaube eher, dass du Raúl mehr liebst als sie, oder?"

„Raúl liebe ich mehr als mich selbst. Es war ein großer Fehler, mich von ihm zu trennen. Ich kann ohne ihn einfach nicht glücklich sein. Was soll ich bloß tun?"

„Was wäre, wenn du ihm das genauso sagst wie mir gerade eben. Und was ist damit, dass er dich so angeschrien hat? Ich dachte, das sei ein unverzeihlicher Fehler."

„Natürlich sollte sich das nicht wiederholen. In unserer Beziehung kam das bisher nicht vor. Aber ich habe ihn sehr in die Enge getrieben. Möglicherweise habe ich es sogar provoziert."

„Aber warum nur? Ich verstehe dich nicht."

„Du kannst das nicht verstehen. Ich musste mich trennen, um zu erkennen, dass ich nicht ohne ihn leben kann. Wahrscheinlich kann ich es dir bald so erklären, dass du es verstehst, aber jetzt ist noch nicht der richtige Zeitpunkt."

„Und wann ist der richtige Zeitpunkt? Ich hasse es in Unwissenheit zu leben, weißt du?"

„Falls ich mit Raúl wieder zusammenkomme, kann ich es dir erklären. Aber jetzt lass uns bitte zu dir gehen. Ich muss unbedingt diese Laurena kennenlernen."

25.

„Der Anruf"

Zoé brachte das häusliche Ungleichgewicht wieder ins Lot. Laurena war sichtlich irritiert über die Anwesenheit einer so schönen Frau. Auch machte sie ganz sicher der Umstand nachdenklich, dass diese ungewöhnlich attraktive Frau inzwischen meine beste Freundin war. Auf jeden Fall ließ sie sich nicht mehr so häufig blicken wie bisher, was vielleicht auch daran lag, dass Stefan mit seiner Masterarbeit zunehmend unter Zeitdruck geriet.

Zoé hatte ihren Job gekündigt und verbrachte ihre ganze Zeit mit Pepe und mir, was mir extrem gut tat. Raúl ließ sich nicht blicken und es sah so aus, als würde die Wiederannäherung der beiden eine längere Geschichte werden.

Gerade als ich dachte, die größte Aufregung läge hinter mir und es würde ein bisschen Ruhe in mein Leben einkehren, drückte mir Stefan eines Abends den Hörer in die Hand und meinte ein gewisser Peter wäre dran.

Da ich keinen Peter kannte, nahm ich ihm ahnungslos das Telefon aus der Hand und fragte vorsichtig, „Hallo?"

„Hallo, hier spricht Peter. Könnte ich bitte mit Nick sprechen?", fragte der Unbekannte.

„Bist du …", ich musste mich räuspern, weil ich plötzlich einen trockenen Mund hatte. „Bist du der Peter, den Nick letztes Jahr im April besucht hat?"

„Nein, Nick hat mich nicht besucht. Er wollte, aber er kam nicht und er hat nicht mal abgesagt. Kann ich ihn jetzt sprechen oder nicht?"

Mein Gesprächspartner klang etwas unwirsch. Vielleicht war er der Meinung, dass ich irgendetwas mit dem Nichtauftauchen und Nichtabsagen von Nick zu tun hätte.

„Nein, du kannst ihn nicht sprechen. Er ist zu dir gefahren und nie wieder nach Hause gekommen. Ich warte bis heute auf eine Nachricht von Nick. Er hat hier nämlich auch einen Sohn. Der wartet auch jeden Tag darauf, dass sein Vater zurückkommt."

Glücklicherweise hatte Stefan das Gespräch verfolgt und nahm mir den Hörer ab, weil ich zu weinen angefangen hatte und meine Stimme zunehmend brüchig wurde.

Er führte das Gespräch mit Peter zu Ende, notierte sich Namen, Adresse, Telefon- und Handynummer. Außerdem erklärte er ihm, dass es sein könnte, dass sich die Polizei bei ihm melden würde.

Nachdem er aufgelegt hatte, stöhnte Stefan: „Was für eine Trantüte. Der hätte sich doch schon vor zehn Monaten melden können. Sehr kooperativ ist er auch nicht. Seltsamerweise war er ganz und gar nicht begeistert über die Aussicht, dass sich die Polizei bei ihm melden könnte."

Ich hörte nur mit halbem Ohr zu, denn mir war im Laufe der letzten Minuten klar geworden, dass sich durch Peters Anruf rein gar nichts geändert hatte. Zuerst hatte ich einen Adrenalinstoß bekommen, weil ich nach so langer Zeit, endlich eine Nachricht von Nick erhielt, wenn auch nur indirekt. Aber nach kurzer Bedenkzeit machte sich Ernüchterung breit.

„Ich werde bei der Polizei anrufen und auch bei Nicks Mutter und sie über die Tatsache informieren, dass Nick nie bei Peter angekommen ist."

Stefan sah meine Niedergeschlagenheit und wollte mich trösten: „Es bedeutet nur, dass er es sich anders überlegt hat und woanders hingefahren ist. Wäre er mit dem Auto verunglückt, hätte das ja wohl jemand mitbekommen."

Nachdem ich nicht auf seine Ausführung reagierte, fragte Stefan: „Was ist eigentlich mit Nicks Mutter? Warum kreuzt die hier nie auf, um dich zu unterstützen? Nicht, dass ich noch mehr Frauen um mich herum bräuchte, aber …"

„Ach lass doch die blöden Sprüche!", unterbrach ich ihn genervt. „Aber falls es dich wirklich interessiert, Nicks Mutter denkt, dass ihr Sohn vor mir geflüchtet ist. Natürlich kann ich auf der Basis mit ihr keinen konstruktiven Umgang pflegen. Dadurch, dass sie auch noch so weit weg wohnt, hat sie Pepe nur einmal gesehen. Aber ich werde sie auf jeden Fall gleich anrufen, weil ich ihr versprochen habe, sie über neue Entwicklungen auf dem Laufenden zu halten. Sie hängt sehr an ihrem Sohn."

„Wir kommt sie dazu, dir die Schuld in die Schuhe zu schieben?", fragte Stefan.

„Ich war leider so dumm, ihr davon zu erzählen, dass wir im Streit auseinander gegangen sind. Sie verhält sich wie jede Mutter. Anstatt zu sehen, dass ihr Sohn einfach sein Kind im Stich lässt, schiebt sie mir den schwarzen Peter zu, um nicht an ihrem Sohn zweifeln zu müssen."

„Jetzt mach aber mal einen Punkt", unterbrach mich Stefan. „Es kann genauso gut sein, dass Nick eine Amnesie hat."

Stefan hatte es sich angewöhnt, Nick in Schutz zu nehmen, obwohl er ihn gar nicht kannte. Ich fragte mich, ob da Laurena und die Geschichten, die sie ihm sicherlich über mich erzählt hatte, eine Rolle spielten oder ob er Männer generell durch eine rosarote Brille sah. Aber wahrscheinlich tat ich ihm Unrecht und Stefan spielte lediglich den Anwalt für den nicht-anwesenden Angeklagten. Also versuchte ich ruhig zu bleiben und mich auf keinen Fall von ihm provozieren zu lassen.

„Natürlich kann es sein, dass er ausgeraubt wurde oder einen Unfall hatte. Aber die Polizei weiß doch Bescheid. Sie hätten doch zumindest den Wagen inzwischen finden müssen."

„Ein Auto kann man winzig klein zusammenpressen oder man kann es mit gefälschten Papieren ins Ausland verkaufen", warf Stefan ein.

Langsam bekam ich einen dicken Hals. Ich war einfach nicht geschaffen für diese Endlosdiskussionen.

„Das hätte sich bei der alten Schrottkarre sicherlich gelohnt. Warum nimmst du Nick eigentlich immer in Schutz? Du kennst ihn doch gar nicht."

„Aber ich kenne dich und ich kenne Pepe und ich kann mir beim besten Willen nicht vorstellen, dass dein Freund euch einfach sitzen lässt."

„Da hast du schon recht", entgegnete ich ihm. „Nick war nicht gerade entschlussfreudig, nicht gerade jemand, der spontan seine Familie und sein Haus im Stich lässt, um sich woanders eine neue Existenz aufzubauen. Aber hier geht es nicht nur um Nick. Es geht auch um Pepe und mich. Wie lange soll ich Pepe denn erzählen, dass sein Vater nur Urlaub macht und bald wiederkommt? Oder wie lange soll ich auf Nick warten? Ich muss doch irgendwann wieder anfangen, mein Leben zu leben. Ich bin doch nicht die Frau eines Seemanns, die jeden Tag zum Hafen pilgert und darauf wartet, dass das Schiff ihres Mannes am Horizont auftaucht."

Stefan nahm sich einen Moment Zeit zum Überlegen. Dann antwortete er: „Ich denke, den Zeitpunkt, an dem du aufhörst zu warten, kannst du nicht selbst bestimmen. Es passiert einfach irgendwann. Und dein Leben, das kannst du jederzeit ändern. Fang wieder an zu arbeiten! Das bringt dich auf andere Gedanken."

„Schön gesagt, und wer kümmert sich um Pepe, wenn ich ins Kino gehe?"

„Dafür bräuchtest du einen Babysitter. Die Texte kannst du ja nachts schreiben, wenn Pepe schläft. Zumindest so lange, bis du dir eine Kindergruppe leisten kannst."

„Du hast keine Ahnung von meinem Arbeiten. Ich kann nur tagsüber schreiben, nachts fällt mir nichts mehr ein. Aber du kannst ja anscheinend ganz fleißig jederzeit an deiner Magisterarbeit feilen und dies ganz ohne Kind und Liebeskummer."

„Gut, dass du mich daran erinnerst. Ich habe eigentlich gar keine Zeit dafür, hier mit dir rumzusitzen und zu streiten." Mit diesen Worten sprang Stefan auf und machte sich hektisch auf den Weg zur Uni. Bevor er die Haustür zuschlug, rief er mir noch zu: „Übrigens ein Cousin von mir hat hier ein Vorstellungsgespräch. Ich habe ihm gesagt, dass er ein paar Tage hier wohnen kann. Tschau, bis heute Abend!"

Ich wusste genau, dass Stefan eine Schreibblockade hatte und dass man darüber keine Witze reißen sollte, da er nichts dafür konnte. Aber er hatte mich an einem sehr wunden Punkt erwischt. Ich musste unbedingt meine alten Beziehungen zur Zeitung wieder aufnehmen und mich in Erinnerung bringen. Nur verdrängte ich leider dieses Vorhaben von Tag zu Tag aufs Neue. Je länger ich zu Hause als Hausfrau und Mutter saß, desto weniger traute ich mir zu, je wieder einen guten Text zu schreiben.

26.

„Verlust."

Ich weiß, was es bedeutet, jemanden zu verlieren. Falls es plötzlich und ohne Vorankündigung geschieht, ist es, als wenn dir jemand den Boden unter den Füßen wegzieht. Als wenn du fortan in Watte eingepackt durch dein Leben läufst. Als wenn du nicht mehr in der Lage bist, irgendetwas zu fühlen. Als wenn du dich und dein Leben von außen betrachtest. Dieser Zustand kann Tage, Wochen oder Monate dauern.

Danach, wenn der Schock nachlässt, kommt die Phase der Trauer. Du vermisst diesen wichtigen Menschen und glaubst, dass du nie wieder dieselbe sein kannst. Was vielleicht auch gar keine so falsche Annahme ist. Zudem kommt jetzt die Schuldfrage ins Spiel. Wie hoch ist deine Schuld, wie schwer wiegt sie, wie viel Anteil hast du selbst am Verschwinden dieses wichtigen Menschen aus deinem Leben. Neben der Schuld kommen die Selbstzweifel. Wie hässlich, dick, alt, langweilig, böse und dumm bist du, um von diesem Menschen verlassen worden zu sein?

Glücklicherweise hat es die Natur so eingerichtet, dass nach dieser depressiven Phase die wiederbelebende Zeit der

Wut beginnt. Zumindest ist das bei den meisten Menschen, die ich kenne, so.

Bei Zoé war die Sache allerdings anders gelagert. Sie war niemals wütend auf andere Menschen und konnte deshalb auch nicht geheilt werden. Sie hatte sich gegen Kolumbien und für Raúl entschieden und hatte ihm ihre Entscheidung freudestrahlend am Tag nach ihrer Rückkehr mitgeteilt. Leider hatte sie überhaupt nicht damit gerechnet, dass er sie abweisen könnte. Zoé erklärte mir, dass Raúl sie zwar noch liebte, aber einfach nicht darüber hinweg käme, Zoé angeschrien und ihr Angst gemacht zu haben. Er hatte behauptet, dass er seitdem nicht mehr in den Spiegel sehen könne, ohne ein schlechte Gewissen zu haben. Wie er sie behandelt hätte, täte ihm so leid und immer wenn er Zoé sehen müsste, würde er darin erinnert werden, wie schrecklich er sich aufgeführt hatte. Deshalb könne er nicht mehr mit ihr zusammen sein.

Zoé hatte endlos auf ihn eingeredet und versucht, ihm die Schuldgefühle zu nehmen, indem sie ihm erklärte, dass sie ihn mit ihrem Verhalten und ihren Worten zu seinem Wutanfall getrieben hätte. Aber Raúl hatte immer nur den Kopf dazu geschüttelt und gesagt: „Bitte geh weg. Bitte quäl uns beide nicht unnötig."

Mir persönlich kam das Ganze reichlich theatralisch vor und ich konnte Raúls Argumentation nicht so recht nachempfinden. Für mich war das Bullshit! Wenn ich daran dachte, wie oft ich Nick bei einem Streit angeschrien hatte, dann bekam ich im Nachhinein noch ein ganz schlechtes Gewissen. Wo gab es denn eine Beziehung, bei der die Leute nie laut wurden, fragte ich mich verunsichert. War ich jetzt daneben oder Raúl?

Seitdem hatte ich zwei Kranke im Haus. Stefan mit seiner Schreibblockade und Zoé mit ihrem unheilbaren Liebeskummer. Sie versuchten beide mich nicht übermäßig mit ihren Problemen zu belasten, aber es war nicht gerade Easy Living.

27

„Ein Albtraum."

Manchmal träumte ich nicht nur schlecht von Nick, sondern auch von Pepe. In meinem Traum war Pepe viel älter als jetzt. Er hatte eine Menge Freunde und ständig war ein Haufen Kinder bei uns im Haus. Es gefiel mir, dass Pepe so viele Freunde um sich scharte.

Doch dann begannen die Kinder zu sterben. Eins nach dem anderen. Sie hatten Unfälle, stürzten unerklärlicherweise die Treppe hinunter und brachen sich dabei den Hals. Es wurden immer weniger. Auch war bald klar, dass das keine Unfälle sein konnten. Eines von den Kindern brachte die anderen eins nach dem anderen um die Ecke. Mein Verdacht viel auf einen Jungen, dessen Verhalten mir auffällig erschien. Schließlich schrieb ich mir auf, welche Kinder an welchem Tag bei uns gewesen waren und kam zu dem Schluss, dass nur ein einziges Kind an jedem Tag, an dem ein Kind verunglückt war, hier gespielt hatte. Es war ein kleines blondes Mädchen und sah so süß und harmlos aus. Aber dieses Mädchen war der Killer und es waren nicht mehr viele Kinder übrig. Plötzlich hatte ich so große Angst um Pepe, dass ich davon aufwachte.

28.

„Auf der blauen Brücke."

Am 9. Februar klingelte es um zwölf Uhr nachts an der Haustür. Ich lag wach im Bett, denn ich wartete noch auf Zoé, die nicht nach Hause gekommen war.

Hatte Zoé ihren Schlüssel vergessen? Dann dachte ich an Nick und war mit einem Sprung aus dem Bett. Pepe schlief glücklicherweise friedlich weiter. Lautlos huschte ich aus dem Zimmer, ließ die Tür angelehnt und schlich mich die Treppe hinunter. An der Garderobe griff ich noch zu meinem alten Faserpelz, um nicht im Nachthemd vor der Polizei oder weiß der Himmel wem zu stehen.

Mit wild klopfendem Herzen öffnete ich die Tür. Zuerst sah ich nur einen dunklen Umriss. Der Schatten vor der Tür bewegte sich nicht.

„Nick?", fragte ich atemlos.

Die Gestalt antwortete nicht, sondern kam auf mich zu und warf ihre Arme um mich. Ich bekam Locken zu fassen und auch der Geruch kam mir bekannt vor.

„Raúl, was machst du denn da? Bitte komm doch rein."

Er ließ mich nicht los, sondern hing immer noch wie ein Sack an meinem Hals. Obwohl er wesentlich größer war als ich, schaffte ich es irgendwie, uns beide ins Haus zu manövrieren und die Tür zu schließen. Plötzlich tauchte Stefan aus dem Dunkel des Flurs auf und fragte: „Hey, was macht ihr denn da? Habe ich da irgendetwas verpasst?"

„Bitte Stefan, hilf mir!", sagte ich flehend. „Nimm mir Raúl ab und bring ihn in die Küche."

Auch für Stefan war es nicht leicht, Raúl von mir wegzuzerren und in die Küche zu bugsieren. Er bewegte sich wie ein Volltrunkener, aber ich hatte keinen Alkohol gerochen. Gemeinsam setzen wir Raúl auf einen Stuhl und zogen ihm den schweren Wintermantel aus. Er ließ den Kopf einfach vornüberfallen. Als seine Stirn auf das Holz krachte, machte das ein unschönes dumpfes Geräusch, das mich zusammenzucken ließ.

Im gleichen Moment stellte ich den Zusammenhang zwischen Zoés Ausbleiben und Raúls seltsamem Auftauchen her.

Sofort war ich auf 180 und schrie ihn an: „Was ist mit Zoé? Was hast du ihr jetzt schon wieder angetan? Sag mir auf der Stelle, was mit Zoé ist oder ich bring dich um!"

Zum ersten Mal in meinem Leben sah ich tatsächlich rot. Es war nicht nur ein Spruch, sondern ich hatte eine rote Wand aus Wut vor meinen Augen. Dieser Mann, der hier wie ein Waschlappen auf meinem Küchentisch hing, war schuld daran, dass es meiner besten Freundin so schlecht ging. Und das alles nur aus gekränkter Eitelkeit heraus. Ich wusste, dass sein Auftauchen hier mitten in der Nacht nur bedeuten konnte, dass etwas Schreckliches mit Zoé passiert war.

Stefan drehte mir unsanft den Arm auf den Rücken und nahm mir das Brotmesser ab, dass ich mir in meiner Wut geschnappt hatte.

„Was denn", blaffte ich ihn an. „Ich will doch nur, dass er endlich redet. Ich muss wissen, was mit Zoé passiert ist."

„Sie hat mir eine SMS geschrieben." Endlich hob Raúl den Kopf. Sein Gesicht war schneeweiß und auf seiner Stirn prangte eine große rote Beule.

Ich setzte mich, denn ich hatte das bestimmte Gefühl, das, was jetzt kam, würde mich ansonsten umhauen.

Raúl senkte die Augen und erzählte weiter: „Sie schrieb, dass ich um halb elf heute Nacht auf der blauen Brücke sein sollte. Sie hätte mir etwas Wichtiges zu sagen. Eigentlich wollte ich nicht hingehen, aber die heutige Vorstellung endete um zwanzig nach zehn und ich fuhr sowieso immer über die blaue Brücke nach Hause. Ich wollte nicht wegen ihr einen anderen Weg nehmen. Und so kam es, dass ich tatsächlich um halb elf auf der Brücke war. Ich fuhr mit meinem Fahrrad auf der Straße und sie lehnte am Geländer. Ich erkannte sie sofort. Bei der Kälte und um diese Uhrzeit war fast niemand mehr unterwegs. Zwischen uns waren die Bogenpfeiler und ich fuhr einfach an ihr vorbei, so als hätte ich sie gar nicht gesehen. Hinter mir hörte ich sie meinen Namen rufen. Da konnte ich nicht anders. Sie klang so traurig. Ich wendete mein Rad."

Raúl stockte. Seine Hände stützen zu Fäusten geballt seinen Kopf. Ich hing an seinen Lippen und hielt den Atem an.

„Sie war nicht mehr da", fuhr er mit leiser verzweifelter Stimme fort. „Zoé war verschwunden. Ich konnte mir das nicht erklären. Ich dachte zuerst, sie hätte sich vor mir versteckt oder wäre vielleicht zusammengebrochen. Ich ließ mein Rad einfach auf die Straße fallen und rannte zu der Stelle, wo sie gerade noch gestanden hatte. Aber sie war wie vom Erdboden verschluckt. Dann hörte ich Schreie von unten, vom Bahnsteig her. Ich schaute über das Geländer nach unten und dann sah ich sie. Sie lag direkt unter mir. Die Gleise sind hell beleuchtet und ich konnte sie ganz genau sehen. Sie war auf den Rücken gefallen. Ihr weißes Gesicht leuchtete mir entgegen. Ich habe ihre Augen gesehen. Sie waren offen und haben mich direkt angeschaut. Ich weiß nicht, ob sie mich noch gesehen hat oder ob sie schon tot war."

Eine bleierne Stille senkte sich über den Raum, als Raúl nicht mehr weitersprach und Stefan und ich begriffen, dass dies das Ende seiner Geschichte war. Ich versuchte mir die blaue Brücke vorzustellen und schätzte die Höhe auf mindestens zehn Meter. Es war einfach unfassbar. Ein Leben ohne Zoé war für mich nicht vorstellbar.

Ein Klingelton durchbrach das Schweigen. Es war mein Handy. Es lag auf dem Küchentisch und kündigte die Ankunft einer SMS an. Automatisch griff ich danach und las die Nachricht: „Keine Panik. Lebe noch. Z."

Wahrscheinlich hatte ich das Atmen vergessen, denn mir wurde plötzlich fürchterlich schlecht, und das Letzte, was ich wahrnahm, war, wie ich vom Stuhl kippte.

29.

„Eine unerklärliche Geschichte"

Als ich wieder zu mir kam, lag ich auf dem Sofa und Stefan stand neben mir mit einem wie wild schreienden Pepe auf dem Arm.

„Gib ihn mir bitte!", sagte ich.

Pepe beruhigte sich überhaupt nicht, als ich ihn zu mir aufs Sofa legte. Ich musste aufstehen und ihn herumtragen, damit er aufhörte zu schreien.

„Laurena macht dir gerade einen Kaffee", sagte Stefan ernst. Er beobachtete mich sichtlich besorgt dabei, wie ich mit schwankenden Schritten Pepe durchs Wohnzimmer trug.

Ich fühlte mich immer noch hundeelend, aber ich war trotzdem unheimlich gespannt zu erfahren, was passiert war, nachdem ich das Bewusstsein verloren hatte.

Stefan begann von sich aus zu erzählen: „Du warst nur kurz weg. Als du vom Stuhl gekippt bist, hat sich Raúl als Erstes das Handy geschnappt und die Nachricht gelesen. Ich habe dich alleine aufs Sofa getragen, weil mit Raúl nichts anzufangen war. Er hat so laut und so hysterisch rumgeschrien, dass Pepe davon aufgewacht ist. Ich kann zwar kein Spanisch, aber aus seinem Geschrei meine ich herausgehört zu haben, dass Zoé den Sturz wohl überlebt hat. Nachdem er Pepe mit seinem Lärm aufgeweckt hat, ist Raúl auch direkt abgehauen. Ich schätze mal, dass er in Richtung Uniklinik unterwegs ist."

Laurena kam mit dem Kaffee und sagte, als sie ihn auf den Tisch stellte: „Ich habe Zucker reingetan. Ich weiß, du trinkst ihn ohne, aber in dem Fall ist es vielleicht ganz hilfreich, um wieder auf die Beine zu kommen."

Zwar war ich schon wieder auf den Beinen, aber ich war ihr trotzdem dankbar für den Kaffee und als ich in ihr Gesicht blickte, sah ich darin nur ehrliche Anteilnahme. Dann fügte sie hinzu: „Ich geh dann mal. Ihr wollt bestimmt noch reden und ich muss morgen früh raus." Sie gab Stefan einen flüchtigen Kuss, verstrubbelte Pepe einmal die Haare und war verschwunden. Wir würden zwar nie wieder befreundet sein, aber so unangenehm wie am Anfang waren die Zusammenkünfte mit Laurena inzwischen nicht mehr.

Ich setzte mich wieder aufs Sofa und versuchte Pepe in den Schlaf zu wiegen. Stefan setzte sich mir gegenüber in den Sessel und stützte den Kopf in die Hände. Dann sah er mich an und sagte: „Das kann einfach nicht sein, dass sie den Sturz überlebt hat. Sie muss von der Brücke gerannt sein und sich zwischen die Gleise gelegt haben. Die Brücke ist bestimmt fünfzehn Meter hoch. Das überlebt kein Mensch."

Man könnte meinen, man hätte die Wahl, ob man sich auf einen Streit einlässt oder nicht. Aber Stefans Art provozierte mich jedes Mal so, dass ich nicht umhin konnte, ihm zu widersprechen. Er gab seiner Meinung den Anstrich einer unumstößlichen Tatsache und das konnte ich nicht so stehen lassen, schon gar nicht, wenn es um meine Freundin ging.

„Du kennst Zoé nicht so gut, wie ich sie kenne. So eine fiese Tour, wie einen Selbstmord vorzutäuschen, würde sie nie fahren. Außerdem ist die Brücke nicht so hoch. Ich schätze höchstens zehn Meter. Man liest immer wieder von solchen Stürzen. Zudem wissen wir noch nicht, wie schwer sie verletzt ist. Nur weil sie ein Handy bedienen kann, heißt das noch nicht, dass sie nicht ein paar Knochenbrüche abbekommen hat."

Kaum hatte ich die letzten Worte gesprochen, klingelte mein Handy erneut. Stefan ging in die Küche und nahm auch gleich selbst den Anruf entgegen, was mich etwas irritierte. Ich hörte ihn kurz mit jemandem sprechen, dann kam er wieder zu mir zurück.

„Entschuldige, dass ich einfach ran gegangen bin, aber ich wollte nicht, dass Pepe schon wieder geweckt wird. Es war Raúl. Es tut ihm leid, dass er vorher hier so einen Krach gemacht und dir auch überhaupt nicht geholfen hat. Er ist in der Uniklinik und hat es tatsächlich geschafft, mit einem Arzt zu sprechen. Anscheinend fehlt Zoé überhaupt nichts. Die Ärzte können es sich nicht erklären, aber es besteht wohl kein Zweifel daran, dass sie wirklich gesprungen ist. Es gab Zeugen auf den Bahnsteigen, die sie gesehen haben."

Als Stefan geendet hatte, fragte ich: „Und was passiert jetzt?"

„Das weiß ich nicht, aber ich bin mir sicher, dass sie erst einmal in die Psychiatrie kommt."

„Oh, wie schrecklich", entfuhr es mir.

„Nein!", entgegnete Stefan bestimmt. „Wenn sie sich wirklich umbringen wollte, dann ist sie dort fürs Erste am besten aufgehoben."

Plötzlich war ich sehr niedergeschlagen. Wahrscheinlich aufgrund der Anspannung, die jetzt langsam nachließ. Deshalb sagte ich zu Stefan: „Das ist das erste Mal in meinem Leben, dass ich umgekippt bin. Ich glaube, ich muss mich jetzt hinlegen. Mir ist immer noch etwas schummrig."

„Komm ich trag dir Pepe ins Bett", bot er mir an und ich nahm sein Angebot dankbar entgegen.

Aus einer spontanen Eingebung heraus sagte ich zu ihm, als er Pepe vorsichtig wieder in mein Bett legte: „Weißt du eigentlich, dass ich mich ein bisschen in dich verguckt hatte."

Stefan sah mich erstaunt an und entgegnete: „Nein, wusste ich nicht."

„Ich habe mich nicht getraut, es dir zu sagen, weil du nie mit mir geflirtet oder mir auch nie ein Kompliment gemacht hast. Und als Laurena dann aufkreuzte, war es sowieso vorbei."

Stefan erwiderte: „Ich würde nie etwas mit einer Mitbewohnerin anfangen. Es tut mir leid."

Ich spürte, dass ihm das Gespräch unangenehm war und das Letzte, was ich wollte, war schlechte Stimmung zwischen uns. Deshalb sagte ich rasch: „Hey bitte, mach dir keinen Kopf deswegen. Wie gesagt, ich war nur ein ganz kleines bisschen verliebt und bin es längst nicht mehr. Ich weiß auch nicht, warum ich jetzt davon anfange."

„Wahrscheinlich, weil es heute Abend etwas viel war für dich. Schlaf jetzt und erhol dich gut. Zoé und du, ihr habt mir heute Nacht einen ganz schönen Schrecken eingejagt. Gute Nacht!"

Er drückte leicht meine Schulter und ließ mich dann allein. Als ich endlich im Bett lag, hatte ich das unschöne Gefühl, besser den Mund gehalten zu haben. Jetzt wusste ich, dass Stefan nie etwas anderes als freundschaftliche Gefühle für mich empfunden hatte und konnte mich nicht mehr der Illusion hingeben, dass ohne Laurena alles anders gekommen wäre. Ohne Laurena wäre einfach nur eine andere gekommen.

Dank des starken Kaffees konnte ich in dieser Nacht kein Auge zudrücken und so hörte ich um zwei Uhr nachts das Klingeln an der Haustür und fragte mich verwundert, wer jetzt schon wieder vor der Tür stehen konnte. Allerdings war ich zu fertig, um aufzustehen und nachzusehen. Und so grübelte ich weiter darüber nach, wie Zoé den Sturz unbeschadet hatte überstehen können. Die Sache mit dem Seil war naheliegend. Sie hatte sich an einem Gummiseil in die Tiefe gestürzt und war kurz vor dem Boden gestoppt worden. Den Zeugen auf Gleis eins war vermutlich die Sicht auf den Boden durch einen Zug versperrt gewesen. Sie hatten sie nur fallen, aber nicht aufkommen sehen. Auf alle Fälle hätte ich ihr so eine Aktion nie zugetraut und ich fragte mich einmal mehr, wie viele Geheimnisse Zoé eigentlich vor mir hütete und wie gut ich meine beste Freundin wirklich kannte.

30.

„Unglaublich schön"

Um sechs Uhr morgens hatte ich zum letzten Mal auf den Wecker geschaut und um sieben weckte mich Pepe. Ich fühlte mich, als wäre ich durch den Fleischwolf gedreht worden. Ich hatte einen pelzigen Geschmack im Mund und ein Kreislauf schien bei mir nicht vorhanden zu sein. Ich zögerte das Aufstehen noch eine halbe Stunde hinaus, aber schließlich ließ sich Pepe nicht weiter vertrösten.

Ich nahm ihn auf den Arm und trug ihn ins Bad, um mir erst einmal einen Schwall kaltes Wasser ins Gesicht zu klatschen. Im Bad stand ein halbnackter Mann – definitiv nicht Stefan –, der gerade dabei war sich zu rasieren. Ich hatte außer im Film noch nie einen so gut gebauten Mann gesehen. Egal ob die Muskeln vom Krafttraining kamen oder von harter körperlicher Arbeit, sie sahen einfach unglaublich aus. Er hatte einen Waschbrettbauch und Oberarme wie ein Boxer. Als ich meinen Blick von seinem Körper losreißen konnte und seinem Gesicht zuwandte, erkannte ich, dass er so ziemlich genau mein Typ war. Hellgrüne Augen blickten mich unter dunkelblonden zerzausten Haaren interessiert an. Nach den Augen wurde mein Blick von seinem Mund angezogen, genau genommen von seinen vollen Lippen, und ich fuhr mir unwillkürlich mit der Zunge über meine eigenen. Dieser Anblick war in meinem übernächtigten Zustand einfach zu viel und ich trat schnell einen Schritt zurück und schloss die Badezimmertür wieder, ohne ein Wort herausgebracht zu haben.

Mit hochrotem Kopf ging ich in die Küche und verfluchte Stefan dafür, dass er mich nicht vorgewarnt hatte. In der Küche bekam ich mein kaltes Wasser und Pepe sein Müsli, bevor ich für uns alle eine Kanne Kaffee kochte. Wenig später betrat der Fremde im schwarzen Anzug, weißem Hemd, aber ohne Krawatte den Raum. Ich hatte mich so weit gefasst, dass ich ihm in die Augen schauen und mit fester Stimme äußern konnte: „Hallo. Ich bin Mina. Das ist Pepe und du bist vermutlich Stefans Cousin. Möchtest du einen Kaffee?"

Er kam auf mich zu und reichte mir die Hand: „Guten Morgen. Entschuldige bitte dass ich vorher dein Bad in Beschlag genommen habe. Ich habe heute Morgen ein Vorstellungsgespräch. Ich bin übrigens Flo."

„Flo?", ich wiederholte den Namen fragend. Ich weiß nicht, welcher Name passend für so eine Art von Mann war, aber Flo klang auf jeden Fall verkehrt. „Entschuldige, aber ich finde nur deinen Namen etwas seltsam. Du bist relativ groß und kräftig. Da denkt man nicht gerade an so ein kleines Tierchen, oder?" Ich merkte selbst, was für dummes Zeug ich von mir gab und machte deshalb gleich weiter: „Aber vielleicht kannst du auch besonders hoch springen und dann wäre der Name wieder ganz passend."

Ich musste über mich selbst grinsen, weil ich mich so albern aufführte, nur weil ein attraktiver Mann in meiner Küche stand. Wobei „attraktiv" bei dem Aussehen eher ein Understatement war.

Netterweise machte Flo so, als hätte er mein Geplapper nicht mitbekommen und griff mit den Worten „Darf ich?" nach der Kaffeekanne. „Es ist einfach nur die Abkürzung für Florian. Kein tieferer Sinn dahinter. Wenn du entschuldigst, gehe ich in den Garten eine rauchen. Ich muss mich mal kurz sammeln wegen des Vorstellungsgesprächs."

Er schenkte sich einen Kaffee ein und verschwand durch die Hintertür in den Garten. Seine Bewegungen waren geschmeidig und selbstbewusst. Ich wäre ihm am liebsten nachgegangen, um ihn noch ein bisschen länger zu beobachten.

„Oh Mina, du brauchst unbedingt einen Mann!", sagte ich zu mir selbst, wobei ich genau wusste, dass kurze Bettgeschichten eigentlich nichts für mich waren. Bei Flo wäre es allerdings durchaus denkbar, eine Ausnahme zu machen.

Ich schaute an mir herunter, um mir vorzustellen, welchen ersten Eindruck ich wohl bei ihm hinterlassen hatte. Das, was ich sah, entlockte mir nur ein abgrundtiefes Stöhnen. Ich hatte ein altes türkisfarbenes T-Shirt in XXL an und dazu eine graue ausgeleierte Trainingshose. Auch fehlte noch der BH. Pepe forderte lauthals mehr Müsli ein und brachte mich damit wieder auf den Boden der Tatsachen zurück. Ich musste mich um Pepe, die Wäsche und die Spülmaschine kümmern und dann irgendwie den Aufenthaltsort von Zoé rauskriegen. Zudem würde sich irgendwann im Laufe des Vormittags eine bleierne Müdigkeit einstellen und dann würde ich nur noch auf dem Sofa liegen und Pepe endlos Bücher vorlesen, bis wir beide darüber eingeschlafen waren.

In diesem Moment kam Flo wieder herein und brachte den Geruch nach selbstgedrehten Zigaretten mit, die ich selber früher mit Genuss geraucht hatte.

„Wo hast du denn das Vorstellungsgespräch?", fragte ich interessiert.

„An der Uniklinik. Ich will eine Ausbildung als Krankenpfleger machen."

„Wow, toll! Was Soziales. Das ist echt was Besonderes, gerade für einen Mann."

Ich stöhnte innerlich über meinen hirnlosen Kommentar, aber mir viel offensichtlich in seiner Gegenwart nichts Vernünftiges ein.

Flo sah mich etwas irritiert an und sagte dann nur: „Du ich muss dann mal los. Kannst mir ja die Daumen drücken."

Ich nickte ihm zu und versuchte ein schwaches Lächeln.

Als er endlich verschwunden war, setzte ich mich mutlos an den Küchentisch. Diese Seite an mir hasste ich mehr als alles andere. Ich verstand mich einfach nicht auf eine gepflegte und amüsante Unterhaltung. Je interessanter ich jemanden fand, umso peinlicher wurden meine Äußerungen. Es war zum Davonlaufen. Manchmal empfand ich meine schüchterne Art wie eine Behinderung. Ich war weder cool noch witzig, und schon gar nicht in der Gegenwart von Männern, die ich in irgendeiner Weise attraktiv fand.

Glücklicherweise kam in diesem Moment Stefan herein und ich begann damit, meinen Frust gnadenlos an ihm auszulassen.

Bevor er noch die Chance hatte, etwas zu seiner Verteidigung vorzubringen, fuhr ich ihn an: „Sag mal, kannst du mich nicht vorwarnen, wenn hier fremde Menschen übernachten?"

Stefan gähnte erst einmal übertrieben ausgiebig und streckte sich, bevor er erwiderte: „Ich habe dir doch gesagt, dass mein Cousin kommt. Hast du′s schon vergessen?"

„Ich habe gar nichts vergessen, aber du hättest zumindest andeuten können, dass dein Cousin aussieht wie ein verdammtes Model oder ein Filmstar oder irgend so was Fremdartiges."

„Hä?", Stefan zog nachdenklich die Stirn in Falten. „Sorry, aber dass er besonders gut aussieht, ist mir bisher entfallen. Er ist sehr sportlich, aber ansonsten. Ich glaube, du musst einfach wieder mehr unter Leute. Geh doch mal abends aus. Ich würde auch auf Pepe aufpassen."

Dieses großzügige Angebot nahm mir kurz den Wind aus den Segeln, aber ich musste nur kurz zu Pepe hinübersehen, der hochkonzentriert und mit Genuss eine einzelne Haferflocke nach der anderen mit dem Finger in seinen Mund beförderte, um den Kopf zu schütteln.

„Traust du mir echt nicht zu auf den schlafenden Pepe aufzupassen?", Stefan war sichtlich gekränkt.

„Nein", sagte ich beschwichtigend. „Es liegt nicht an dir oder Pepe. Ich habe Angst, dass mir etwas passiert und ich nicht zurückkomme. Und wer soll sich dann um Pepe kümmern?"

„Das ist doch totaler Quatsch", sagte Stefan bestimmt.

„Aber schau dir doch mein Leben an?", widersprach ich ihm. „Sieh, was mit meinem Freund und meiner Freundin passiert ist! Meine Realität ist, dass den Menschen, die ich am meisten liebe, etwas zustößt. Wie kann das keine Auswirkungen auf meine Sicht der Dinge haben?"

Stefan sagte eine ganze Weile lang nichts mehr.

31.

„Ein unmöglicher Verdacht"

Wir hingen schweigend am Küchentisch, jeder über seine Tasse Kaffee gebeugt, während Pepe sich einen Platz im Küchenregal freigeschaufelt hatte und dort saß wie ein kleiner König auf seinem Thron. Irgendwann wurde das Schweigen unangenehm und ich sagte zu Stefan: „Entschuldige bitte, dass ich dich vorher so angeblafft habe. Ich konnte heute Nacht gar nicht schlafen und mir hat es einfach gestunken, dass das Bad heute Morgen von einem fremden Mann besetzt war."

„Ich konnte auch nicht schlafen, mal davon abgesehen, dass Flo schnarcht wie eine Kettensäge." Stefan ließ einige Sekunden verstreichen, bevor er fortfuhr: „Ich muss dich etwas sehr Heikles fragen und ich weiß nicht, wie ich es anstellen soll."

Ich merkte, wie mein Puls sich beschleunigte und ich Angst davor bekam, Stefan würde mir jetzt gleich erzählen, dass er auszieht. Schließlich hielt ich die Anspannung nicht mehr aus und sagte: „Jetzt sag schon endlich!"

„Also gut", Stefan nahm offensichtlich all seinen Mut zusammen und mir stockte dabei der Atem. „Du hast gestern Nacht Raúl mit einem Messer bedroht. Ich musste dich in den Polizeigriff nehmen und dir das Messer aus der Hand winden. Das sah ziemlich schlimm aus und ich habe so etwas, ehrlich gesagt, auch noch nie erlebt." Stefan machte eine Pause.

„Na und?", fragte ich nach. Meine Stimme klang seltsam kalt.

„Wie, na und? Das ist ein extrem aggressives Verhalten, jemanden mit einem Messer zu bedrohen."

„Ich habe das nicht mit Absicht gemacht. Es ist einfach so passiert, ohne dass ich darüber nachgedacht hätte." Meine Stimme klang immer noch kalt und fest.

Stefan fuhr fort: „Ich konnte nicht schlafen, weil ich mich nach der Szene gestern Nacht die ganze Zeit fragen musste, wozu du noch in der Lage bist, wenn du Menschen einfach so mit dem Messer bedrohst."

„Stefan, bitte sprich dich aus! Du willst mich doch etwas ganz Bestimmtes fragen oder sehe ich das falsch?" Meine Stimme hatte einen schneidenden Ton bekommen. Ich kannte mich selbst nicht wieder. Es musste eine Mischung aus den Folgen der schlaflosen Nacht und der Ungeheuerlichkeit sein, auf die Stefan gerade anspielte.

Glücklicherweise schien auch er selbst zu merken, dass er dabei war, den Bogen zu überspannen, und machte einen Rückzieher. „Ach vergiss es. Es war einfach viel gestern Nacht und ich bin auch übermüdet und sehe Gespenster."

„Du gehst jetzt besser an die Uni!", sagte ich mit dieser neuen kalten Stimme, die keinen Widerspruch duldete und weder vor Wut bebte noch sonst einen Zweifel an der Ernsthaftigkeit der Aussage ließ.

Stefan huschte aus der Küche. Ich hatte ihm tatsächlich einen Schrecken eingejagt. Darüber musste ich grinsen und die Anspannung verflog. „So ein Idiot", sagte ich laut zu mir selbst. Wenn mich nicht alles täuschte, dann fragte sich Stefan seit gestern Nacht tatsächlich, ob ich Nick um die Ecke gebracht haben könnte.

Die Antwort war ganz klar „ja". Natürlich könnte ich, wenn die Umstände es erforderten, jemanden umbringen – so wie die meisten anderen Menschen auch.

32

„Auszeit"

Der Duft nach Kaffee weckte mich. Pepe und ich waren tatsächlich beide auf dem Sofa beim Vorlesen eingeschlafen und ein Blick auf die Uhr zeigte mir, dass wir zwei Stunden durchgeratzt hatten. Ich stand vorsichtig auf und schlich mich in die Küche, um Pepe nicht zu wecken. Dort stand der meiner Meinung nach „most sexiest man alive", diesmal in T-Shirt und Jeans, und schenkte gerade Kaffee in zwei Tassen ein.

„Soll ich dir die Milch warm machen oder magst du sie lieber kalt?"

Ich konnte mich nicht entsinnen, dass mich das jemals ein Mann gefragt hatte.

„Gerne warm und aufgeschäumt", erwiderte ich.

„Und wie war dein Vorstellungsgespräch?"

Flo machte sich selbstständig auf die Suche nach dem Milchaufschäumer und hatte ihn auch nach kurzer Zeit gefunden.

„Och, nicht so toll. Ich war, denke ich, zu ehrlich. Ich habe ihnen gesagt, dass ich nach der Ausbildung um die Welt reisen will und deshalb einen Beruf erlernen möchte, mit dem ich überall arbeiten kann. Das kam natürlich nicht so gut an."

Ich bemerkte den Stich in meinem Bauch, den mir seine Worte versetzten und dachte bei mir, dass mein Plan ursprünglich auch war, etwas mehr von der Welt zu sehen als immer nur dieses Haus und diese Stadt.

„Aber das ist nicht weiter tragisch", fuhr er fort. „Ich habe noch in drei weiteren Städten Vorstellungsgespräche und da werde ich das eben nicht mehr sagen. Es wäre nett hier gewesen wegen Stefan, aber was soll´s."

Ich stellte ihm die Frage, die mir schon die ganze Zeit im Kopf herumgeisterte: „Sag mal, wie alt bist du eigentlich? Du siehst nicht so aus, als würdest du gerade von der Schule kommen."

„Nein, quatsch! Ich bin achtundzwanzig. Ich habe Sport studiert, musste aber wegen einer schlimmen Knieverletzung abbrechen. Das hat mich ein Jahr gekostet, bis ich wieder richtig gehen konnte. Am Schluss konnte ich auf den Händen laufen. Willst du mal sehen?"

„Warte doch damit, bis Pepe aufwacht. Er wird begeistert sein." Jetzt wusste ich auch, woher er diesen unglaublichen Bizeps hatte, und fand es sympathisch, dass die Muskeln nicht aus dem Fitness-Center stammten.

„Dein Pepe ist echt ein Süßer. Sag mal, was habt ihr eigentlich heute noch geplant? Ich meine, könntest du dir vielleicht vorstellen, mir die Stadt zu zeigen, wenn ich euch danach zum Essen einlade?"

Ich musste nicht lange über eine Antwort nachdenken. Wann hatte ich denn zum letzten Mal irgendetwas spontan unternommen – außer auf den Spielplatz zu gehen?

„Ja klar, gerne. Dann wecke ich Pepe jetzt am besten, denn lange ist es nicht mehr hell."

„Ach die Stadt hat im Dunkeln bestimmt auch ihre Reize." Bei diesen Worten schaute er mir für mein Gefühl etwas zu lange in die Augen.

Raúl war auf dem Anrufbeantworter, dessen Blinken ich jetzt erst bemerkte. Er teilte mit, dass Zoé für mindestens drei Tage in der Psychiatrie war und man sie dort weder besuchen noch sonst irgendwie erreichen konnte. Danach würde sie auf eigenen Wunsch hin entlassen werden. Ich konnte also im Moment nichts für sie tun.

Pepe heulte immer, wenn ich ihn aus dem Mittagschlaf riss, aber als er Flo sah, lenkte ihn das von seinem Kummer ab. Vor allem als Flo ihm zeigte, wie schnell er auf den Händen laufen konnte. Auch ich war ziemlich beeindruckt.

Ich wollte den Buggy mitnehmen, aber Flo meinte, Pepe solle selber laufen und wenn er nicht mehr könne, würde er ihn tragen.

Das tat er dann auch. Pepe ritt mehrere Stunden lang auf Flos Schultern und war über alle Maßen glücklich über sein neues Reittier. Wir spazierten zu Fuß eine halbe Stunde bis in die Innenstadt und dann zeigte ich Flo die bekanntesten Sehenswürdigkeiten wie das Münster, die Stadttore und die mittelalterlichen kleinen Gässchen. Flo wollte natürlich auf den Münsterturm hoch. Auf der engen Wendeltreppe musste er Pepe auf dem Arm tragen und kam ganz schön ins Schnaufen. Das beruhigte mich etwas, denn ich hatte schon den Eindruck gewonnen, er hätte ein übermenschliches Kraftdepot.

Es war schon längst dunkel, als wir schließlich in einer Pizzeria einkehrten. Das war eine Premiere, denn ich war noch nie mit Pepe mehr als ein Eis essen gewesen. Die Pizzeria war eine gute Wahl, denn es störte sich niemand daran, dass Pepe bald auf der gepolsterten Bank stand und später unter die Tische abtauchte, um die Bodenbeschaffenheit zu erkunden.

Es war nach acht, als wir wieder zu Hause ankamen und ich war glücklich und zufrieden, weil wir so viel Spaß gehabt hatten. Das einzig Negative, was mir an Flo aufgefallen war, war seine Sportbegeisterung. Er fing immer wieder an, von irgendwelchen Fußballspielern oder sonstigen Sportlern und Wettkämpfen zu schwärmen, was mich alles nur mäßig interessierte.

Pepe war durch die lange Tour an der kalten Luft hundemüde und schnell ins Bett verfrachtet. Ich war sehr gespannt, wie es jetzt weiterging. Würde er die Sportschau sehen oder lieber eine Kneipentour mit Stefan unternehmen wollen?

Ich war überrascht, als ich ins Wohnzimmer kam und dort auf dem Couchtisch eine entkorkte Flasche Rotwein aus dem Medoc, zwei Rotweingläser und eine Schale mit Pistazien vorfand. Sogar an die brennende Kerze hatte er gedacht.

In diesem Moment kam er frisch geduscht – diesmal aus dem Gästebadezimmer im Erdgeschoss. Er hatte nur sein Handtuch umgeschlungen und zeigte mir schon wieder seinen nackten Oberkörper. In dieser Bekleidung setzte er sich mir gegenüber in den Sessel und sagte: „Entschuldige bitte, wenn ich mich nicht gleich wieder anziehe, aber ich muss erst ein bisschen abdampfen nach der heißen Dusche und wollte dich nicht so lange mit dem Anstoßen warten lassen. Sag einfach, wenn es dich stört, o.k.?"

Mir fehlten kurz die Worte, aber dann fand ich meine Stimme wieder.

„Du, mir laufen gerade nicht so viele halbnackte, athletisch gebaute Männer über den Weg. Also, tu dir keinen Zwang an und fühl dich ganz wie zu Hause."

Nach einer kurzen Pause fügte ich vorsichtig hinzu: „Kann es eigentlich sein, dass Stefan dir erzählt hat, dass ich einsam oder auf der Suche bin oder so was Ähnliches?"

Die Frage war ihm sichtlich unangenehm und in diesem Moment hätte ich alles dafür verwettet, dass Stefan hier seine Hand im Spiel hatte. Aber seine Antwort brachte mich so sehr aus dem Konzept, dass ich meine Unterstellung sofort wieder vergaß. Er sagte: „Überhaupt nicht. Stefan hat nur gesagt, dass er mein Schnarchen satt hat und ich heute Nacht alleine in seinem Zimmer schlafen soll, weil er bei Laurena pennt. Und du bist einfach absolut mein Typ. Ich finde dich wahnsinnig aufregend."

33.

„Eine Nacht"

„Ich bin dein Typ und ich bin aufregend. Entschuldige, aber darauf muss ich erst mal was trinken." Nachdem ich mir einen großen Schluck Rotwein gegönnt hatte, ohne mit ihm vorher anzustoßen, setzte ich hinzu: „So, und jetzt mach die Augen zu und erzähl mir mal genau, warum ich dein Typ bin."

Flo setzte ein breites Grinsen auf, nahm ohne mich nochmals anzuschauen ebenfalls einen tiefen Schluck aus seinem Glas und schloss die Augen. Er lehnte sich bequem in seinem Sessel zurück und begann: „Du bist mein Typ, weil du irreschöne Haare hast. Du hast lange dunkelbraune glänzende Locken und ich möchte dir in die Haare fassen und fühlen, ob sie wirklich so weich sind, wie sie aussehen. Zudem stelle ich mir vor, wie mich deine Locken beim Sex in der Nase kitzeln. Deine Figur macht mich total an. Ich liebe Frauen mit Kurven. Heute in der Stadt wollte ich andauernd meinen Arm um deine Hüfte legen und nur die Tatsache, dass ich Pepes Füße festhalten musste, hat mich davon abgehalten. Deine Hände sagen sehr viel über dich aus. Sie sind klein und kräftig, die Fingernägel nicht manikürt und lackiert. Du bist uneitel und bescheiden und jemand, der zupacken kann, wenn es nötig ist. Deine Augen sind ganz tief dunkelblau, sodass man von weitem denkt, sie seien braun, und aus der Nähe eine Überraschung erlebt. Sie haben etwas Unergründliches so wie du selbst. Deine Augenbrauen sind dicht und dunkel und bilden einen formvollendeten Bogen. Sie geben deinem Gesicht etwas Weiches, fast Orientalisches. Du hast schöne volle Lippen, in die ich gerne ganz sanft hineinbeißen würde. In deinem Gesicht sieht man erste Fältchen. Ich liebe das, denn ein Gesicht ganz ohne Falten ist mir zu kindlich. Am schönsten finde ich deinen langen Schwanenhals. Ich würde so gerne meinen Kopf an deinen Hals legen und deinen Geruch einatmen. Ja, ich glaube, das würde mir vielleicht schon reichen, wenn ich einmal meinen Kopf an deinen Hals legen dürfte." Mit diesen Worten öffnete Flo die Augen wieder und sah mich erwartungsvoll an.

Ich war peinlich berührt von seinen Ausführungen und versuchte es mit einem Scherz: „Und was ist mit meiner Nase? Du hast nichts zu meiner Nase gesagt."

„Ich habe nichts zu deiner Nase gesagt, weil sie durchschnittlich ist. Ich habe nur die Dinge an dir aufgezählt, die ganz besonders schön sind."

Ich war desillusioniert. Zum Anschauen war Flo wunderbar, aber sobald er den Mund aufmachte, kam ich ins Zweifeln. Vielleicht lag es auch mit daran, dass er sich bei meiner Augenfarbe vertan hatte und dass ich seine Komplimente furchtbar peinlich fand. Was dachte er bloß von mir? Dass ich eine einfach gestrickte Hausfrau war, die sich Rosamunde Pilcher-Filme anschaute und auf solche Plattitüden stand, wie er sie von sich gab?

„Ich habe dich nicht überzeugt", stellte er irritiert fest. „Morgen fahre ich wieder. Wir haben nur diese eine Nacht und ich dachte, ich gefalle dir."

„Du gefällst mir sehr", beruhigte ich ihn, „aber dass du morgen wieder fährst, ist genau das Problem. Ich bin nicht für einen One-Night-Stand zu haben."

„Na gut", Flo stöhnte enttäuscht, „dann lass uns jetzt einfach zusammen die Flasche Wein leeren und dann schlafen gehen."

Wir schauten uns lange an ohne zu reden und ich spürte ganz deutlich die große Lust in mir, ihn zu berühren. Es war natürlich auch nicht ganz fair von ihm, so halb nackt vor mir zu sitzen.

„Pass auf!", sagte ich. „Ich gebe dir noch eine Chance. Ich schlafe mit dir, wenn du mir danach deine Geschichte erzählst."

„Was für eine Geschichte?", Flo stellte sich dumm.

„Du weißt genau, was ich meine. Die Geschichte, warum du so bist, wie du bist. Ich sammle Geschichten und du hast bestimmt etwas Interessantes erlebt."

„Du bildest dir was ein", widersprach er. „Da ist rein gar nichts. Ich interessiere mich nur für Sport und Frauen. Ansonsten nada."

„Na dann muss ich dich eben enttäuschen", antwortete ich kühl. „Mit jemandem, der mir keine interessante Geschichte erzählen kann, schlafe ich generell nicht."

Flo dachte kurz darüber nach und kam dann zu dem Schluss: „Wenn du nicht so verführerisch schön wärst, würde ich jetzt aufstehen und gehen. Aber mir ist kalt und ich nehme dich jetzt einfach als Wärmflasche mit in mein Bett."

Er sprang aus dem Sessel, verlor dabei sein Handtuch und nahm mich einfach auf den Arm.

„Und wohin geht die Reise?", fragte ich leicht belustigt.

„Hoch unters Dach natürlich", gab Flo zur Antwort und erklomm mit mir die zwei Treppen bis in Stefans Reich. Das Dachgeschoss war spartanisch eingerichtet. Es gab nur eine große Matratze auf dem Boden, ein Regal vollgestopft mit Kleidern und Büchern und einen Schreibtisch mit Stuhl. Für unsere Zwecke war es vollkommen ausreichend.

34.

„Schlimme Geschichten"

Ich war so ausgehungert nach körperlicher Nähe, dass ich nicht genug davon kriegen konnte, ihn zu streicheln und anzufassen. Er war zärtlich und nahm sich alle Zeit der Welt, um mich zu verwöhnen. Ich konnte mich nicht entsinnen, dass sich das erste Mal mit einem Mann schon einmal so gut angefühlt hatte. Um Mitternacht waren wir soweit fertig miteinander, dass wieder an reden zu denken war. Natürlich beharrte ich auf unserem Deal und verlangte nach seiner Geschichte. Widerwillig begann er schließlich zu erzählen.

„Ich habe meine große Liebe ziemlich früh gefunden, nämlich mit fünfzehn. Sie war ein Jahr jünger als ich und wir sind in der Schule zusammengekommen. Es war alles perfekt. Die erste Liebe und gleich die Richtige. Wir hatten eine Wahnsinnszeit zusammen. Wir spielten sogar zusammen in einer Band. Sie hat gesungen und ich war der Drummer. Mein Leben damals war der Himmel und unsere einzige Sorge war, dass es irgendwann enden könnte, so wie uns das viele prophezeiten. Aber dadurch, dass wir uns gegenseitig viele Freiheiten ließen und auch viel mit anderen Leuten zusammen unternahmen, wurde es uns nicht langweilig."

Flo machte eine Pause und es war offensichtlich, dass jetzt der traurige Teil seiner Geschichte kam. Ich kuschelte mich an seine Schulter und streichelte ihm sanft über die Brust. „Du musst nicht weitererzählen, wenn du nicht willst. Du hast mir schon genug gegeben", flüsterte ich.

Aber nachdem er hörbar tief Luft geholt hatte, fuhr er fort: „Sie war achtzehn geworden und plante schon lange mit ihrer besten Freundin eine Interrail-Tour nach Portugal. Für uns war es ganz normal, dass wir auch getrennt in Urlaub fuhren. Uns verband ein sehr großes Vertrauen. An der Algarve hat ihre Freundin einen Typen kennengelernt und damit die zwei ihre Ruhe hatten, hat Sue mit irgendwelchen anderen Leuten zusammen am Strand geschlafen. Leider fühlten sich diese Menschen nicht für Sue verantwortlich und sind irgendwann nachts zu ihren Zelten gegangen und haben sie schlafend alleine am Strand zurückgelassen. So lauteten auf jeden Fall die Zeugenaussagen. Es kann natürlich auch ganz anders abgelaufen sein."

Eine Zeit lang herrschte Stille.

„Und dann hat man sie gefunden?", fragte ich irgendwann.

„Nein, nie. Sue ist nach dieser Nacht nie wieder aufgetaucht. Ich war mit dem Abi fertig, bin nach Portugal gefahren und habe monatelang nach ihr gesucht, bis mir das Geld ausging. Dann musste ich zurückkommen und irgendwie weitermachen. Ich konnte mich seitdem nie wieder verlieben."

Eine Weile sagte keiner ein Wort. Doch dann konnte ich die Frage, die mir auf der Zunge brannte, nicht mehr zurückhalten.

„Weißt du darüber Bescheid, dass mein Freund auch spurlos verschwunden ist?"

„Ja. Stefan hat es mir erzählt."

„Aber das kann doch nicht sein, dass uns beiden das Gleiche passiert ist", sagte ich fassungslos.

„Erstens war es nicht das Gleiche. Zweitens verschwinden ständig Leute. So lange es keine Leiche gibt, war es auch kein Mord und es interessiert die Bullen nicht wirklich, solange die Leute, die verschwinden, erwachsen sind."

An seinem Tonfall merkte ich, dass er nicht weiter darüber reden wollte.

„Ich gehe dann jetzt mal zu Pepe. Um die Uhrzeit schläft er meistens ziemlich unruhig."

„Warte kurz!", hielt er mich zurück. „Ich muss dir noch was sagen. Ruf mich auf dem Handy an, wenn du mich brauchst. Ich meine nicht fürs Bett, sondern so. Ja?"

„Ja klar, wenn ich einen starken Mann brauche, werde ich als Erstes an dich denken. Versprochen!" Ich versuchte ein Lächeln und wir küssten uns noch ein letztes Mal.

Als ich bei Pepe im Bett lag, weinte ich um Nick und Sue und um alle Menschen, die einfach so verschwanden und nie wieder auftauchten. Am meisten weinte ich aber um die, die hilflos zurückblieben und nie die Wahrheit erfuhren.

35.

„Von braun zu blau"

Pepe und ich schliefen ausnahmsweise bis in die Puppen. Ein Teil von mir war erleichtert, ein anderer traurig, als ich den Schlüssel auf dem Küchentisch liegen sah. Flo war weg und hatte mir nur einen Einzeiler hinterlassen: „Denk daran, was du mir versprochen hast!", stand auf dem Fresszettel, der unter dem Schlüssel lag und auf der Rückseite stand eine Handynummer. Vor dem Hintergrund seiner Geschichte war es nur verständlich, dass er sich gerne als Retter in der Not sah und anbot, mir zu helfen, wenn es mal brennen sollte.

Ich nahm mir vor, diese Nacht noch lange in Erinnerung zu behalten und mir mit dieser kurzen Romanze den Alltag zu versüßen.

Als ich mit Pepe im Schlepptau ins Badezimmer ging, um mir das Gesicht zu waschen, sah ich zum ersten Mal die Veränderung. Meine Augenfarbe war definitiv dunkelblau. Schön, aber sehr ungewohnt und sehr verstörend. Ich ließ den schreienden Pepe einfach im Bad sitzen und rannte in mein Schlafzimmer, um meinen Ausweis zu suchen. Da stand es schwarz auf weiß: Augenfarbe – braun.

Ich zwang mich dazu, ein paarmal tief ein- und auszuatmen, dann holte ich den empörten Pepe im Bad ab und blickte mit ihm auf dem Arm nochmals in den Spiegel.

„Schau mal Pepe! Mama hat eine neue Augenfarbe. Was hältst du davon?"

Pepe schaute mir interessiert in die Augen und sagte dann laut und deutlich „Blau".

Genau, blaue Augen, warum eigentlich nicht? Es gab viele schöne Lieder über blaue Augen. Was hätte Nick wohl dazu gesagt? Wäre ihm die Veränderung überhaupt aufgefallen?

In diesem Moment klingelte es an der Tür, was mich aus meinen wirren Gedankengängen riss.

Stefan stand vor der Tür und hatte denkbar schlechte Laune. Außerdem hatte er sich die Haare geschnitten, was mir glatt die Sprache verschlug.

„Hey, das steht dir sehr gut!", sagte ich ehrlich begeistert. Er sah mit dem Kurzhaarschnitt um Welten besser aus als vorher mit seinen wirren Strähnen.

„Darf ich jetzt reinkommen?", fragte er ungehalten.

„Warte kurz! Bei dem Licht sieht man es besser. Schau mir bitte mal in die Augen. Fällt dir was auf?", fragte ich aufgeregt.

„Du trägst seit neuestem gefärbte Kontaktlinsen. Ja, super Mina. Schön für dich! Lässt du mich jetzt bitte passieren? Ich wohne nämlich hier."

Jetzt begann mich seine schlechte Laune doch ein bisschen einzuschüchtern und ich machte ihm widerwillig den Weg frei.

„Was fällt dir eigentlich ein, mich so anzublaffen? Gab es Ärger mit Laurena oder was ist los?", schnauzte ich ihm hinterher. Pepe schaute interessiert von einem zum anderen. Streitereien gab es hier selten und er war offensichtlich fasziniert.

„Können wir in die Küche gehen. Wir müssen reden", lenkte Stefan schließlich ein.

„Klar können wir reden, aber meine Augenfarbe hat sich wirklich verändert, und außerdem habe ich gerade eine wundervolle Nacht mit deinem wunderbaren Cousin verbracht und habe keine Lust mich von deiner aggressiven schlechten Laune runterziehen zu lassen", sagte ich trotzig.

„Wenn sich durch Sex deine Augenfarbe verändert, solltest du vielleicht lieber die Finger davon lassen. Aber jetzt Schluss mit dem Unfug, ich muss wirklich mit dir reden."

„Schieß los. Ich bin ganz Ohr." Ich nahm Pepe auf den Schoß und setzte mich Stefan gegenüber.

„O.k.", begann Stefan, „ich kann nicht mit jemandem zusammenleben, von dem ich nicht weiß, ob er eine Leiche im Keller hat. Und das mit der Leiche im Keller meine ich wörtlich. Ich bin wirklich versucht, die Bullen zu informieren, aber ich wollte vorher in Ruhe mit dir darüber reden."

„Warum gehst du nicht einfach selbst in den Keller und schaust in jeden Winkel. Wenn du die Polizei zu einer Hausdurchsuchung einbestellst, blamierst du dich bis aufs Messer."

„Ja, du hast es mit den Messern", konterte Stefan. „Das ist mir auch schon aufgefallen."

„Also gut", ich beschloss mich auf seine Hirngespinste einzulassen. „Wenn ich Nick tatsächlich erstochen und in den Keller geschleift habe, um ihn dort verwesen zu lassen, wo ist dann das Auto hin?"

„Ihr habt es im nächsten Baggersee versenkt, vermute ich mal."

„Mit „ihr" meinst du Pepe und mich, schätze ich. Nach dem Versenken bin ich dann mit Pepe zehn Kilometer zu Fuß nach Hause gelaufen oder wie stellst du dir das vor?"

„Nein, mit „ihr" meine ich dich und Zoé. Du kannst mir viel erzählen, aber in meinen Augen seid ihr ein Paar und nur zu feige, das öffentlich zu machen."

„Lass bitte Zoé aus dem Spiel! Sie hat sich gerade für Raúl von einer Brücke gestürzt", ich merkte wie trotz aller Beherrschung die Wut langsam von mir Besitz ergriff.

„Und wenn sie sich nicht wegen Raúl, sondern aus einem anderen Grund umbringen wollte? Zum Beispiel aus schlechtem Gewissen, weil sie mit der Schuld nicht länger leben konnte."

„Lieber Stefan, ich kann dir da wirklich nicht weiterhelfen. Frag Zoé am besten selber, wenn sie morgen Abend entlassen wird. Mir glaubst du doch eh nicht, wenn ich dir sage, dass du dich von deiner Schreibblockade ablenkst, indem du dich irgendwelchen Mordphantasien hingibst. Bitte verschon Pepe und mich mit deinen Hirngespinsten. Sie sind nämlich ziemlich verletzend."

Stefan erwiderte nichts mehr. Ich sah ihm an, dass ich mit meinem Verdacht, er müsse sich gerade von seinen Versagensängsten ablenken, genau ins Schwarze getroffen hatte. Hoffentlich gab ihm das eine Weile zu denken, denn ich konnte keinen zusätzlichen Stress mehr gebrauchen.

36.

„Leerlauf"

Die nächsten Wochen gingen ins Land, ohne dass etwas Außergewöhnliches geschah. Zoé wurde aus der Psychiatrie entlassen und zog direkt wieder bei Raúl ein. Nach den überstandenen Trennungsqualen waren die beiden frisch verliebt wie am Anfang. So sah es zumindest von außen aus. Das beruhigte Stefans Misstrauen und er machte mir nicht weiter die Hölle heiß mit seinen Verdächtigungen. Zoé trat im März eine neue Stelle an und so sah ich sie nur noch abends, wenn Raúl zur Arbeit ging. Meine Augen blieben dunkelblau, was sich der Augenarzt auch nicht erklären konnte. Ich fand Erfahrungsberichte von ähnlichen Fällen im Internet, aber nie den Wechsel von braun zu blau, sondern nur umgekehrt. Da ich sonst keine Beschwerden hatte und dunkelblau auch nicht so viel anders aussah wie braun, gewöhnte ich mich schnell an die Veränderung. Meinen Dreißigsten feierten wir im kleinen Kreis: Pepe und ich mit den zwei glücklichen Pärchen, sodass ich mir ziemlich die Kante gab, um meinen Frust hinunterzuspülen.

Das kurze Hoch, das ich Flo verdankte, war schnell vorbei und je mehr es auf den April zuging, desto schlechter wurde meine Stimmung. Der Jahrestag von Nicks Verschwinden rückte näher und die Gewissheit, dass ich ihn für immer verloren hatte, bekam ein erdrückendes Gewicht. Erschwerend kam

93

hinzu, dass es in diesem Jahr einfach nicht Frühling werden wollte. Kälte und Regen wollten nicht weichen und das Wetter entsprach voll und ganz meiner Laune.

Immer, wenn ich nicht durch Pepe abgelenkt war, dachte ich jetzt an Nick. Was hatte ich verbrochen, dass mir das passieren musste. Ich wusste inzwischen, dass jährlich rund 100 000 Menschen in Deutschland verschwanden. Als würde jedes Jahr eine Stadt von der Landkarte getilgt. Kein Wunder, dass die Polizei sich nicht mit diesen ganzen Vermissten beschäftigen konnte.

In meinem Fall, das heißt bei Nick, hatte ich inzwischen jedes Gefühl dafür verloren, was ich denken sollte. Ich spürte ihn einfach nicht mehr. Der Draht zu ihm war gekappt worden durch die Zeit, die vergangen war. Auch meine Träume von ihm, selbst die Albträume, hatten aufgehört. Und trotz alldem war meine Trauer real und würde unermesslich werden an dem Tag, an dem er vor einem Jahr verschwunden war. Der 14. April fiel in diesem Jahr auf einen Sonntag und ich hatte Zoé darum gebeten, mit Pepe an diesem Tag einen Ausflug zu unternehmen, damit ich in Ruhe an Nick denken konnte. Zoé war von der Idee nicht begeistert und hätte mich am liebsten mitgenommen, aber ich wollte den Tag wirklich gerne alleine verbringen.

Stefan hatte tatsächlich seine Arbeit beendet und schwebte gerade im siebten Himmel. Er war nur noch am Feiern, was ich gut nachvollziehen konnte, was mich aber trotzdem zusätzlich belastete. Die Trauer hatte sich so fest in mir eingenistet, dass ich mir nicht sicher war, ob ich jemals anders empfunden hatte. In meinem Kopf kreisten nur noch die Worte „nie wieder". Ich würde Nick nie wieder sehen. Wie sollte ich bloß mit diesem Wissen überleben und wie gelang es, einen Neuanfang zu machen? Stefan meinte, es wäre eine Frage der Zeit, aber ich hatte nicht das Gefühl, dass ich im Laufe des Jahres so viel weitergekommen war. Wie ließ man die Vergangenheit ruhen? Was waren das für Schalter im Kopf, die man umlegen musste? Ich hatte einen Spruch gefunden, den ich mir immer wieder wie ein Mantra vorsagte: „Lerne loszulassen. Das ist der Schlüssel zum Glück." Ich hatte das Gefühl, dass ich in meinem Lernprozess noch ganz am Anfang stand.

37.

„14. April 2013"

Am Sonntag schien tatsächlich die Sonne und ich kramte zum ersten Mal in diesem Jahr die Sonnencreme heraus, um Pepe unter ohrenbetäubendem Gebrüll dick einzuschmieren. Die zweite Premiere war, dass Pepe heute den Europapark besuchen durfte. Natürlich war er ganz und gar aus dem Häuschen.

Ich war froh, dass Stefan mit Laurena auch eine ausgedehnte Tour in den Schwarzwald plante und es fast so aussah, als hätte ich den ganzen Tag für mich alleine.

Meine Pläne für den Tag waren im Vergleich sehr bescheiden. Ich wusste genau, dass ich nicht zu Hause bleiben durfte und so hatte ich mir einen ausgedehnten Spaziergang mit Picknick vorgenommen.

Doch als Pepe um 10 Uhr endlich abgeholt wurde und ich alleine in der Bude zurückblieb, war von meinen tollen Plänen nichts mehr übrig. Ich sank buchstäblich auf den Boden und gab mich meiner Verzweiflung hin. In meinem Bauch tat irgendetwas schrecklich weh und ich schlang die Arme um die Knie, um den Schmerz erträglicher zu machen. Die Gewissheit, dass es nicht wieder gut werden würde, dass er nicht mehr zurückkommen würde, drang tief in mich ein und raubte mir jegliche Motivation wieder aufzustehen. Ich würde einfach den ganzen Tag in Embryonalstellung am Boden liegenbleiben und darauf warten, dass der Schmerz nachließ.

In diesem Moment läutete es an der Haustür. Mit einem Stöhnen fuhr ich hoch. Der Schmerz in meinem Bauch war sehr real und ich schaffte es nicht in die Senkrechte zu kommen. Wieder läutete die Klingel und ich beschloss einfach auf allen Vieren bis zur Haustür zu krabbeln. Falls es Nick war? Eine unglaubliche Hoffnung keimte in mir auf. Immer noch auf Knien öffnete ich die Haustür.

„Um Gottes willen!", sagte der Mann vor der Tür. „Was ist mit Ihnen? Sind Sie verletzt?"

Vor meinen Augen verschwamm alles. Die grenzenlose Enttäuschung, dass es mal wieder nicht Nick war, der vor der Tür stand, und die Stiche in meinem Bauch trieben mir die Tränen in die Augen.

„Warten Sie, ich helfe Ihnen!"

Der Mann vor der Tür beugte sich zu mir herunter und griff mir unter die Arme, um mich hochzuziehen.

„Aua", schrie ich auf, „nicht hochziehen!"

Der Mann ließ mich sofort wieder los und sagte: „Dann erlauben Sie mir bitte, in Ihr Haus einzutreten und einen Krankenwagen zu rufen."

„Nein, bitte keinen Krankenwagen. Ich habe nur einen Hexenschuss", log ich. Ich krabbelte langsam von der Tür weg in den Flur, damit er die Möglichkeit hatte reinzukommen. Dort versuchte ich mich bequem hinzusetzen und meinen Rücken gerade gegen die Wand zu lehnen. Irgendwann mussten diese Stiche im Bauch ja mal aufhören. Der Mann folgte mir und setzte sich mir gegenüber ebenfalls auf den Boden. Die Haustür hatte er offen stehen lassen.

Er deutete auf die Tür und sagte: „Ich denke, Sie fühlen sich mit einem Fremden im Haus wohler, wenn die Tür offen bleibt."

Der Schmerz ließ etwas nach, genau so viel, dass ich mich auf mein Gegenüber konzentrieren konnte.

Er war bestimmt Mitte Vierzig, hatte ein sonnengebräuntes Gesicht, dunkelbraune Augen und eine Glatze. Er lächelte leicht und hatte so einen freundlichen Blick, dass ich niemals auf die Idee gekommen wäre, mich vor ihm zu fürchten. Er trug eine verwaschene Jeans und ein graues Hemd, das aus die Hose hing. Er sah mich an, als hätte er alle Zeit der Welt, um mit seinem Anliegen zu warten, bis es mir besser ging.

„Sie haben keine Rückenschmerzen, oder?", fragte er schließlich mit einer leisen behutsamen Stimme. „Sie sollten wirklich einen Krankenwagen rufen."

„Ich bin alleinerziehend. Ich kann es mir nicht leisten ins Krankenhaus zu gehen." Ich wunderte mich über meine Offenheit diesem Fremden gegenüber, aber ich hatte intuitiv Vertrauen zu ihm gefasst.

„Es gibt immer eine Möglichkeit. Sie haben sicherlich gute Freunde, die sich um ihr Kind kümmern könnten", widersprach er mir.

Ich dachte an Zoé und nickte. Inzwischen hatten die Stiche ganz aufgehört und ich legte das Thema Krankenhaus fürs Erste ad acta.

„Es geht jetzt wieder. Wenn Sie wollen, können wir in die Küche gehen und Sie erzählen mir dann, was Sie mir verkaufen wollen."

Ich stand langsam auf, aber in dem Moment, indem ich endgültig in die Senkrechte kam, war da noch einmal ein so heftiges Ziehen in meinem Bauch, dass ich unwillkürlich laut aufschreien musste.

„Wenn Sie meine Meinung hören wollen, so tippe ich auf akute Blinddarmentzündung. Damit können Sie natürlich eine Weile rumlaufen, aber sobald Sie Fieber kriegen, müssen Sie sofort ins Krankenhaus."

„Sind Sie Arzt oder so was?", der Typ irritierte mich mit seiner komischen Art zu reden zusehends.

„Nein, aber lassen Sie sich von mir stützen, damit Sie schnell auf einen Stuhl kommen." Er legte einfach seinen Arm um mich, als wäre nichts dabei, sodass ich leicht gebückt gehen konnte. Ich spürte den starken Griff seiner Hand auf meiner Hüfte und für einen Moment wurde es mir doch etwas mulmig zumute. Zielsicher führte er mich in die Küche und half mir behutsam auf einen Stuhl, so als wäre er ein weiterer Mitbewohner, von dessen Existenz ich bisher nur noch keine Kenntnis genommen hatte.

„Sie brauchen etwas Entspannendes. Wie wäre es mit einem Fencheltee?"

„Ja", gab ich zur Antwort, „warum nicht? Der Tee ist in der Vitrine über der Spüle, aber das wissen Sie wahrscheinlich auch schon, oder? So, wie Sie auch wissen, wo die Küche ist und dass mein Blinddarm entzündet ist."

„Nein", erwiderte er. „Sie täuschen sich. Ich wusste nicht, wo der Tee ist, und die Küchentür stand offen, also war es nicht schwer, die Küche zu finden."

„Oh, Sie drehen mir die Worte im Mund herum. Sie bewegen sich in diesem Haus nicht wie ein Fremder, sondern so, als wären Sie schon oft hier gewesen. Das war es, was mich irritiert hat."

„Ich werde Ihnen jetzt einen Tee kochen. Danach können wir uns unterhalten", sagte er mit Bestimmtheit.

Ich gab es auf, aus dem Typen schlau werden zu wollen, und unternahm nur noch einen letzten Vorstoß: „Können Sie mir zumindest Ihren Namen sagen? Dann kommt mir die ganze Situation vielleicht nicht mehr ganz so abgedreht vor."

Er lächelte und sagte dann: „Gestatten, Arik Elgan."

38

„Eine Spur"

Während er Wasser für den Tee kochte, nahm ich mir die Zeit Herrn Elgan in Ruhe zu studieren. Er war mittelgroß, wahrscheinlich 1,80, auffällig braun, so als hätte er den Frühling in südlicheren Gefilden verbracht. Er wirkte sehr kräftig, vielleicht mit einem kleinen Bauchansatz, aber keinesfalls behäbig, sondern eher durchtrainiert. Sein Gesicht erzählte mir, dass er die Menschen mochte und gerne Gutes tat. Er war sehr empathisch, da war ich mir sicher.

Der Fremde tat mir einen Teelöffel Zucker in den Tee, so wie ich ihn am liebsten trank.

Er stellte die Tasse behutsam vor mir auf den Tisch und setzte sich mir gegenüber auf den Stuhl. Ohne ein Wort zu sagen betrachtete er mich mit seinem feinen Lächeln.

„Sie können jetzt gerne zur Sache kommen", schlug ich vor. „Ich denke, Sie wollen bestimmt auch noch bei anderen Menschen klingeln."

„Nein, eigentlich wollte ich nur zu Ihnen", gab er mir zu Antwort.

Wenn er nicht so einen liebenswürdigen Gesichtsausdruck gehabt hätte, hätte ich spätestens jetzt Panik bekommen.

„Können Sie nicht einfach sagen, was Sie von mir wollen?", startete ich noch einen Versuch.

„Ja, natürlich. Entschuldigen Sie bitte. Ich wollte nur, dass Sie sich vorher etwas stärken. Wie geht es Ihrem Bauch?"

Er war offensichtlich wirklich besorgt um mich und ich wurde zunehmend konfuser. Plötzlich hatte ich eine Eingebung: „Sie kommen von Nick, oder?"

„Nicht direkt, eher von seiner Mutter. Sie hat mich engagiert. Ich arbeite als Detektiv."

Jetzt verstand ich, warum es ihm so wichtig war, dass ich etwas in den Magen bekam. Mir wurde plötzlich so flau und ich fühlte mich so unwohl, als müsste ich mich sofort übergeben oder ohnmächtig werden oder beides zusammen. Ich versuchte aufzustehen, um ins Bad zu kommen, aber dabei wurde es mir sofort schwarz vor Augen und ich fiel wieder auf den Stuhl zurück.

„Schnell, essen Sie das", er war aufgesprungen und hielt mir ein Stück Traubenzucker vor den Mund. Ich schüttelte den Kopf und konzentrierte mich auf meine Atmung. Immer schön langsam und tief durch den Mund ein- und ausatmen. Ich wusste genau, warum es mir so dreckig ging. Seit einem Jahr wartete ich auf Nachricht von Nick und ausgerechnet am Jahrestag seines Verschwindens schneite dieser Detektiv hier herein, um mit seinen Worten entweder mein Leben zu retten oder es endgültig zu zerstören.

„Bitte beruhigen Sie sich! Es ist nicht so, wie Sie denken. Ich habe nicht Nick gefunden, sondern nur sein Auto. Es tut mir leid, wenn Sie sich falsche Hoffnungen gemacht haben", er sah mich an und aus seinen Augen sprach ehrliches Mitgefühl.

„Warum sehen Sie mich so an. Sie schauen so, als hätten Sie seine Leiche gefunden. Verschweigen Sie mir etwas?" Meine Panikattacke war noch nicht überstanden.

„Nein, es tut mir nur so leid für Sie. Ich hätte gerne mehr für Sie gehabt. Ich hätte Ihnen gerne Ihren Mann wiedergebracht."

„Wo haben Sie den Wagen gefunden? Haben Sie schon die Polizei verständigt?" Langsam erwachten meine Lebensgeister wieder.

„Nein, ich habe gar niemanden verständigt. Ich bin hier, weil ich möchte, dass Sie sich das Auto ansehen. Das Nummernschild stimmt nicht überein, aber ich bin trotzdem überzeugt, dass es sich um Nicks Auto handelt. Außerdem möchte ich wissen, was alles fehlt oder ob fremde Dinge in dem Wagen liegen. Sie haben doch wahrscheinlich den Zweitschlüssel, oder?"

Ich nickte. Ja, das machte Sinn. Vor der Polizei alle denkbaren Informationen über Nicks Verbleib zu sichern.

„Wo steht der Wagen?"

„Falls Sie Zeit haben, würde ich gerne mit Ihnen hinfahren. Er steht auf einem Autobahnrasthof, eine gute Stunde von hier entfernt."

„Was so nahe? Das gibt es doch nicht!" Ich fand es unvorstellbar, dass Nicks Auto sich so wenig weit weg von mir befand. In diesem Moment kam mir eine schreckliche Idee.

„Und was ist, wenn das Auto fort ist, bis wir da sind? Wenn Nick oder derjenige, der den Wagen jetzt fährt, einfach abhaut?"

„Deshalb wäre es gut, wenn wir gleich losfahren könnten."

„O.k." Diese Information gab mir einen gehörigen Dämpfer.

„Allerdings können wir nur fahren, wenn Sie sich dazu in der Lage fühlen", setzte er nach.

„Natürlich", versicherte ich ihm. „Ich hole nur schnell meine Handtasche und den Ersatzschlüssel. Dann können wir starten." In Windeseile machte ich mich bereit. Ich war jetzt so aufgeregt und ungeduldig. Ich wollte unbedingt so schnell wie möglich Nicks Wagen wiedersehen, ohne groß darüber nachzudenken, was ich mir davon versprach.

Der Wächter

Er sah sie auf dem Boden knien, das Gesicht vor Schmerz verzerrt. Sie wollte sich zusammenreißen, aber die Stiche in ihrem Bauch waren zu stark. Während er sie betrachtete, merkte er, dass in seinem Innern etwas vor sich ging. In seinem Bauch breitete sich eine Wärme aus und sein Herz wurde schwer. Er konnte ihren Schmerz spüren. Es war mehr als Mitleid, es war etwas Großes, das auf ihn zurollte. Eine ganze Welle von Gefühlen, die ihn hilflos vor dieser Frau stehen ließ. Um diese Frau wollte er sich unbedingt kümmern. Er wollte sie hochheben und ihren Schmerz lindern. Sie war eine Träumerin und er musste sie beschützen vor der großen Gefahr, in die sie sich mit ihren Träumen begeben hatte. Für die Menschen war sie nichts Besonderes, aber für ihn wurde sie in diesem Moment zu allem, was sein Leben ausmachte. Er hatte das dringende Bedürfnis sie anzufassen und ihren Geruch in sich aufzunehmen. Im Moment roch sie nach Angst, nicht die Angst vor ihm, sondern die Angst vor den Schmerzen, die so unkontrollierbar in ihr wüteten.

Er war hier, um Macht über sie zu erlangen, um sie möglicherweise zu eliminieren. Sie besaß eine Fähigkeit, die sie in Gefahr brachte, eine Fähigkeit, von der sie selbst nur eine leise Ahnung hatte. Die Krankheit machte die Sache noch komplizierter. In ihrem Bauch war etwas entzündet und lange würde sie nicht mehr damit leben können. Er durfte sie nicht aus den Augen lassen, denn es musste schnell gehen, wenn es soweit war. Er sah sie an und wusste, dass sein Leben ab sofort einen andern Sinn bekommen hatte. Es ging nicht mehr nur um das große Ganze, um die Welt, die man in ihrer Ordnung erhalten musste. Jetzt ging es auch um ihn selbst und um diese Frau, von der er den Blick nicht wenden konnte. Er hätte nie gedacht, dass hier unter den Menschen irgendetwas einen Sinn haben könnte, doch jetzt sah er, dass er sich geirrt hatte. Sein Leben war plötzlich sinnvoll. Die Welt um ihn herum wurde farbig und Gerüche drangen auf ihn ein. Es war, als wären erst jetzt seine menschlichen Sinne vollständig erwacht.

39

„Der Wagen"

Herr Elgan fuhr einen schwarzen Alfa, nicht gerade eine Marke, die zu seinem eher bescheidenen Outfit passte. Als er meinen erstaunten Blick bemerkte, sagte er sofort: „Es ist der Zweitwagen von Nicks Mutter. Sie hat ihn mir freundlicherweise für meine Recherchen zur Verfügung gestellt."

Sobald er losfuhr, schaltete er die Musik an. Der Alfa hatte eine sehr starke Anlage. Es lief „The Joshua Tree" von U2, und zwar so laut, dass an eine Unterhaltung nicht zu denken war. Ich lauschte nur der Musik und bewunderte dabei den vorbeirauschenden Schwarzwald im ersten zaghaften Frühlingsgrün. Ich hatte so lange keine Spritztour mit dem Auto unternommen, dass ich es tatsächlich genoss, obwohl es sich nicht gerade um eine Vergnügungstour handelte.

Natürlich spürte ich, dass das Verhalten von Herrn Elgan alles andere als normal war, aber das war mir in dieser Situation gerade völlig egal und ich hatte keine Lust mir Gedanken über ihn zu machen. Ich fand ihn sehr vertrauenseinflößend, mehr brauchte ich nicht.

Elgan fuhr sehr schnell und hochkonzentriert. Ich ließ meine Gedanken schweifen und beobachtete ihn ab und an unauffällig. Er sah auch im Profil gut aus und ich dachte mir, dass er die ideale Besetzung für einen Scheich wäre. Zudem strahlte er eine ungeheure Ruhe aus.

Nach etwas mehr als einer Stunde verließen wir die Autobahn und hielten auf einen riesigen Autobahnrasthof. Ganz am Ende des PKW-Parkplatzes blieb er stehen.

Ich war so in Gedanken versunken, dass er mich auffordern musste auszusteigen.

„Wir sind angekommen. Der Wagen steht noch da."

Als ich schließlich ausstieg, haute mich die Hitze schier um. Es war um die Mittagszeit und es hatte bestimmt 30 Grad in der Sonne. Wie konnte es nur so schnell so warm werden? Ich war geblendet von dem gleißenden Licht und fluchte laut, weil ich meine Sonnenbrille zu Hause gelassen hatte. Der Autobahnrasthof hatte ungeheure Ausmaße. In der Ferne sah ich eine Tankstelle und einen Restaurantkomplex mit Hotel. Der Parkplatz war so weitläufig, dass ich mich fragte, wie jemand hier ein einzelnes Auto ausfindig machen konnte.

„Was ist das?", fragte ich Elgan. Ich hatte einen seltsamen Betonklotz auf dem nächsten Hügel entdeckt.

„Das ist eine Autobahnkapelle. Warum fragen Sie?" Elgan schien mich genau zu beobachten. Er stand regungslos neben seinem Alfa in der gleißenden Sonne und ließ mich keine Sekunde aus den Augen.

„Ach nur so. Der Bau passt irgendwie nicht so zur übrigen Anlage und schon gar nicht in die schöne Landschaft." Die Landschaft war tatsächlich – bis auf den hässlichen Rasthof und die Autobahn – wunderschön. Sanfte Hügel mit Wald und Wiesen in sattem Grün dehnten sich scheinbar bis zu den Alpen aus, die sich eindrucksvoll am Horizont erhoben. Elgan ließ mich die Landschaft in Ruhe genießen, bis ich ihn schließlich darum bat, mir den Wagen zu zeigen.

„Sehen Sie ihn nicht?", fragte er lächelnd.

Ich schaute mich suchend um und es dauerte eine Weile, bis ich den Peugeot 106 auf dem einzigen Schattenplatz weit und breit entdeckte.

Es war ein weißes Auto mit Tübinger Kennzeichen und im ersten Moment fragte ich mich, wie der Fremde darauf kam, dass es sich dabei um Nicks Wagen handeln sollte. Aber dann sah ich den Aufkleber: „Pepe an Bord". Wie viele weiße Peugeot 106 hatten wohl in Deutschland diesen Aufkleber unten rechts auf der Heckscheibe?

Mein Herz schlug schneller, als ich langsam auf das Auto zuging. Die Scheiben waren so verstaubt, dass man nicht ins

Wageninnere blicken konnte. Ich holte den Ersatzschlüssel aus der Hosentasche, um die Fahrertür aufzuschließen.

Elgan sagte: „Stopp!" und reichte mir dünne Latexhandschuhe. „Vielleicht wird die Polizei Fingerabdrücke nehmen. Es könnte kompliziert werden, wenn sie Ihre finden." Ich streifte die Handschuhe über. Nach und nach öffnete ich die Türen und stellte fest, dass alles fehlte. Die Tasche mit den Wechselklamotten, der Kulturbeutel, die schrecklichen Zombie-Filme, der Bass und die Flasche Absinth waren verschwunden. Ich durchsuchte das Auto so lange, bis ich schließlich unter dem Beifahrersitz einen alten Schnuller von Pepe entdeckte.

Nach der Inspektion sagte ich: „Es ist definitiv Nicks Wagen, aber von ihm ist nichts mehr in diesem Auto. Es gibt auch nichts, was auf den jetzigen Besitzer schließen lässt. Meinen Sie, Nick hat das Auto verkauft? Aber wäre dann nicht aufgefallen, dass Nick vermisst gemeldet ist?"

Elgan wusste eine Möglichkeit, die ich noch nicht in Betracht gezogen hatte: „Es werden auch Nummernschilder getauscht oder gestohlen."

Ich fühlte mich plötzlich ungeheuer müde. Vor Nicks Wagen zu stehen und gleichzeitig immer noch nicht zu wissen, was mit ihm geschehen war, machte mich traurig. Mussten wir jetzt hier ausharren und warten, bis der momentane Besitzer zurückkehrte? Denn dass Nick das Auto nicht mehr fuhr, war für mich offensichtlich. Nick würde immer irgendeinen Krams im Wagen liegenlassen, und sei es ein angebrochenes Päckchen Gummibärchen. Mir war nicht nach Heulen, aber mir war danach, mich in mein Schneckenhaus zu verkriechen, mir die Decke über den Kopf zu ziehen, um die ganze Sache mit dem leeren Wagen in Ruhe zu überdenken.

„Ich glaube, ich brauche kurz Zeit für mich allein. Stört es Sie, wenn ich eine Runde drehe?", fragte ich Elgan. „Sie könnten ja solange das Auto bewachen."

Er sah mich kritisch an. Auf seiner Stirn hatten sich zwei Senkrechtfalten gebildet.

„Ich werde mir ebenfalls die Beine vertreten und Ihnen unauffällig folgen. Keine Sorge, ich halte genügend Abstand."

Ich war zu deprimiert, um mich darüber aufzuregen, dass der Fremde offensichtlich ein Kontrollfreak war, und lief einfach los in Richtung Kapelle. Die vielen Leute um mich herum, das geschäftige Kommen und Gehen zerrte an meinen Nerven. Hier hatten alle ein Ziel vor Augen und meines hatte sich gerade mal wieder in Luft aufgelöst.

Ich war noch nie zuvor in einer Autobahnrasthofkapelle gewesen und es interessierte mich, wie diese winzige Kirche von Innen aussah.

40.

„Ein einsamer Ort"

Die Kapelle lag etwas abseits auf einem Hügel. Es war ein kahler Betonklotz mit ein paar Fenstern und erinnerte von außen eher an einen kleinen Bunker als an eine Kirche. Das einzige Anzeichen, dass es sich um ein Sakralbauwerk handelte, war ein riesiges Kreuz aus Beton, das neben dem Gebäude platziert war. Es gab einen Innenhof, von dem aus eine einfache Holztür ins Innere führte. Die Kapelle war sehr schlicht und spartanisch eingerichtet. Ein kühler Raum im Halbdunkel, ein kleiner Altar mit einer Bibel und ein paar harte Holzstühle und Hocker. Es war genau der richtige Ort, um zur Ruhe zu kommen. Ich setzte mich auf einen der Stühle mit Lehne und schloss die Augen, um mich zu sammeln.

Ich musste kurz eingenickt sein, wurde aber schlagartig wach, als sich eine abwegige Idee Zutritt zu meinem Bewusstsein verschaffte. Und wenn Nick vor genau einem Jahr auch hier gesessen hatte? Wenn er nach dem Streit mit mir einen ruhigen Ort gesucht hatte, um über uns nachzudenken?

Die Stille, die hier drin herrschte, drohte zu groß zu werden. Es war, als würde sie sich materialisieren und beginnen den Raum ganz auszufüllen. Gerade eben hatte ich mir nur Einsamkeit gewünscht und plötzlich sehnte ich mich nach der Gegenwart anderer Menschen. Hatte der Ort hier nicht auch etwas Unheimliches? Ich sah den Staubpartikeln zu, die im Licht tanzten, das durch eines der kleinen Fenster fiel. In meinem rechten Ohr begann es unangenehm zu pfeifen und auf meinen Armen bildete sich eine Gänsehaut. Dies war ohne Zweifel nicht der Ort, an dem sich meine gestressten Nerven beruhigten. Im Augenblick empfand ich die Atmosphäre in der Kapelle so beklemmend wie in einem stehen gebliebenen Fahrstuhl.

Ich entschied, dass es klüger war, mich einfach wieder nach Hause fahren zu lassen und mit Zoé oder Stefan zu sprechen, als an diesem verlassenen Ort zu bleiben. Aber irgendeine Macht schien mich auf dem Stuhl festzuhalten und mit einem Mal sah ich ihn deutlich vor mir. Nick, wie er vor dem Altar saß. Er wandte mir sein Profil zu und sah traurig und müde aus. Er schien mit einer Entscheidung zu ringen. Er hielt sein Smartphone in der Hand und schielte immer wieder nervös auf das Display, so als wäre in dem Gerät die Antwort auf eine Frage versteckt. Eine Seitentür öffnete sich und es trat jemand in die Kapelle.

„Hallo Frau Rose. Ist alles in Ordnung mit Ihnen?", Elgan hatte sich zu mir heruntergebeugt und sah mir besorgt in die Augen.

„Ich glaube, Nick war hier. Ich spüre es. Und genau hier ist ihm etwas Schlimmes passiert."

Elgan sagte nichts. Er richtete sich auf und schaute sich prüfend um.

„Lassen Sie uns gehen. Sie brauchen eine Stärkung. Wir trinken am Rastplatz einen Kaffee und dann fahre ich Sie nach Hause." Er nahm mich beim Ellenbogen und zog mich ein wenig hoch, so als wüsste er, dass ich mich fühlte, als wäre ich zu schwer, um je wieder aufzustehen. Obwohl ich ihn erst vor zwei Stunden kennengelernt hatte, war die Berührung nicht unangenehm.

Natürlich war der Peugeot verschwunden, als wir am Parkplatz ankamen. Immerhin hatten wir das Kennzeichen, das ich der Polizei durchgeben konnte.

41.

„Paranoia"

Auf dem Heimweg sprachen wir nicht, obwohl es eigentlich einiges zu bereden gegeben hätte. Aber Elgan hatte die Musik wieder so laut aufgedreht, dass an eine Unterhaltung nicht zu denken war. Dieses Mal hörten wir Tosca und ich hoffte, dass wir vor dem Ende, bei dem ich immer heulen musste, zu Hause eintrafen.

Das Kaffeetrinken auf dem Rasthof war nicht ohne Zwischenfall abgelaufen. In der Gaststätte war ein Gewusel wie in einem Ameisenhaufen, alle hatten sich vor der brütenden Hitze des Asphalts in die klimatisierten Räume geflüchtet, um sich dort planlos aufzuhalten oder eben kurz einen Kaffee zu trinken. Wir zogen die Getränke aus dem Automaten, weil wir schnell wieder von hier verschwinden wollten. Für mich gab es kaum etwas Ungemütlicheres als einen Autobahnrasthof.

Während wir unseren Kaffee aus weißen Plastikbechern an einem klebrigen Stehtisch tranken, hatte ich mehrfach das Gefühl beobachtet zu werden. Aber jedes Mal, wenn ich mich umdrehte, schaute mich niemand direkt an. Ich sah mir die Leute um mich herum genau an, aber alle waren im Gespräch mit anderen Reisenden oder nur am Vorübergehen. Ein Mann allerdings, der an einer großen Fensterfront lehnte und in eine Zeitung vertieft schien, rührte sich nicht vom Fleck und war offensichtlich ohne Begleitung. Als ich ihn beobachtete, bekam ich eine Gänsehaut und hoffte, dass er den Blick nicht heben und mich ansehen würde.

„Ich muss sofort hier raus", sagte ich atemlos zu Elgan, der mich die ganze Zeit über unverwandt ansah, so als rechnete er damit, dass ich ihm jederzeit davonlaufen könnte. Wir ließen unsere halbvollen Becher stehen und ich ging zügig zum nächsten Ausgang. Elgan blieb mir dich auf den Fersen. Draußen beruhigte ich mich sofort wieder.

„Ich glaube, ich bin inzwischen ein bisschen paranoid. Es tut mir leid, wenn ich Sie um Ihren Kaffee gebracht habe", entschuldigte ich mich bei ihm für den überstürzten Aufbruch.

Er fasste meinen Arm und sah mich ernst an, als er sagte: „Ich finde ihre Furcht absolut berechtigt. Wer hätte in dieser Gesellschaft keine Angst?"

Ich wurde aus seinen Worten nicht schlau, ging aber davon aus, dass er sich selbst nicht als Angst einflößend einstufte, sondern wohl eher die Gesellschaft im Allgemeinen meinte.

Wir mussten einen Riesenumweg machen, um zu seinem Alfa zu gelangen und ich wunderte mich erneut darüber, warum Menschen freiwillig an so einem monströs großen Rastplatz hielten, wenn sie sich von der anstrengenden Raserei auf der deutschen Autobahn erholen wollten. Die einzige Erklärung, die mir auf die Schnelle einfiel, war der Herdentrieb. Aber warum hatte ausgerechnet Nick, der Extrem-Einsiedler, hier angehalten? Vielleicht war er nicht allein gewesen, sondern hatte einen Anhalter mitgenommen, der hier umsteigen wollte. Ich verwarf den Gedanken sofort wieder. Nick war bei seinem Aufbruch fürchterlich wütend gewesen. Er hätte laut Musik gehört und nicht im Traum daran gedacht, einen Anhalter mitzunehmen. Für mich stand nicht in Frage, dass Nick hier gehalten hatte und auch in der gruseligen Kapelle gewesen war. Eigentlich gab es dafür nicht den Ansatz eines Beweises – nur mein Gefühl, mit dem ich seine längst vergangene Anwesenheit gespürt hatte. Aber vielleicht war er ja auch noch irgendwo in der Nähe, so wie sein Auto.

Meine Gedanken drehten sich sinnlos im Kreis. Elgan, der wiedergefundene und wiederverlorene Peugeot, die Vision von Nick und mein Verfolgungswahn. Ich musste unbedingt zurück zu Pepe, um wieder sicheren Boden unter den Füßen zu haben.

Leider kamen wir in einen Stau und ich erlebte unter Tränen das Ende von Tosca.

Elgan versäumte es, direkt die nächste CD einzuschieben, und so ergriff ich die Gelegenheit, ihm ein paar Fragen zu stellen.

„Wie haben Sie eigentlich den Wagen gefunden?"

„Ich bin die Strecke, die Nick vorhatte zurückzulegen, abgefahren und habe an jeder Rastmöglichkeit angehalten und mich umgesehen. Kein Hexenwerk, wie Sie sehen."

„Und wie ist Nicks Mutter auf Sie gekommen? Stehen Sie in den Gelben Seiten als Privatdetektiv?"

„Nein. Ich bin eigentlich Straßenmusiker. Ich spiele Saxophon und reise mit anderen Musikern durch ganz Europa. Nicks Mutter hat mich auf der Straße angesprochen. Meine Musik hatte ihr gefallen, wir haben uns lange unterhalten und sie hat mir von ihrem Sohn erzählt. Da habe ich ihr angeboten, auf die Suche nach ihm zu gehen."

„Das heißt, Sie haben überhaupt keine Lizenz oder so etwas."

„Nein. Es wäre mir auch sehr recht, wenn Sie meinen Namen der Polizei gegenüber nicht erwähnten."

„Und was soll ich denen sagen, wie ich das Auto gefunden und wieder verloren habe?"

„Rufen Sie von einem öffentlichen Telefon an und sagen Sie, dass Sie ein verdächtiges Fahrzeug entdeckt haben, das wahrscheinlich gestohlen wurde. Nennen Sie das neue Kennzeichen, dann überprüfen sie hoffentlich die Besitzverhältnisse und werden merken, dass irgendwo ein Kennzeichen ausgetauscht oder gestohlen wurde oder sie finden eine Spur von Nick durch den jetzigen Besitzer."

„Und wie geht es jetzt weiter? War es das jetzt mit der großen Suche?", fragte ich.

„Ich denke, wir haben da etwas angestoßen. Es wird sich jetzt einiges tun."

„Sehr kryptisch!" Meine letzten Worte hatte ich nur halblaut gemurmelt. Elgan frustrierte mich mit seinen verschlüsselten Andeutungen und ich zog es vor, während der restlichen Fahrt meine eigenen Pläne zu schmieden.

42.

„Die Begegnung"
Elgans Alfa und Raúls Jaguar erreichten unser Haus gleichzeitig. Ich freute mich so, Pepe wieder in die Arme zu schließen, dass ich aus dem Auto sprang, bevor Elgan den Motor abstellen konnte. Pepe war auf dem Rückweg vom Europapark eingeschlafen und Zoé reichte ihn mir vorsichtig, um ihn nicht aufzuwecken. Elgan war ebenfalls ausgestiegen.

Ich wollte die beiden gerade einander vorstellen, da sagte Zoé abschätzig: „Wer ist das denn?"

Ich sah abwechselnd von ihr zu ihm und war zu perplex, um angemessen reagieren zu können. Die beiden taxierten sich und sahen so aus, als würden sie sich schon lange kennen und auf den Tod nicht ausstehen können. Schließlich wandte sich Elgan zu mir und drückte mir eine Karte in die Hand.

„Bitte melden Sie sich, wenn Sie etwas planen. Ich würde Sie gerne begleiten und unterstützen. Es hat mich außerordentlich gefreut, Sie kennenlernen zu dürfen. Auf Wiedersehen!"

Mit diesen Worten stieg er in seinen Wagen und gab mehr Gas, als notwendig gewesen wäre.

Sobald er um die Ecke gebogen war, wandte ich mich an Zoé: „Was war das denn? So unfreundlich warst du noch nie zu jemandem."

Zoé antwortete außer sich vor Zorn: „Das war ja auch kein jemand. Kannst du dich nicht mit normalen Menschen abgeben. Was wollte der von dir?"

„Das war Arik Elgan. Er ist Privatdetektiv und hat mich zu Nicks Wagen gebracht. Und jetzt möchte ich von dir gerne wissen, woher du ihn kennst und warum du so eine Wut auf ihn hast?"

Zoé war immer noch wütend, ein Gefühl, das sie mir gegenüber noch nie gezeigt hatte. Es konnte eigentlich nur bedeuten, dass sie sich sehr große Sorgen um mich machte.

„Pass auf Mina! Ich kann dir nicht vorschreiben, mit wem du dich triffst. Aber ich kann dir versichern, dass der, mit dem du gerade hier vorgefahren bist, nicht gut für dich ist. Bitte zerreiß die Karte, die er dir gegeben hat. Ja?"

„Du spinnst doch komplett." Ich hielt die Karte in meiner Hand fest gedrückt und fummelte mit der freien Hand den Hausschlüssel aus der Hosentasche.

„Du bist unfreundlich zu dem einzigen Menschen, der mir bisher wirklich weitergeholfen hat, und willst mir dazu nicht mal die Wahrheit sagen. Du mit deiner blöden Geheimniskrämerei. Du kannst mir echt gestohlen bleiben."

Mit diesen Worten ging ich ins Haus, den schlafenden Pepe immer noch auf dem Arm, und ließ Zoé einfach stehen.

Drinnen taten mir meine harten Worte sofort leid. Wer hatte mir denn im vergangenen Jahr am meisten über den

Schmerz hinweggeholfen? Wer war Tag und Nacht für mich da gewesen? Aber einmal ausgesprochen, haben Worte die traurige Eigenschaft sich nicht mehr zurücknehmen zu lassen.

Ein Streit mit Zoé, meiner einzigen und besten Freundin, war das Letzte, was ich mir leisten konnte.

43.

„Das Haus am Meer"

Im Traum habe ich Freunde in ihrem Ferienhaus am Meer besucht. Ein kleines Haus aus weißen Sandsteinen mit einem Ziegeldach inmitten eines lichten Pinienwaldes. Innen gab es ein großes Zimmer mit einem offenen Kamin. Das Haus war ein Traum und auch der Strand ganz in der Nähe war menschenleer und wunderschön. Nach dem Essen verließ ich meine Freunde, um mir die Beine zu vertreten und die Gegend zu erkunden. Der Wald hatte sich verändert. Ich hatte so einen Wald noch nie gesehen. Die Bäume waren riesig hoch mit gewaltig großen Kronen. Auch standen sie sehr weit voneinander entfernt, sodass ich eher das Gefühl hatte, ich würde durch einen Park gehen als durch einen Wald. Es waren alles Laubbäume und ihre Blätter rauschten im Wind. Plötzlich fing der erste Baum Feuer. Es war so, als würde die Baumkrone einfach explodieren und dann in Flammen stehen. Gleich darauf brannte der nächste Baum. Ich bekam es mit der Angst zu tun. Was eben noch wie ein herrliches Paradies erschien, wurde von einer Sekunde zur anderen zu einem Inferno. Ich rannte, so schnell ich konnte, zum Haus zurück und berichtete meinen Freunden von dem schrecklichen Waldbrand. Sie reagierten, anders als erwartet, nicht verängstigt, sondern verärgert, so als würde ich Gespenster sehen und wollte ihnen mit diesen den schönen Tag verderben. Ich drängte sie darauf, sofort das Haus zu verlassen und das Weite zu suchen, aber sie schüttelten nur den Kopf und meine Freundin bestand darauf, dass ich, bevor ich sie verließ, noch das Geschirr abspülte. Ich traute mich nicht, mich zu widersetzen, und begann, das Geschirr vom Mittagessen zu spülen. Es war der pure Wahnsinn und die Arbeit zog sich unendlich lang hin. Während ich das Besteck abwusch, stellte ich mir vor, wie sich der Waldbrand ausbreitete und mir der Weg zu meinem Auto abgeschnitten wurde. Ich spürte förmlich, wie die Temperatur in dem kleinen Häuschen anstieg. Wir würden alle verbrennen, und das alles nur, weil ich mich nicht durchzusetzen wusste.

Am Morgen wachte ich vor Pepe auf. Ausgehend von meinem Traum beschloss ich erst einmal meine eigenen Wege ohne Zoé zu gehen. Mein Gefühl sagte mir, dass Elgan mir nichts Böses wollte und diesem Gefühl würde ich vertrauen – zumindest so lange, bis Zoé mir Beweise dafür liefern konnte, dass dem nicht so war. Aufgrund von irgendwelchen obskuren Andeutungen auf Ariks Unterstützung zu verzichten, erschien mir unklug. Ganz offensichtlich hatte Zoé Geheimnisse vor mir – und diese Geheimnisse wogen schwerer als unsere Freundschaft. Ich kam mir langsam vor wie im falschen Film, so als wäre ich aus Versehen in einen Agententhriller geraten. Niemand sagte mir die Wahrheit und alle bespitzelten sich gegenseitig. Nick verschwand einfach von der Bildfläche, Raúl schnüffelte Zoé hinterher, Stefan beschuldigte mich des Mordes an meinem Freund und der geheimnisvolle Elgan war der böse Agent, der nun von Zoé enttarnt worden war. Endlich wachte Pepe auf und erlöste mich von meinen sinnlosen Hirngespinsten.

In der Küche traf ich auf Stefan und berichtete ihm von meinem Abenteuer des gestrigen Tages. Das Einzige, was ich auslieg, waren meine schrecklichen Bauchschmerzen.

Er ließ sich alles kurz durch den Kopf gehen und war dann wie immer schnell mit einem Ratschlag zur Stelle.

„Zoé ist mir seit ihrem ominösen Sturz von der Brücke suspekt. Ich bin immer noch am Grübeln, wie sie das hingekriegt hat. Ich tippe übrigens auf ein Seil. Bestimmt hat sie sich an einem Seil von der Brücke herabgelassen und sich dann so auf die Gleise drapiert, als wäre sie gesprungen. Insofern würde ich persönlich auf ihr Verhalten nicht viel geben. Was diesen Elgan angeht, musst du als Erstes Nicks Mutter anrufen und überprüfen, ob sie ihn wirklich beauftragt hat, und die Polizei musst du natürlich auch wegen dem Wagen benachrichtigen. Ansonsten kannst du, denke ich, nicht viel machen."

„Ich muss nochmals auf den Rasthof." Die Idee war mir gestern auf der Heimfahrt gekommen und hatte sich seitdem in meinem Kopf festgesetzt und ließ sich nicht mehr vertreiben.

„Was versprichst du dir davon außer weiteren Anflügen von Verfolgungswahn?", fragte Stefan.

„Da war irgendwas und dem muss ich nachgehen. Allerdings wenn nicht so viel los ist, vielleicht eher am Abend."

„Du spinnst ein bisschen, weißt du das?"

„Ja, natürlich! Es gibt Menschen mit einer sehr feinen Wahrnehmung und dann gibt es andere ..."

„Ach verschon mich mit deinem Esokram. Übrigens, Flo hat die Stelle doch noch bekommen. Die erste Wahl ist abgesprungen und dann haben sie ihn angerufen."

„Ja, dann wird er mir jetzt wohl öfter über den Weg laufen", sagte ich nicht gerade begeistert.

„Nein, das glaube ich nicht. Der wird sich hier schneller integriert haben, als du gucken kannst. Bis den alle Krankenschwesterschülerinnen ausgeführt haben, ist die Ausbildung um."

„Du meinst, bis er mit jeder geschlafen hat?"

„Nein, nicht mit jeder. Er schläft nur mit den Hübschen."

„Oho, das nehme ich jetzt als erstes Kompliment aus deinem Mund."

„Ach mit dir! Das war eine Ausnahme, da hatte ich ihm gut zugeredet."

Wir mussten beide lachen und mit dem Lachen löste sich auch der Knoten in meinem Bauch, den ich seit dem Streit mit Zoé mit mir herumschleppte.

44.

„Versöhnung"

Das Zoé und ich zerstritten waren, war ein Novum und eigentlich untragbar. Den Tag verbrachte ich am Telefon mit der Wochenendplanung, doch am Abend hielt ich es nicht mehr aus. Als Pepe eingeschlafen war, schnappte ich mir das Babyphone und ging zu ihr hinüber, um mich zu entschuldigen. Sie öffnete sofort die Tür, so als hätte sie schon auf mich gewartet. Sie sah blass aus und hatte dunkle Ringe unter den Augen.

Sehr ernst bat sie mich herein und meine Hoffnung schwand, dass wir uns gütlich einigen konnten.

Nachdem wir uns in die Küche gesetzt und sie uns beiden wortlos ein Glas Rotwein eingeschenkt hatte, sagte ich: „Es tut mir sehr leid, dass ich dich gestern so vor den Kopf gestoßen habe. Ich habe im Zorn schlimme Sachen zu dir gesagt. Kannst du mir bitte verzeihen?"

„Ich kann dir verzeihen, wenn du meinen Rat befolgst."

Das war nicht die Antwort, die ich mir erhofft hatte, aber um des lieben Friedens willen ließ ich mich auf ihre Forderung ein.

„In Ordnung. Wenn du mir einen einzigen nachvollziehbaren Grund nennen kannst, warum ich Arik Elgan nicht mehr treffen soll, dann folge ich dir."

Zoé lachte bitter: „Arik Elgan, so nennt er sich also." Nach einer Pause fügte sie hinzu: „Nein, Mina. Ich kann dir gar nichts sagen. Für mich steht sehr viel auf dem Spiel, mein Leben, wenn du so willst. Ich bin feige, musst du wissen. Wenn ich mutiger wäre, könnte ich dir alles erzählen, aber der Preis, den ich dafür zahlen muss, ist sehr hoch."

Nach dieser Aussage musste ich unwillkürlich schmunzeln: „Du willst mir jetzt nicht erzählen, dass du so eine Art Angelina Jolie-Geheimagentin bist, die sich als Erzieherin tarnt, dabei aber ständig abgehört wird und sobald sie ein falsches Wort sagt, rücken hier sie schwarzen Limousinen an und die Handgranaten fliegen durchs Fenster."

Auch Zoé musste bei der Vorstellung lächeln: „Nein, es ist wohl wesentlich schlimmer."

Abrupt wurde sie wieder ernst: „Elgan ist nicht der, für den er sich ausgibt, und ich glaube nicht, dass er etwas Gutes mit dir im Schilde führt."

Ich entgegnete ihr mit leiser, aber fester Stimme: „Er ist ein guter Mensch. Das spüre ich und er will mir wirklich helfen. Vielleicht ist das meine letzte Chance eine Spur von Nick zu finden. Bitte Zoé, stell mich nicht vor die Wahl!"

Wir wussten beide, dass sehr viel von dem abhing, was jetzt kam. Zoé hatte wohl erkannt, dass sie diese Schlacht verloren hatte und versuchte sich nun in Schadensbegrenzung.

„O.k., ich sage nichts mehr zu diesem Typen und du stellst mir keine Fragen mehr, die ich nicht beantworten kann. Außerdem will ich über jedes zukünftige Abenteuer, das ihr plant, informiert sein."

Erleichtert sagte ich: „Dann fange ich am besten gleich damit an. Ich möchte sobald wie möglich nochmals zu diesem Rasthof fahren und mich dort umsehen. Ich habe Elgan gefragt, ob er mich fährt, und nehme als Verstärkung noch Stefans Cousin mit. Die beiden haben schon zugesagt. Ich brauche allerdings einen zuverlässigen Babysitter. Konkret brauche ich dich, sonst kann ich nicht fahren."

„Du weißt, dass ich tagsüber arbeiten muss", Zoé war sichtlich nicht begeistert von meinem Plan.

„Flo, also Stefans Cousin, muss auch arbeiten. Ich hatte an den Freitagabend gedacht."

„Was versprichst du dir eigentlich davon, auf einem Autobahnrasthof abzuhängen?", fragte Zoé sichtlich genervt.

Mit meiner Antwort versuchte ich nicht nur sie, sondern auch mich selbst von meinem Plan zu überzeugen: „Dort stand Nicks Wagen. Dort ist ihm etwas zugestoßen. Es gibt eine seltsame Kapelle mit eindeutig negativen Schwingungen und ich habe mich beobachtet gefühlt. Pass auf, ich fahre da hin und schau mich nochmal um. Wenn ich diesmal nichts spüre, dann war es ein Versuch und ich höre auf mit dem Detektivspiel. Aber ich kann jetzt nicht die Hände in den Schoß legen und das einfach auf sich beruhen lassen. Es ist sehr gut möglich, dass ich nur irgendwelche Halluzinationen hatte. Das ist sogar höchstwahrscheinlich, aber ich muss mich selbst davon überzeugen, sonst kann ich nicht mehr schlafen."

„Stopp, bitte es reicht", Zoé unterbrach meinen Redeschwall, „du hast mich überzeugt, wirklich!" Nach einer Weile fragte sie: „Hast du eigentlich öfter so Wahrnehmungen?"

„Du meinst, dass ich Sachen sehe, die man eigentlich gar nicht sehen kann?"

„Ja, zum Beispiel", antwortete Zoé.

„Schon, ehrlich gesagt."

„Und deine Augenfarbe. Die hat sich auch verändert?"

„Ja, darüber haben wir doch gesprochen. Das kommt vom vielen Stress, meinte der Arzt."

„Und deine Träume? Was träumst du gerade so?"

„Bitte Zoé, hör sofort auf, so komisch mit mir zu reden. Da komme ich mir wie ein Freak vor."

Zoé seufzte und erwiderte: „Ich versuche nur herauszufinden, was dieser Elgan von dir will. Aber ich glaube, dazu muss ich ihn einfach selber fragen."

Darauf sagte ich lakonisch: „Ja, mach das. Frag Elgan! Er ist ähnlich offenherzig wie du. Da bekommst du bestimmt sinnvolle Antworten auf deine Fragen."

„Das denke ich mir", sagte Zoé lächelnd.

45.

„Hoffnung"

Im Laufe der Woche führte ich noch einige Telefongespräche mit Elgan und Flo. Arik hatte ich nicht erst von meiner Idee zu überzeugen brauchen. Es war, als hätte er meinen Anruf schon erwartet, und er sagte sofort zu, den Fahrjob zu übernehmen.

Flo war dagegen nicht begeistert, meine Stimme zu hören. Er dachte wohl im ersten Moment, ich würde auf eine Fortsetzung unserer kurzen Affäre drängen, aber als ich ihn darüber aufklärte, wofür ich seine Unterstützung brauchte, sagte er sofort zu. Als Kumpel war er wahrscheinlich gar nicht so übel. Er war sogar bereit, sein Freitagsdate für mich abzusagen. Er wohnte im Schwesternwohnheim und war offensichtlich schwer beschäftigt, erste Kontakte zu knüpfen. Ich sah in förmlich vor mir, wie er als aufgeplusterter Hahn im Korb von allen Seiten Avancen bekam.

Das Bild in meinem Kopf von Flo und den Frauen gab mir nur einen ganz winzigen Stich, denn in Gedanken war ich jetzt ganz bei Nick und den Möglichkeiten und Wahrscheinlichkeiten ihn wiederzufinden. Es war wie der fixe Gedanke daran, im Lotto zu gewinnen. Ich stellte mir vor, was wir alles unternehmen könnten, wie unsere erste gemeinsame Nacht wäre, wie er sich über Pepe, der sich so toll entwickelt hatte, freuen würde. Es war wie ein Rausch. Zwischendurch wurde mir ganz kalt und ich fragte mich, woher diese plötzliche Euphorie kam. Ich hatte jetzt ein Jahr lang Zeit gehabt, mich von Nick innerlich zu verabschieden, stattdessen schmiedete ich Zukunftspläne mit ihm. Dass die Hoffnung beflügelt, war wirklich kein dummer Spruch. Ich schwebte die ganze Woche über zehn Zentimeter über dem Boden. Natürlich bemerkte Pepe meine auffällig gute Laune und war auch ganz aus dem Häuschen. Inzwischen konnte er ganz schnell rennen und Ball spielen und machte eigentlich nichts anderes mehr, als das Haus in ein einziges Fußballfeld zu verwandeln.

Ich stellte mir vor, wie Nick ungläubig seinen kleinen großen Sohn ansah, der sich von einem schreienden Baby zu einem begeisterten Ballkünstler entwickelt hatte – und das alles innerhalb von nur einem Jahr. Wie schrecklich es sein musste, so viel verpasst zu haben!

Ab Mittwoch begann ich zu packen. Regensachen, Proviant, Taschenlampe, Stirnlampe, Kompass, Schlafsäcke und was mir sonst noch in die Finger fiel. Ich passte auf, dass Stefan und Zoé meine Ausrüstung nicht zu Gesicht bekamen, denn sie hätten mich für verrückt erklärt – und je näher der Freitag kam, umso mehr hätte ich ihnen recht geben müssen. Ich war so aufgeregt, dass meine Hände zu zittern angefangen hatten und ich mir ständig Schokolade zuführte, um nicht in die Unterzuckerung zu kommen, denn hinsetzen und in Ruhe etwas essen, ging überhaupt nicht mehr.

Am Freitag war ich den ganzen Tag mit Pepe draußen. Wir klapperten sämtliche Spielplätze und Wasserstellen im Viertel ab und besuchten lediglich zwischendurch einen Bäcker, um uns zu stärken. Ich war froh, dass ich keine Uhr trug, denn sonst hätte ich meinen Blick nicht vom stetig vor sich hin hüpfenden Sekundenzeiger wenden können. Ich turnte mit Pepe auf den Geräten herum und rannte mit ihm um die Wette, um ein bisschen von der Anspannung loszuwerden, die an meinen

Nerven zerrte. Schließlich hatten wir es irgendwie geschafft. Wir hatten dem Mittagsschlaf ein Schnippchen geschlagen und es war später Nachmittag und Zeit heimzugehen. Pepe schlief mir beim Füttern am Tisch ein. Ich fing seinen Kopf sanft auf, bevor er in den Teller mit Babymüsli sinken konnte. Ich putzte ihm im Halbschlaf die Zähne und schaffte es auch irgendwie, ihm die Latzhose aus- und den Schlafanzug anzuziehen. Nur ihn ins Bett zu legen, das brachte ich nicht fertig. Er schlief inzwischen in seinem eigenen Bett im Kinderzimmer – die zweite Abnabelung seit dem Abstillen – und ich war immer noch froh, wenn er nachts krähte und ich ihn wieder zu mir ins Bett holen konnte.

Jetzt saß ich mit dem schlafenden Pepe auf dem Arm auf dem Boden in seinem Zimmer und weinte. In diesem Moment kam es mir absolut absurd vor, mich auch nur einem Hauch von möglicher Gefahr auszusetzen. Alles, was ich in diesem Leben liebte, lag hier in meinen Armen. Mit welchem Recht spielte ich Detektivin und ließ mein Kind womöglich für eine ganze Nacht allein.

In diesem Moment hörte ich die Haustür ins Schloss gleiten. Zoé war gekommen. Es war Zeit, mich von meinem Engel zu trennen.

46.

„Alte Laster"

Eigentlich hätte Zoé noch mit Pepe spielen und ihn ins Bett bringen sollen, aber dadurch dass er schon schlief, saßen wir untätig in der Küche herum und warteten auf das Eintreffen von Elgan und Flo. Im Raum herrschte eine seltsam angespannte Stimmung, die ich so nicht kannte, wenn ich mit Zoé zusammen war.

Schließlich ergriff ich die Initiative und versuchte ihr mitzuteilen, was mich bewegte.

„Ich habe das Gefühl, wenn wir heute Nacht nichts finden, dann war's das. Dann werde ich nie erfahren, was mit Nick passiert ist. Dieser Gedanke, dass all meine Hoffnungen an diesem Abend hängen, macht mich ganz kirre. Ich kann schon seit einer Woche nicht mehr richtig schlafen."

Zoé fragte: „Hast du inzwischen bei der Polizei angerufen?"

Ich antwortete leicht genervt: „Nein. Was soll das auch bringen? Der Wagen wird inzwischen von jemandem anderen gefahren. Da war kein Hauch von Nick mehr in dem Auto. Meinst du, nur weil ich Nicks Wagen gesehen habe, starten die plötzlich eine Suchaktion?"

„Wäre denkbar, oder?", so schnell ließ sich Zoé nicht abwimmeln.

„O.k., wenn wir heute Nacht nichts finden, dann rufe ich an. Spätestens am Montag, ja?"

„Na gut, nach so langer Zeit kommt es wahrscheinlich nicht auf eine Woche an", räumte Zoé ein.

„Aber warum bin ich dann so unruhig und habe das Gefühl, es ist ein Wettlauf gegen die Zeit?", fragte ich sie verzweifelt.

„Mina, bleib ganz ruhig. Du fährst gleich los und du wirst nicht zu spät kommen und ich werde sehr gut auf Pepe aufpassen. Mach dir nicht solche Sorgen!"

Wir standen beide auf und fielen uns in die Arme. Zoé drückte mich ganz fest. Jetzt erst war unser Streit endgültig ausgeräumt.

Nach einer halben Ewigkeit löste ich mich aus Zoés Umarmung.

„Ich hol die Sachen und geh schon mal vors Haus. Elgan muss eigentlich jeden Moment kommen."

Zoé schaute mich kritisch an und fragte: „Du hast doch nicht wieder angefangen zu rauchen, oder?"

„Oh Mist, warum weißt du immer alles? Woran hast du es gemerkt? Stinke ich schon nach Rauch?"

„Mina mach halblang. Das ist kein Problem! Hauptsache du schaffst es danach wieder aufzuhören."

Mein Durst nach Nikotin wurde jetzt größer als alles andere und ich gab Zoé nur einen flüchtigen Kuss auf die Wange und machte mich davon. Die zwei Taschen mit dem Proviant und den anderen Utensilien hatte ich wohlweißlich in der Garage fernab von Zoés Röntgenblick deponiert.

Sobald die Haustür hinter mir ins Schloss fiel, zog ich meinen Tabak aus der Jackentasche und drehte mir mit zitternden Fingern eine unförmige Kippe. Es würde eine Weile dauern, bis ich den Dreh wieder raus hatte, aber ich hoffte, dass es gar nicht erst so weit kam. Bis jetzt kam ich noch locker mit fünf Zigaretten am Tag aus, aber ich hatte so lange geraucht, dass ich ganz genau wusste, dass sich das Pensum ganz unmerklich bis zu einer sehr ungesunden Anzahl steigern würde. Trotzdem, der erste tiefe Zug erschien mir wie ein Geschenk des Himmels und ich fühlte mich für die kurze Dauer einer Zigarette glücklich und entspannt.

Es war ein schöner warmer Tag gewesen und es würde noch lange hell sein. Ich hoffte sehr darauf, dass wir die Operation „Rasthof" im Hellen durchführen konnten.

Elgan fuhr fünf Minuten zu früh mit seinem Alfa vor und Flo kam eine Viertelstunde zu spät angeradelt, sodass Arik und ich genügend Zeit hatten, uns in Ruhe zu unterhalten. Er trug wieder eine ausgewaschene Jeans und ein Baumwollhemd, darüber eine alte abgewetzte Wildlederjacke. Er sah sehr gut aus und ich stellte erneut fest, wie ausgesprochen wohl ich mich in seiner Gegenwart fühlte. Sofort fiel die ganze Anspannung von mir ab und ich konnte mich auf das Wesentliche konzentrieren.

Allerdings war Elgan nicht begeistert davon, Flo mit von der Partie zu haben. Als Mister Fantastic schließlich mit einem breiten Grinsen im Gesicht auf seinem Rennrad erschien, meinte ich eine Spur von Unwillen auf Elgans sonst so freundlichem Gesicht zu entdecken.

Flo sah so umwerfend aus, wie ich ihn in Erinnerung hatte, aber zu meiner Erleichterung stellte ich fest, dass sich in meinem Inneren diesbezüglich überhaupt nichts regte und ich ihm zum ersten Mal unbefangen gegenüber treten konnte. Wir gaben uns die Hand und auch ich musste jetzt breit grinsen. Ich freute mich wirklich ihn wiederzusehen.

Ich stellte die beiden einander vor, aber Arik behielt die Hände in den Taschen und machte so deutlich, dass ihm Flo nicht näher als unbedingt nötig kommen brauchte.

„Können wir?", gab ich schließlich das Zeichen zum Aufbruch, nachdem ich unser Gepäck aus der Garage geholt und Flo noch eine schnelle Zigarette geraucht hatte.

47.

„Dunkelheit"

Die Fahrt verlief wie scheinbar alle Fahrten mit Arik Elgan in vollkommenem Schweigen. Diesmal hörten wir irgendein Klavierkonzert in ohrenbetäubender Lautstärke. Leider gerieten wir ausgerechnet im Höllental in einen Stau und so wurde es spät, bis wir endlich den Rasthof erreichten und es war stockdunkel.

Elgan parkte, ohne dass ich ihn dazu aufgefordert hatte, direkt neben Nicks Wagen. Ich konnte es kaum glauben, aber der Peugeot stand tatsächlich wieder auf demselben Parkplatz wie beim letzten Mal. Allein um das herauszufinden, hatte sich die Fahrt schon gelohnt. Das hieß der neue Besitzer oder die neue Besitzerin aus Tübingen hielt hier regelmäßig. Vielleicht hatten wir diesmal das Glück, die Person erwischen und ein bisschen über ihr neues Auto auszufragen zu können.

„So, und jetzt?", Flo riss mich aus meinen Gedanken. Er war offensichtlich kein Fan klassischer Musik und hatte nach dem Zwangsschweigen in Elgans Wagen deutlich schlechtere Laune als zu Beginn unseres kleinen Ausflugs.

„Jetzt können wir uns erst mal stärken", antwortete ich und fischte die Tüte mit Brötchen aus meinem Rucksack, „und dann kriegt jeder eine Taschenlampe und wir suchen nach Spuren von Nick."

Flo sah sich mit zweifelndem Blick um, während er an seinem Brötchen kaute, und ich konnte seine Verwirrung gut nachempfinden.

„Keine Angst, ich habe schon eine Idee, wo wir mit der Suche beginnen können", beruhigte ich ihn.

Nachdem wir uns alle drei noch mit süßem schwarzen Kaffee aus meiner Thermoskanne, der mit einem kleinen Schuss Cognac angereichert war, wach gemacht hatten, liefen wir in Richtung Kapelle. Die kleine Kirche war nicht beleuchtet. Kein Wunder auch, denn weder war sie eine architektonische Augenweide noch nachts geöffnet.

An dieser Stelle fällt es mir schwer weiterzuschreiben. Das, was danach passiert ist, war verrückt, absurd, ein Chaos. Nichts, an das ich gerne zurückdenken möchte. Ich kann mir das Geschehene nicht nochmals vor Augen führen, ohne an ein Erlebnis aus meiner Kindheit denken zu müssen. Als Kind habe ich sehr viel Zeit bei meinem Opa verbracht, der eigentlich nicht besonders viel für kleine Kinder übrig hatte. Ich durfte bei ihm alles, Fernsehen, Süßigkeiten essen, nur mit mir zu spielen, das war nicht sein Ding. Und so wurde mir trotz des laufenden Fernsehers ab und zu langweilig und ich begann das zu tun, was die meisten Kinder tun, wenn ihnen langweilig wird. Ich ärgerte meinen Opa. Was ich genau anstellte, weiß ich nicht mehr. Ich weiß nur noch, dass er mich in seinen Kleiderschrank im Schlafzimmer sperrte, wenn es ihm zu viel wurde. In seinem Schlafzimmer war es immer relativ dunkel, wahrscheinlich war er einfach zu faul, die Fensterläden jeden Morgen zu öffnen. Und so herrschte in seinem Kleiderschrank tatsächlich absolute Finsternis. Da drang kein Licht durch eine Ritze. Ich bekam jedes Mal Panik, wenn ich in der Schwärze steckte. Natürlich schrie und tobte ich, aber mein Opa hatte es nicht eilig mich rauszulassen, was vermutlich auch daran lag, dass er schon unter fortgeschrittener Schwerhörigkeit litt. Wenn ich genug geschrien und getobt hatte, setzte ich mich auf den Boden des Schrankes, umfasste meine Knie mit den Armen und verwandelte mich in ein kleines Paket, das darauf wartete, irgendwann aus seinem Postfach geholt zu werden. Geblieben ist von dieser Geschichte meine Angst vor der Dunkelheit. Es darf bei mir nie pechschwarze Nacht herrschen. Zumindest ein Nachtlicht oder ein Radiowecker müssen diffuses Licht verbreiten. Zudem bin ich Taschenlampenfetischistin. Im Haus verteilt stehen mindestens zehn hübsche kleine funktionstüchtige Taschenlampen bereit und warten darauf, dass endlich mal der Strom ausfällt. Auch in meinem Kleiderschrank im Schlafzimmer ist natürlich eine.

48.

„Der Keller"

Flo hatte sich eine Stirnlampe aufgesetzt und ich selbst war mit zwei Taschenlampen bewaffnet. Arik weigerte sich eine zu nehmen, mit der Begründung, dass er auch im Dunkeln sehr gut sehen könnte.

Wir schlichen einmal um die Kapelle herum. Jetzt bei Nacht kam mir das Gebäude wesentlich größer vor als bei Tageslicht. Neben dem Haupteingang im Innenhof gab es noch eine unauffällige Tür auf der Seite, die zum Wald hin lag. Beide Türen waren natürlich verschlossen. Da ich schon in der

Kapelle selbst gewesen war, interessierte mich mehr die Hintertür. Sie hatte einen Knauf statt einer Klinke und die Räumlichkeiten dienten wohl eher nicht dem Publikumsverkehr. Elgan erklärte sich sofort bereit, das Schloss zu knacken, was meinen Verdacht erhärtete, dass er einen kriminellen Hintergrund hatte und Zoé irgendwie über seine Vergangenheit im Bilde war.

Flo und ich konnten nicht sehen, wie er die Tür aufkriegte, da er uns den Rücken zuwandte, aber er hatte sie innerhalb weniger Sekunden geöffnet. Allerdings wich er sofort vor der Tür zurück und ihm entfuhr ein Ausruf des Ekels: „Bäh, das stinkt schrecklich! Da solltet ihr auf gar keinen Fall reingehen."

„Warum wir?", fragte Flo. „Kommst du nicht mit?"

„Nein", entgegnete Elgan bestimmt. „Ich bin nur der Fahrer."

„Stinkt es denn wirklich so schlimm?", fragte ich, während ich mich an Elgan vorbeidrängelte und einen Blick in das Dunkel hinter der Tür riskierte. Ich roch gar nichts. Das Einzige, was man erkennen konnte, waren Stufen, die nach unten führten. Offensichtlich war die Kapelle unterkellert. Leider funktionierte der Lichtschalter, den ich ertastete, nicht.

„Was meinst du?", fragte ich Flo, „Sollen wir einen Blick in den Keller riskieren?"

„Klar", erwiderte Flo, „deshalb sind wir ja hier, oder?" Er warf Elgan einen abschätzigen Blick zu. Es war offensichtlich, was er von seiner Weigerung uns zu begleiten hielt.

Flo begann die steile Treppe hinunter zu steigen. Ich wandte mich nochmals zu Arik um. Er stand fünf Meter entfernt und starrte mich an. Sein Gesicht, nur schwach erleuchtet von meiner Taschenlampe, sah verzerrt aus. Er schüttelte leicht den Kopf, doch Flo rief nach mir aus den Tiefen des Kellers und ich setzte meinen Weg fort.

Es waren 20 schmale Stufen. Ich zählte mit, um mein schnell schlagendes Herz zu beruhigen. Es war einfach verdammt dunkel hier unten. Ich schaltete auch die zweite Taschenlampe ein, um mich ein bisschen sicherer zu fühlen. Als ich den Lichtstrahl hin und her wandern ließ, erkannte ich einen langen kahlen Gang. Es war alles aus grauem Beton und es gab nichts außer drei Türen, die rechts und links abzweigten. Plötzlich nahm ich den Geruch war und mein Magen schlug einen Salto. Es stank hier so wie in meinem Keller, nur intensiver.

„Igitt!", stieß ich aus, „Riechst du das? Elgan hat recht, es stinkt schrecklich hier unten."

Flo antwortete nicht. Er stand am Ende des Gangs vor einer Tür und drehte am Türknauf. Sein Gesicht, von unten durch die Taschenlampe erhellt, sah angespannt aus.

Ich wollte ihn rufen und ihm sagen, dass er von der Tür wegbleiben sollte, aber er hatte sie schon aufgerissen. Der Gestank wurde unerträglich und er schien aus dem Raum zu kommen, in dem Flo gerade verschwand. Die Tür fiel ins Schloss und er war verschwunden. Gleich darauf hörte ich ihn gegen die Tür hämmern und laut meinen Namen rufen. Offensichtlich hatte er sich selbst eingeschlossen in dem Raum, aus dem der intensive Geruch strömte. Ich ging langsam den Gang entlang, in jeder Hand eine Taschenlampe, die ich nach vorne auf die Tür richtete, hinter der Flo verschwunden war. Eigentlich hätte ich rennen müssen, um so schnell wie möglich bei ihm zu sein, aber mein Körper strebte offensichtlich in die andere Richtung, nach draußen zu Elgan. Er hatte recht gehabt, wir hätten nie in diesen Keller steigen sollen. So wie ich mich bewegte, langsam mit den zwei Taschenlampen in den Händen, fühlte ich mich wie ein Westernheld, der unaufhaltsam seinem Schicksal zustrebte.

Als mich schließlich nur noch drei Schritte von der Tür trennten, hatte ich das Gefühl, dass jemand hinter mir stand. Ich hörte weder Atemzüge noch sonst einen Laut, außer Flos wilden Schlägen gegen die Tür. Trotzdem war das Gefühl übermächtig. Ich blieb reglos stehen und drehte langsam den Kopf. Ich konnte nur einen schwarzen Umriss erkennen. Direkt hinter mir stand tatsächlich jemand. Im gleichen Moment wurden mir die Taschenlampen aus den Händen gerissen. Sie landeten mit einem lauten Krachen an den Kellerwänden und waren sofort aus. Die Finsternis war absolut und mein Schreien ohrenbetäubend. Ich stand nur da und schrie und schrie.

Irgendwann, nach einer gefühlten Ewigkeit legte sich mir eine Hand auf den Mund und erstickte meinen Schrei. Als nächstes spürte ich, wie jemand mich auf den Arm nahm und die Treppe hinauftrug. Zu diesem Zeitpunkt schrie ich nicht mehr. Richtig zu mir kam ich erst, als Elgan mich draußen sanft ins feuchte Gras setzte und mir behutsam über den Kopf strich.

„Das war knapp", sagte er und dann: „Ich hole Flo jetzt da unten raus. Kannst du so lange alleine bleiben?"

„Nein, bitte nicht", stammelte ich. „Da war jemand. Der ist vielleicht immer noch hier."

„Keine Sorge", versuchte Arik mich zu beruhigen. „Er ist geflüchtet, als er mich gesehen hat, und kommt nicht wieder. Warte hier und rühr dich nicht von der Stelle!"

Wenige Minuten später tauchte er mit Flo wieder auf. Flo hatte den Arm um Elgans Schulter gelegt und kam mit taumelnden Schritten bis zu der Stelle auf der Wiese, an der Elgan mich zurückgelassen hatte.

Er ließ sich mit einem Stöhnen neben mir ins Gras fallen und stützte den Kopf in die Hände. Ich hörte ihn nur „Was für eine Scheiße" murmeln.

Ich wandte mich an Elgan, der sich neben mich gesetzt und seinen Arm beruhigend um mich gelegt hatte.

Ich fragte: „Wer war das da unten im Keller? Hast du ihn sehen können, als er davonlief?"

Elgan schüttelte nur den Kopf. Er hatte die Lippen fest aufeinandergepresst, so als müsste er sich mit Gewalt am Sprechen hindern.

„Wie? Da war jemand?", Flo schien langsam wieder zu sich zu kommen.

„Ja", antwortete ich, „da war jemand im Keller, der mir die Taschenlampen aus der Hand geschlagen hat. Sonst hätte ich dich gleich befreit."

„Es war schrecklich, dich da draußen kreischen zu hören! Wie in einem Horrorfilm. Ich dachte, du wirst gerade in deine Einzelteile zerlegt. So klang es zumindest."

„Ich habe einfach schreckliche Angst im Dunkeln. Es tut mir so leid", sagte ich ziemlich geknickt. Es war mir peinlich, dass ich Flo mit meiner Schreierei solche Angst gemacht hatte.

„Schon in Ordnung! Ich bin froh, dass du heil bist." Flo lächelte mir aufmunternd zu und streichelte kurz mit der Hand über meine Wange. Elgan nahm das zum Anlass, seinen Arm wegzuziehen und wir standen alle drei gleichzeitig auf, denn es wurde jetzt doch empfindlich kalt im feuchten Gras.

Ich wandte mich an Flo: „Was war in dem Raum?" Die Frage brannte mir auf der Seele.

„Da war nichts mehr, aber ich könnte wetten, dass da bis vor kurzem noch was gelagert hat, das gestunken hat wie die Pest."

„Entweder ein totes Tier oder was Größeres", fügte Flo nach einer kurzen Pause hinzu.

„Ihr müsst unbedingt der Polizei einen Tipp geben. Wenn da etwas war, dann finden sie sicher noch Spuren", sagte Elgan. „Aber jetzt lasst uns fahren. Für heute reicht es."

„Warte!", Flo reichte ihm die Hand. „Vielen Dank, dass du mich da rausgeholt hast. Ich war schier am Durchdrehen!"

„Gerne", gab Elgan zur Antwort und drückte Flos Hand. An Flos leichtem Stöhnen konnte ich hören, dass Elgan einen sehr festen Händedruck haben musste.

49.

„Fragen und Antworten"

In dieser Nacht träumte ich zum ersten Mal von Arik. Ich saß mit ihm allein in einem Zugabteil. Es war ein altes Abteil in einem alten Zug mit Holzarmaturen und Samtbezügen. Wir fuhren durch eine bergige Landschaft.

Es herrschte eine gelöste, fast glückliche Stimmung. Wir saßen uns gegenüber am Fenster und lächelten uns an.

Schließlich ergriff ich das Wort: „Du wirst mir meine Fragen nie beantworten, stimmt's?"

Elgan nickte. Er sah wunderschön aus in dieser gelösten Stimmung und trug das feine Lächeln auf den Lippen, das ich so gerne an ihm mochte. Er strahlte Güte, Ruhe und Kraft aus und ich fühlte mich so wohl und sicher in seiner Gegenwart, dass ich mir wünschte, der Zug führe bis ans Ende der Welt.

„Lass uns das Ja-Nein-Spiel spielen", nahm ich einen neuen Anlauf. „Ich stelle dir Fragen und wenn die Antwort ja ist, zwinkerst du zweimal und bei nein reagierst du einfach gar nicht. O.k.?"

Elgan zwinkerte zweimal.

„Also gut. Bist du schon mal mit dem Gesetz in Konflikt gekommen?"

Ich wartete, aber es gab keine Reaktion. Das enttäuschte mich, da ich mir meiner Sache sehr sicher gewesen war.

„Kennst du Zoé von früher?"

Ich sah Elgan gespannt in die Augen, aber schon wieder nichts.

Wenn die beiden sich nicht persönlich kannten, musste Zoé auf eine andere Art und Weise auf Ariks dunkle Vergangenheit gestoßen sein. Über diesen Gedankengang kam ich auf meine nächste Frage.

„Bist du berühmt?"

Endlich ein Zwinkern. Wahrscheinlich war er ein bekannter Musiker gewesen und hatte reihenweise Frauen gehabt. Das wäre eine Erklärung dafür, warum Zoé nicht begeistert war, uns zusammen zu sehen.

„Bist du ein berühmter Musiker oder Schauspieler?"

Wieder ein Fehlgriff.

Mit meiner Fragerei kam ich mir ein bisschen so vor wie Rotkäppchen, als es den Wolf mit seinen Fragen in Rage brachte, denn Elgan schien nicht wirklich begeistert von dem Spiel. Er hatte die Stirn in Falten gelegt und schaute etwas verkniffen.

In diesem Moment wurde es finster. Wir waren in einen Tunnel gefahren. Vor Schreck wollte ich schreien, aber eine Hand erstickte meinen Schrei. Ich spürte einen Mund dicht an meinem Ohr und eine Stimme flüsterte „Ich bin der, der dich liebt."

Pepe war so gütig gewesen, mich durchschlafen zu lassen, dafür wachte er leider schon um sechs Uhr auf und sagte laut und bestimmt durchs Babyphone „Musli essen!"

In der Küche traf ich unverhoffter Weise auf Stefan, der so aussah, als wäre er noch gar nicht im Bett gewesen. Der unangenehme Geruch von Bier und Zigaretten hing in der Luft und ich rümpfte die Nase.

„Wo kommst du denn her? Du stinkst nach Raucherkneipe und das um sechs Uhr morgens, wenn anständige Leute mit ihren Kindern gerade aufstehen. Schämst du dich nicht?"

Stefan war sichtlich getroffen: „Oh entschuldige. Ich mach schnell das Fenster auf. Ich musste heute Nacht das Ergebnis meiner Masterarbeit feiern. Ich hab ´ne eins null. Was sagst du dazu?"

„Wow, das ist ja genial! Vor allem nach der ganzen Aufregung mit der Schreibblockade. Das freut mich echt für dich."

„Das heißt auch, dass ich dir noch eine Weile erhalten bleibe. Ich habe nämlich gute Chancen, direkt eine Promotionsstelle zu bekommen."

„Ja, da wir Nick gestern nicht gefunden haben, kannst du gerne noch eine Weile hier wohnen bleiben."

Stefan schlug sich laut mit der flachen Hand gegen die Stirn und rief: „Ach Mist! Das hatte ich voll vergessen. Wie war es denn gestern Abend?"

„Och", sagte ich, „nix Besonderes. Wir haben unter einer Rasthofkapelle einen Keller mit Leichengestank gefunden. Dagegen riecht unser Keller ganz lieblich. Dann ist in diesem Keller ein Unbekannter aufgetaucht, der mir meine Taschenlampen kaputt geschlagen hat. Flo hat sich in dem Kellerloch auf geschickte Weise selbst eingeschlossen und Elgan hat uns beide heldenhaft gerettet und den Angreifer in die Flucht geschlagen."

Stefan hatte mit offenem Mund zugehört. Jetzt pfiff er durch die Zähne: „Hey, da habe ich ja echt was verpasst. Nächstes Mal will ich auch mit, wenn ihr so spannende Sachen macht."

Ich strafte ihn mit dem vorwurfvollsten Blick, den ich auf Lager hatte, und er machte sofort eine Kehrtwende.

„Sorry, hab noch Restalkohol. Was habt ihr nach dieser Kellerbesichtigung gemacht?"

„Wir sind nach Hause gefahren und saßen hier noch die halbe Nacht zusammen in der Küche und haben überlegt, was wir noch unternehmen könnten."

„Du könntest zum Beispiel endlich mal bei der Polizei anrufen und denen das neue Kennzeichen von der Karre durchgeben. Dann bekommst du den Wagen zurück und wir hätten hier ein WG-Auto. Wäre doch super!"

„Ich meinte eher, Flo, Arik, Zoé und ich haben uns überlegt, was wir in Bezug auf Nick noch unternehmen können."

„Ach so", Stefan tat unschuldig, aber dann wurde er doch ernst. „Sag mal Mina. Das ist jetzt über ein Jahr her. Vielleicht solltest du dich mit dem Gedanken abfinden, dass er nicht wiederkommt. Und falls doch. Schön für ihn. Dann musst du erst einmal schauen, ob du ihn überhaupt noch willst."

Ich sah Stefan erschrocken an. Es war, als hätte er mir aus der Seele gesprochen, aber das, was er gesagt hatte, kam mir vor wie Blasphemie.

50.

„Eine Neuigkeit"

Um zehn Uhr klingelte es an der Haustür. Ich war noch immer in T-Shirt und Trainingshose, da ich mich noch nicht dazu hatte durchringen können, irgendwelche Pläne für den Tag zu schmieden. Ich hatte kurz überlegt, Arik anzurufen, aber dann fiel mir mein Traum wieder ein und ich ließ es lieber bleiben.

Umso mehr freute ich mich jetzt, als er unverhofft vor der Tür stand. Er sah gut aus. Man sah ihm die kurze Nacht überhaupt nicht an.

„Hallo Arik. Komm rein. Möchtest du einen Kaffee?", begrüßte ich ihn.

„Vielleicht lieber einen Tee."

Er folgte mir in die Küche und klaubte unterwegs Pepe vom Boden auf und schwang ihn sich auf die Schultern.

„Vorsicht der Türrahmen!", rief ich warnend. Aber Elgan war schon blitzschnell darunter hindurchgetaucht. Ich wunderte mich immer wieder über ihn. Auf eine gewisse Weise wirkte er älter und auf eine andere Art viel jünger, als er aussah.

„Sag mal. Männer darf man ja ungestraft nach ihrem Alter fragen, oder? Wie alt bist du eigentlich?", fragte ich ihn.

Er schüttelte nur ein bisschen den Kopf und machte weiter Faxen mit Pepe. Dann wandte er sich mir zu: „Ich bin genauso alt, wie du mich brauchst." Er lächelte mich an und zwinkerte zweimal mit dem rechten Auge.

Vor Schreck, fiel mir nichts mehr ein, was ich erwidern konnte. Ich dachte an meinen Traum und fragte mich, ob das mit dem Zwinkern Zufall sein konnte.

„Es gibt eine Neuigkeit", riss mich Elgan aus meiner Schockstarre. „Ich bin hier, weil ich dir mitteilen wollte, dass ich vermutlich Nicks Aufenthaltsort ermitteln konnte."

Ich hörte auf zu atmen und ließ mich schwer auf den nächsten Stuhl fallen.

Arik fuhr fort, ohne mich dabei anzusehen: „Wie gesagt, ich bin mir nicht sicher. Du müsstest ihn dir anschauen."

„Heißt das, er ist tot?", fragte ich leise.

„Nein, er lebt, aber er befindet sich nicht gerade in guter Verfassung. Ich habe heute Morgen wieder einmal in allen Kliniken in der Nähe des Rasthofes angerufen und mich nach einem jungen Mann erkundigt, der möglicherweise sein Gedächtnis verloren hat. Bei einer psychiatrischen Klinik hatte ich Erfolg. Letzten Dienstag wurde ein junger Mann im Wald gefunden, der offensichtlich das Gedächtnis verloren hat. Mehr wollten sie mir am Telefon nicht sagen, da auch die Polizei in dem Fall ermittelt. Ich vermute, es könnte Nick sein."

„Die Polizei ermittelt? Aber die hätten sich doch bei mir gemeldet, sobald sie Nick gefunden hätten."

„Nein. Wenn Nick keine Papiere bei sich getragen hat und auch nicht weiß, wer er ist, dann dauert das länger, bis sie ihn identifiziert haben. Ich bin wirklich guter Hoffnung, dass wir Nick gefunden haben."

„Wann kann ich ihn sehen?", fragte ich atemlos. Ich hatte das Gefühl, dass zu viele Dinge zu schnell aufeinander passierten.

Elgan schien das zu merken, denn er legte mir beruhigend die Hand auf die Schulter und sagte: „Du brauchst dich um nichts zu kümmern. Ich habe einen Kindersitz für Pepe besorgt. Hol deinen Ausweis und dann fahre ich dich. Es ist gut, wenn wir Pepe dabei haben. Dann lassen sie uns vermutlich eher zu Nick durch. Wie gesagt, geht es jetzt nur darum, dass du ihn identifizierst. Es bedeutet nicht, dass wir ihn gleich mitnehmen können."

„Oder mitnehmen müssen", sagte ich leise zu mir selbst. Ich hatte zwar immer davon geträumt, dass Nick plötzlich unverhofft vor der Tür stände, aber in meinen Träumen war er zwar zerknirscht und voller Reue, aber unversehrt gewesen. Nicht im Ernst hatte ich an die Version geglaubt, in der Nick sein Gedächtnis verloren und ein Jahr lang im Wald gelebt hatte.

Noch bestand die Möglichkeit, dass es sich bei dem jungen Mann um irgendjemand anderen handelte und ich mir wieder umsonst Sorgen oder Hoffnungen machte. Augenscheinlich blieb mir wohl nichts anderes übrig, als das zu machen, was Elgan sagte.

51.

„Die Klinik"

Es war das erste Mal, dass Pepe Alfa fahren durfte. Arik hatte an alles gedacht und sogar eine Kinderlieder-CD besorgt, die er jetzt in voller Lautstärke laufen ließ. Pepe verzog das Gesicht, bei der für ihn ungewohnten und wohl auch schmerzhaften Dezibel-Ladung, sah dann aber ein, dass Protest zwecklos war und machte das Beste draus, indem er versuchte, einzelne Worte mitzusingen. Mir war nicht nach singen zu Mute, sondern ich versuchte verzweifelt meinen Kopf leer zu kriegen. Die vielen Fragen, die sich darin überschlugen, ließen sich einfach nicht so leicht beantworten.

Insofern war ich froh, als wir nach einer guten Stunde Autofahrt die Klinik erreichten. Sie lag mitten im Wald. Ich überlegte kurz, ob das wohl hier der richtige Aufenthaltsort für psychisch kranke Menschen war, denn das Gebäude und seine Lage muteten doch eher an ein Spukschloss an – überall finsterer Fichtenwald und ein uraltes steinernes Gemäuer. Bevor ich den Gedanken weiterspinnen konnte, standen wir schon in der hell ausgeleuchteten Eingangshalle. An der Rezeption saß eine freundliche Empfangsdame, der ich unser Anliegen schilderte. Elgan hielt sich wie üblich im Hintergrund, aber immerhin hatte er Pepe auf dem Arm genommen.

Wir mussten eine geschlagene Halbestunde auf den Arzt warten. In dieser Zeit machte Pepe die Eingangshalle unsicher, indem er auf dem blanken Marmorboden hin- und herrannte und sich immer wieder unter lautem Gequietsche plumpsen ließ und sich freute, wenn er noch ein Stück weiter auf dem Hosenboden rutschte. Die freundliche Empfangsdame schaute nicht mehr ganz so entspannt, aber ich nahm mir fest vor, Pepe nicht auszubremsen, in der Hoffnung, dass dies den Warteprozess wesentlich verkürzen würde.

Endlich trat ein junger Arzt durch eine große gläserne Schwingtür. Während er sich vorstellte, wies er uns gleichzeitig darauf hin, dass Pepes Rumtoben nicht konform mit den Regeln der Klinik war. In diesem Moment traf ich den Entschluss, dem jungen Mann, der vielleicht Nick war, alleine gegenüberzutreten. Ich schickte Elgan mit Pepe auf einen Ausflug in den Wald und folgte dem Arzt mit klopfendem Herzen.

Wir liefen durch viele endlos lange Gänge. Glücklicherweise sah es hier nicht so aus, wie ich mir das Innere einer psychiatrischen Klinik vorgestellt hatte. Weder waren Schreie zu hören noch kreuzten Menschen mit leerem Blick unseren Weg. Um ein bisschen Konversation zu betreiben, fragte ich den Arzt, der immer einen Schritt vor mir lief, was der Grund sei für die auffällige Ruhe. Er erklärte mir, dass alle Patienten jetzt in den Werkstätten im anderen Flügel des Gebäudes oder draußen im Park beim Rauchen seien.

Schließlich hielt der Arzt an und wandte sich mir zu: „Wir sind gleich da. Ich würde sie beide gerne alleine lassen, aber das ist auf Grund der Vorschriften natürlich nicht möglich. Es wäre auch gut, wenn sie sich erst einmal im Hintergrund hielten und auf keinen Fall gleich auf den Patienten zugingen."

Ich antwortete kurz: „Kein Problem", dann klopfte er auch schon an die Zimmertür 213.

Es war ein sehr kleines Einzelzimmer. Am Fenster, mit dem Rücken zu uns saß der Patient. Als Erstes fiel mir die Rastalocke am Hinterkopf auf. Sie war natürlich noch länger geworden und wirkte mit den anderen langen verfilzten Haaren weniger deplatziert als zuvor mit dem Kurzhaarschnitt.

Es gab keinen Zweifel. Der Mann dort am Fenster war Nick. Seltsam war nur, dass er inzwischen graue Haare hatte.

Ich konnte nicht anders. Ich rief ihn beim Namen. Langsam drehte Nick sich zu uns um und mir blieb fast das Herz stehen, als ich sein Gesicht sah. Seine Haut war unnatürlich weiß. Er trug eine schmale Sonnenbrille, sodass ich seine Augen nicht sehen konnte. Im Vergleich zu dem Nick, den ich kannte, war er nur noch eine halbe Portion. Er sah aus, als wäre er kurz vorm Verhungern.

„Ist das Ihr Lebensgefährte?", die Stimme des Arztes durchbrach meine Schockstarre.

„Ich weiß nicht", antwortete ich unsicher. „Ich sehe seine Augen nicht."

Ohne ihn vorzuwarnen, machte der Arzt zwei Schritte auf Nick zu und zog ihm die Brille von den Augen. Seine Augen waren rot entzündet, aber es waren Nicks hellgrüne Augen.

Ich nickte und der Arzt schob die Brille zurück.

„Kann ich dann bitte den Namen des Patienten erfahren? Das erleichtert uns den Umgang."

„Er heißt Nick Kampfer." Mir stiegen die Tränen in die Augen. Ich hatte die Male an Nicks Handgelenken entdeckt und stellte mir vor, was er durchgemacht haben musste. Ich wollte auf Nick zugehen und ihn in die Arme nehmen, aber der Arzt trat dazwischen.

„Wir gehen jetzt lieber. Herr Kampfer, wir lassen Sie jetzt wieder alleine. Die Schwester kommt gleich und schaut nach Ihnen."

„Aber wir haben doch noch gar nicht miteinander gesprochen", protestierte ich verzweifelt, während der Arzt versuchte, mich aus dem Zimmer zu schieben.

„Verlassen Sie sofort das Zimmer, sonst muss ich Verstärkung holen und das wird dann Konsequenzen haben", fauchte er mich an.

Ich sah ein, dass ich gegen ihn keine Chance hatte und verließ widerwillig den Raum. Als wir draußen waren und die Tür geschlossen war, wandte sich der Arzt mir zu. Aber anstatt mir eine Moralpredigt zu halten, sprach er jetzt freundlich und eindringlich mit mir: „Der Patient spricht nicht, er isst auch nicht. Wir werden ihn zwangsernähren müssen. Er macht uns große Sorgen und eigentlich hätte ich Sie gar nicht zu ihm lassen dürfen. Dies geschah in Absprache mit der Polizei, um ihn schneller zu identifizieren. Es ist offensichtlich, dass er einem Verbrechen zum Opfer fiel, aber das ist schon mehr, als ich Ihnen eigentlich sagen darf."

„Hat er noch weitere Verletzungen, außer denen an den Handgelenken?", wollte ich wissen.

„Darüber darf ich nicht sprechen. Die Polizei wird Sie sicherlich in den nächsten Tagen kontaktieren. Wenn Sie möchten, kann ich Sie über seine Entwicklung auf dem Laufenden halten."

„Das wäre sehr nett!" Ich war wie vor den Kopf geschlagen. Meine Albträume fielen mir wieder ein. Nick gefesselt auf einer Bahre in einem Kellerloch und sein Kopf verkabelt. Hatte er wirklich etwas so Schreckliches wie in meinem Traum durchmachen müssen? Und wie war er in den Wald gekommen?

Während ich dem Arzt durch die Gänge folgte, stellte ich eine letzte Frage.

„Seit wann ist er hier?"

Der Arzt antwortete etwas widerwillig. Wahrscheinlich war er angewiesen worden keine Informationen weiterzugeben.

„Er wurde am Dienstag von Wanderern im Wald entdeckt. Da hatte er schon länger nichts mehr gegessen. Ich denke, er war ein paar Tage lang im Wald alleine unterwegs. Aber jetzt bitte keine Fragen mehr!"

52.

„Der Kuss"

Auf dem Heimweg setzte ich mich nach vorne, denn ich war mir sicher, dass Pepe einschlafen würde, sobald wir losfuhren. Nachdem Pepe tatsächlich eingenickt war, nahm ich mir zum ersten Mal die Freiheit heraus und stellte die unglaublich laute Musik ab.

„Verzeihung, aber ich muss mit dir reden."

„Dann fahre ich beim nächsten Parkplatz raus. Ich brauche die Musik, sonst kann ich nicht Auto fahren."

Ich wunderte mich einmal mehr über Arik, aber ließ es geschehen, dass er die Anlage sofort wieder voll aufdrehte. Tatsächlich hielt er beim nächsten Waldweg, der von dem kleinen Sträßchen abzweigte.

Sobald wir standen, fragte ich ihn: „Wozu das mit der lauten Musik?"

Er sah mich nicht an, als er antwortete: „Ich fahre noch nicht lange Auto. Es ist furchtbar anstrengend für mich und ich kann mich nicht nebenher unterhalten. Deshalb stelle ich die Musik laut. Es tut mir leid. Ich wusste nicht, dass es dich stört."

„Es stört mich nicht. Es ist nur ungewöhnlich. Manchmal wirkt so eine Erklärung Wunder. Ich dachte du hörst so laut Musik, weil du seltsam bist und nicht aus Unsicherheit heraus."

Wir schwiegen kurz, bevor ich das Thema wechselte.

„Der Arzt hat mir erzählt, dass Nick am Dienstag im Wald gefunden wurde. Wir waren am Sonntag zuvor das erste Mal auf dem Rasthof. Meinst du, dass es da irgendeinen Zusammenhang geben könnte?"

Elgan nickte: „Ja, ich denke unser Auftauchen hat den Stein ins Rollen gebracht. Er hat ihn laufen lassen oder er ist ihm entwischt."

„Er"? Wer ist er?", meine Stimme hatte wieder diesen beunruhigend kalten Tonfall angenommen.

„Ich darf nicht darüber sprechen", Elgans Ton war bedauernd, aber bestimmt.

„Und ich darf nicht mit jemandem befreundet sein, der mir nicht erzählen will, wer Nick ein Jahr lang gefangen gehalten hat. Arik, du schützt einen Verbrecher und machst dich mitschuldig."

Arik dachte kurz über meine Worte nach, dann erwiderte er: „Dann trennen sich hier unsere Wege. Du hast Nick wieder. Du brauchst meine Hilfe nicht mehr."

Ich lachte freudlos auf.

„Den Nick, den ich kannte, habe ich sicherlich nicht wieder! Es wäre nett, wenn du Pepe und mich noch nach Hause fährst, bevor sich unsere Wege trennen."

Elgan sagte nichts, sondern startete den Motor.

Es fühlte sich so an, als hätte mich jemand, der mir sehr nahe stand, im Stich gelassen. Ein allzu bekanntes Gefühl.

Zum ersten Mal ließ er die Musik aus, denn es war klar, dass keiner von uns beiden etwas sagen würde.

Ich hatte mich zu schnell an seine Gegenwart gewöhnt und die Aussicht, dass ich ihm bald für immer „Auf Wiedersehen" sagen musste, schlang mir einen Knoten in den Bauch.

Ihm schien es auch nicht besonders gut zu gehen. Er hielt das Lenkrad fest umklammert, sodass seine Fingerknöchel weiß hervortraten. Sein Gesichtsausdruck wirkte verbissen.

Schließlich hielt ich die Anspannung nicht mehr aus. „Bitte halt an! Ich muss unbedingt eine rauchen!"

Wir waren inzwischen auf einer viel befahrenen Landstraße und es dauerte eine Weile, bis Arik eine Parkbucht ansteuern konnte.

Als wir endlich hielten, wandte er sich mir zu. Seine braunen Augen waren ausdruckslos.

„Ich habe nochmals darüber nachgedacht", begann ich. „Ich will nicht, dass sich unsere Wege trennen. Ich weiß nicht, wie du es geschafft hast, innerhalb von einer Woche so wichtig für mich zu werden, aber jetzt ist es so und ich brauche dich."

Ariks schönes Gesicht verzog sich schmerzhaft bei meinen Worten. Schließlich sagte er: „Ich glaube, du weißt, dass ich etwas für dich empfinde, was nicht sein darf. Du musst dich jetzt ganz um Nick kümmern. Ich würde nur zwischen euch stehen. Glaub mir, es ist besser, wenn ich jetzt aus deinem Leben gehe."

Ich wusste, dass er recht hatte. Trotzdem griff ich nach seiner Hand. Sie fühlte sich warm und fest an. Draußen zog ein Unwetter auf. Die Zweige der Bäume bewegten sich heftig im Wind und dunkle Wolken türmten sich auf und blieben an den Bergen hängen. Es war zwar erst Mittag, aber bereits dunkel wie am Abend. Ich weiß nicht, warum ich es tat, aber plötzlich beugte ich mich zu Arik vor und küsste ihn auf den Mund. Zuerst wich er zurück, doch dann erwiderte er meinen Kuss. Er nahm mein Gesicht in beide Hände und hielt es ganz fest. Ich verlor mich in diesem Kuss. Die Zeit stand still. Meine Gedanken hatten aufgehört zu kreisen. Es gab nur noch diesen einen Augenblick. Ich kostete ihn aus, als wäre es der letzte Kuss meines Lebens.

Ein forderndes „Mama" riss mich aus meiner Versunkenheit. Pepe war aufgewacht und sichtlich aufgebracht über das, was sich vor seinen Augen abspielte.

Arik und ich sahen uns erschrocken an.

Pepe machte sich noch einmal bemerkbar: „Mama, Hunger!"

„Mist", sagte ich, „ich habe zu wenig Proviant eingepackt. Wir müssen beim nächsten Ort einen offenen Bäcker finden. Pepe, so lange musst du noch durchhalten!"

53.

„Der Abschied"

Egal, wie oft wir noch hielten, weil Pepe langweilig wurde oder ich unbedingt noch eine Zigarette rauchen musste, schließlich kamen wir doch vor unserem Haus an und ich machte mich auf das Schlimmste gefasst. Natürlich hatte ich Hoffnung, dass Arik seinen Entschluss geändert haben könnte, aber eine Stimme in meinem Innern sagte mir, dass dies nicht der Fall war.

Als er keine Anstalten machte auszusteigen, fragte ich ihn: „Willst du für mich Pepe aus seinem Sitz heben?"

Aber er schüttelte nur den Kopf und sagte gar nichts. Schließlich stieg ich aus und befreite den ungeduldigen Pepe selbst aus seinem Gurt. Als ich mich über Pepe beugte, hatte dieser nichts Besseres zu tun, als mir in die Haare zu greifen und einmal kräftig an ihnen zu reißen. Ich schrie vor Schmerz und Wut auf und hätte am liebsten alle beide zum Teufel gejagt.

Als ich endlich Pepe aus dem Sitz gehoben hatte, war Arik doch ausgestiegen. Es regnete jetzt in Strömen und wir wurden alle drei klitschnass. Trotzdem standen wir regungslos und unschlüssig da, weil jeder Angst vor dem nächsten Schritt hatte.

Schließlich sagte ich: „Willst du nicht mit reinkommen und dich abtrocknen?" Ich erlaubte es mir, ihm einmal über den nassen Schädel zu fahren. Er wich vor meiner Berührung zurück und reichte mir stattdessen die Hand.

„Pass bitte gut auf dich auf!", sagte er eindringlich.

Ich nahm seine Hand und hielt sie fest.

„Warum gehst du jetzt?"

Er schaute zu Boden. Das Wasser rann ihm über das Gesicht und tropfte von seiner Nase auf den Asphalt.

„Nick kommt bald nach Hause. Ich kann dich nicht mit einem anderen Mann sehen. Oder meinst du, es fällt leichter, wenn Nick und ich uns die Klinke in die Hand geben?"

Ich unternahm einen letzten verzweifelten Versuch ihn zu halten.

„Und wenn ich dir jetzt sage, dass ich dich liebe und dass ich mit dir gehen würde, egal wohin?"

„Das sagst du aber nicht. Auch wenn du mich gern hast, bin ich doch ein Fremder für dich", Arik nahm mein Gesicht in seine Hände und küsste mich sanft auf die Stirn. Dann drehte er sich um, stieg in sein Auto und fuhr davon.

Ich blieb mit Pepe auf dem Arm im Regen stehen und sang ihm das Lied vor vom Regen, der von der Nase tropft, während das Wasser meine Tränen fortspülte, so als würde es sie gar nicht geben.

Stefans Stimme riss mich aus meiner seltsamen Starre.

„Mensch Mina, komm endlich rein. Da ist ein Dr. Wagner für dich am Telefon."

Stefan stand in der offenen Haustür, das Telefon zwischen Schulter und Ohr geklemmt und gab mir mit wilden Gesten zu verstehen, dass ich mich gefälligst beeilen sollte.

Ich drückte ihm den nassen Pepe in den Arm und griff nach dem Hörer.

„Mina Rose, hallo."

Am anderen Ende ertönte die leicht gereizte Stimme des jungen Arztes aus der psychiatrischen Klinik.

„Hallo Frau Rose, hier spricht Dr. Wagner. Ich hatte Ihnen versprochen, mich zu melden, falls es etwas Neues gibt. Nachdem Sie hier waren, hat Herr Kemper zum ersten Mal gegessen. Ich denke, dass ist eindeutig auf Ihren Besuch zurückzuführen."

„Das freut mich sehr", antwortete ich leise.

Der Arzt bemerkte anscheinend meinen zurückhaltenden Tonfall.

„Soll ich Sie nicht mehr anrufen?"

„Doch bitte, unbedingt. Es war nur etwas viel heute. Ich habe meinen Freund seit einem Jahr nicht mehr gesehen und ich hatte mir das Wiedersehen anders vorgestellt."

Die Stimme von Dr. Wagner klang jetzt eindringlich.

„Sie müssen jetzt unbedingt Präsenz zeigen. Das ist absolut wichtig für die Gesundung des Patienten."

„Ja, natürlich. Bitte halten Sie mich weiterhin auf dem Laufenden. Bis bald."

Ich drückte den Arzt weg, denn ich hatte jetzt absolut keine Kraft für eine Diskussion über meine Verantwortung Nick gegenüber.

54.

„Verloren und gefunden"

Von irgendwoher hörte ich das Knallen eines Sektkorkens.

Ich legte das Telefon weg und schälte mich aus meinen tropfnassen Klamotten. Als ich in trockenen Sachen in die Küche kam, saß Stefan schon am Tisch, auf dem eine geöffnete Sektflasche und zwei halb gefüllte Sektkelche standen. Pepe starrte gebannt auf die perlenden Bläschen im Glas. Stefan war tatsächlich so geistesgegenwärtig gewesen, Pepe die nassen Sachen auszuziehen und ihn in eine Decke zu hüllen.

Jetzt sah er mich erwartungsvoll an. Ich nahm mein Sektglas und leerte es auf einen Zug. Dann setzte ich mich und sagte: „Schnaps wäre passender gewesen, aber trotzdem besten Dank!"

„Mensch Mina", Stefan starrte mich fassungslos an. „Du hast ihn gefunden! Wer hätte damit noch gerechnet. Das ist doch total irre!"

„Arik hat ihn gefunden, nicht ich." In dem Moment, in dem ich seinen Namen aussprach, stiegen mir schon wieder die Tränen in die Augen.

„Sag mal, was war das denn vorher auf der Straße. Der hat dich doch geküsst, oder? Erzähl mir nicht, dass du was mit dem Alten hast."

„Sei still, du kennst ihn nicht", fuhr ich ihn an.

„Stimmt, ich kenne ihn nicht, aber stell dir vor, ich habe mir trotzdem eine Meinung gebildet. Er ist cool. Er sieht gut aus und ist weit rumgekommen. Er ist wirklich ein interessanten Typ und mindestens fünfzehn Jahre älter als du. Hast du einen Vaterkomplex oder so was?"

„Du kennst ihn wirklich nicht. Arik ist in erster Linie liebevoll und fürsorglich. Darüber hinaus sieht er auch noch gut aus und ist cool, aber was das Wichtigste ist: Er liebt mich."

Stefan sah mich perplex an: „Das hat er dir gesagt? Anscheinend ist ihm jedes Mittel recht, um dich ins Bett zu kriegen."

Ich konnte es nicht lassen. Unterm Tisch trat ich Stefan heftig gegens Schienbein.

Während sich Stefans Gesicht vor Schmerz verzerrte, stellte ich ihm die Gegenfrage.

„Wenn er mich unbedingt ins Bett kriegen wollte, dann hätte er das heute haben können. Er hat sich aber lieber für immer von mir verabschiedet, um nicht zwischen Nick und mir zu stehen. Wie interpretierst du das?"

Stefan hatte sich schnell wieder gefangen. Allem Anschein nach hatte ich nicht fest genug zugetreten.

„Apropos Nick. Ich wollte eigentlich auf ihn mit dir anstoßen. Weil du ihn jetzt endlich wieder hast. Das wolltest du doch die ganze Zeit, oder nicht?"

„So, habe ich Nick hier? Komisch, ich sehe ihn gar nicht."

„Mina, jetzt komm. Zick nicht so rum und erzähl endlich!"

„Erst, wenn du alles zurücknimmst."

„Also gut", Stefan stöhnte theatralisch. „Herr Elgan ist ein Engel. Ein Traum von einem Mann mit den besten Absichten und im besten Alter. Nun hat er heldenhaft Platz gemacht für den jüngeren und rechtmäßigen Gefährten. So recht?"

„Ja genau, das kann man so stehen lassen bis auf das rechtmäßig. Das ist antiquiert. Schließlich lebten Nick und ich sozusagen in wilder Ehe miteinander."

Ich hatte inzwischen mein drittes Glas Sekt intus und Ariks unerwarteter Abgang hatte einiges von seinem Schrecken eingebüßt.

„Nick ist übrigens in einem ganz erbärmlichen Zustand. Er spricht nicht und leidet wohl unter einer Amnesie. Außerdem sieht es so aus, als wäre er gefangen gehalten worden. Er hat rote Male an den Handgelenken und was weiß ich noch für weitere Verletzungen."

„Das ist ja schrecklich!" Stefen war plötzlich ganz ernst geworden. „Und wie geht es jetzt weiter?"

„Ich soll ihn so oft wie möglich in der Klinik besuchen. Wie soll ich das bloß machen, jetzt wo Arik weg ist?"

„Aha, ein Teil der Verzweiflung rührt wohl daher, dass du deinen Fahrer verloren hast."

Ich dachte kurz darüber nach und stimmte dann zu: „Das kann durchaus sein. Auf jeden Fall klappt das nicht mit dem Besuchen, außer wir schauen nach, ob das Auto mal wieder auf dem Rasthof steht."

Mit Befriedigung sah ich wie Stefan sich vor Ärger aufplusterte. Er holte tief Luft, bevor sein Unmut aus ihm herausbrach.

„Das Auto wiederholen? Heißt das, du hast die Polizei noch immer nicht über den Fund auf dem Rastplatz informiert und auch den stinkenden Keller, in dem ihr anscheinend Leichengeruch geschnuppert habt, hast du nicht erwähnt. Sag mal, Mina, tickst du noch richtig?"

Stefan war ziemlich laut geworden und Pepe schaltete sich mit Weinen in den Streit ein. Er mochte es offensichtlich nicht, wenn jemand böse mit seiner Mama redete. Ich nahm ihn auf den Schoß und streichelte ihm beruhigend über den Kopf, bevor ich Stefan antwortete: „Ich wollte Arik da nicht mit reinziehen. Er will nichts mit der Polizei zu tun haben und ich hatte einfach keine Ahnung, was ich denen erzählen sollte. Ich kann einfach nicht gut lügen und die Polizei anlügen, das ist nochmal 'ne Extranummer."

Stefan unterbrach mich: „Warum will Elgan nichts mit der Polizei zu tun haben?"

„Lass mich raten. Wahrscheinlich weil er irgendwann mal was ausgefressen hat. Wer weiß, vielleicht ist auch sein Aufenthaltsstatus unsicher. Keine Ahnung, woher er kommt, aber er spricht perfekt Deutsch."

Stefan schwieg eine Weile, dann fragte er: „Hast du eigentlich seine Geschichte mit Nicks Mutter überprüft, so wie ich es dir geraten hatte."

Ich schüttelte nur den Kopf. Ich kontaktierte Pepes Oma äußerst ungern.

Stefan bohrte weiter: „Der Mann, der dir im Keller die Taschenlampen aus der Hand geschlagen hat. Den hast du nicht gesehen, oder?"

Wieder schüttelte ich den Kopf. Ich schenkte mir nochmals von dem Sekt nach, obwohl ich schon sehr angetrunken war. Offensichtlich hatte ich das starke Bedürfnis, mir die Kante zu geben.

Natürlich ließ Stefan nicht locker: „Also ich rekapituliere jetzt mal die Fakten. Arik Elgan findet dich. Er findet auch den Wagen und er findet Nick in der Klinik. Er ist dagegen, dass ihr den Keller erkundet und plötzlich taucht aus dem Nichts jemand auf, der eure Erkundung je beendet, indem er dir die Taschenlampen aus der Hand schlägt. Elgan ist auch derjenige, der euch kurz darauf rettet. Elgan hat Ärger mit der Polizei und will auf keinen Fall in irgendetwas hineingezogen werden. Nachdem Elgan von dir hört, dass Nick an Amnesie leidet und darüber hinaus nicht spricht, verschwindet er noch am selben Tag."

Stefan machte eine kurze Pause, dann sagte er eindringlich zu mir: „Mina, der Mann ist höchst verdächtig. Wenn du morgen nicht zur Polizei gehst und denen alles erzählst, dann mache ich das."

Abrupt stand ich auf, um mit Pepe auf dem Arm die Küche zu verlassen. In diesem Moment spürte ich wieder den stechenden Schmerz im Bauch. Ich stöhnte laut auf und ließ mich zurück auf den Stuhl sinken.

Stefan sah mein schmerzverzerrtes Gesicht und fragte: „Was ist los mit dir?"

Der Schmerz war schon wieder am Abflauen und so konnte ich ihm antworten: „Arik meint, ich hätte einen gereizten Blinddarm."

„Soll ich einen Krankenwagen rufen?"

„Blödsinn! Willst du dich etwa eine Woche lang um Pepe kümmern? Tu mir einen einzigen Gefallen und stress mich nicht mehr. Arik ist unschuldig und wenn du da anderer Meinung bist, dann behalt das gefälligst für dich."

55.

„Der Besuch der alten Dame"

In dieser Nacht träumte ich seit langer Zeit zum ersten Mal wieder von Nick. Er brachte eine Horde Menschen mit nach Hause, die ich alle nicht kannte. Zwei Frauen waren auch dabei, die eine davon hochschwanger. Nick hatte noch nie ohne Vorankündigung Freunde mit nach Hause gebracht und ich war sichtlich überrumpelt. Aber es schien sowieso, als würde er mich gar nicht sehen. Er kümmerte sich nur um seinen Besuch und ignorierte mich einfach. Alle waren in Partystimmung und ruckzuck war ein Kasten Bier geleert. Ich fühlte mich hilflos und verängstigt und hatte das Gefühl, unsichtbar geworden zu sein. Nick schien unendlich weit von mir entfernt. Schließlich fragte ich die Schwangere, weil die mir noch am nüchternsten erschien, was sie denn feiern würden.

„Oh, Nick zieht heute zu mir", sagte sie stolz und glücklich. „Wir bekommen bald ein Kind."

Vermutlich hätte ich ganz anders reagiert, wenn am Montagmorgen ein junger ehrgeiziger Kommissar vor meiner Tür gestanden hätte. Aber die Polizei suchte mich in Person einer alten, unheimlich müde aussehenden Kommissarin auf, mit der ich auf den ersten Blick Mitleid hatte. Tiefe Tränensäcke hingen unter ihren kleinen blauen Augen. Sie war so groß wie ich, aber sicherlich doppelt so füllig. Es war offensichtlich, dass sie kurz vor der Pensionierung stand und ein anstrengendes Leben hinter sich hatte.

Neben dem Verlebten hatte sie auch etwas Gütiges. Wenn sie lächelte, strahlte ihr Gesicht sehr viel Wärme aus. Sie entsprach genau dem einzigen Typ Mensch, bei dem es mir schwer fiel, den Mund zu halten. Und so kam es, dass ich Frau Kommissarin Lamper hereinbat, dass ich ihr Tee kochte und Kekse anbot.

Stefan hatte natürlich seine Drohung, die Polizei zu informieren, wahrgemacht. Er hatte ihnen erzählt, dass ich alleinerziehend sei und keinen Babysitter hätte und dass sie doch bitte jemanden vorbeischicken sollten, der meine Aussage aufnehmen könnte, denn ich hätte wichtige neue Informationen zum Fall Nick Kampfer. Was er mir nicht gesagt hatte, war, dass er selbst schon mit Frau Lamper gesprochen und ihr seine Version der Geschichte bereits geschildert hatte. Dass er ihr auch schon den mutmaßlichen Täter, nämlich Arik Elgan, auf dem Silbertablett präsentiert hatte, versteht sich von selbst.

Eigentlich mochte ich generell keine Polizisten, weil ich nicht verstand, wie sich jemand freiwillig für diesen Beruf entscheiden konnte, bei dem man ständig mit der dunkelsten Seite der menschlichen Existenz zu tun hatte.

Diese Polizistin irritierte mich jedoch, da sie nicht in meine Schublade zu passen schien, und so erzählte ich ihr fast alles. Von meiner Beziehung zu Nick, von unserem Streit, seinem Verschwinden, meiner Verzweiflung, von Arik, von unseren Entdeckungen auf dem Autobahnrasthof und vom Aufspüren von Nick.

Als ich geendet hatte, wurde mir selber erst richtig klar, wie abstrus das alles klang. Frau Lamper hatte aufmerksam gelauscht und sich eifrig Notizen gemacht. Zusätzlich lief das

Tonband, auf dem vor allem Pepes diverse Störmanöver aufgezeichnet wurden.

Frau Lamper schwieg eine Weile, nahm einen Schluck von ihrem Tee, betrachtete mich dann mit ernstem Gesicht und sagte: „Zuerst einmal möchte ich mich dafür bedanken, dass Sie mich hier empfangen haben. Für das Kind wäre es auf dem Präsidium nichts gewesen. Außerdem haben Sie es wirklich sehr schön hier."

Sie legte eine Pause ein, bevor sie fortfuhr: „Normalerweise behalten wir unsere Schlussfolgerungen möglichst lange für uns, aber mich würde sehr interessieren, was Sie von meinen Assoziationen in diesem Fall halten. Natürlich müssen wir auch noch die Untersuchungsergebnisse von dem Keller der Rasthofkapelle abwarten."

Sie nahm nochmals einen Schluck Tee und sah mich danach noch ernster und besorgter aus ihren blauen Augen an. „Ich muss dazu sagen, dass ich natürlich auch die Aussage, die Stefan Reiter gemacht hat, sehr ernst nehme. Wenn ich Ihre zwei Aussagen zusammenfüge, ergibt sich für mich folgendes Bild. Ihr Freund verschwindet und es gibt ein ganzes Jahr lang keinerlei Spuren von ihm. Das heißt weder die Polizei noch Sie selbst haben irgendetwas über seinen Verbleib in Erfahrung bringen können."

Ich verkniff mir die Zwischenbemerkung, dass nach meinem Wissen die Polizei gar nichts unternommen hatte, um Nick zu finden, denn ich war viel zu sehr von der Erkenntnis paralysiert, dass auch Stefan eine Aussage gemacht hatte. Das konnte nichts Gutes bedeuten.

„Dann taucht am Jahrestag des Verschwindens von Herrn Kampfer ein Mann bei Ihnen auf, der angibt Privatdetektiv zu sein und meint das Auto von Herrn Kampfer auf einem Rasthof, nur eine Stunde von hier entfernt, gefunden zu haben."

Wieder machte Frau Lamper eine bedeutungsschwangere Pause, dann fuhr sie mit eindringlicher Stimme fort: „Ich denke, ich brauche jetzt nicht weiter auf die nachfolgenden Ereignisse einzugehen, sondern komme lieber gleich zum Resümee. Die einzig logische Schlussfolgerung, die ich persönlich ziehen kann, ist, dass dieser so genannte Herr Elgan Ihren Freund aus bisher unbekannten Gründen gefangen hielt, zuletzt vermutlich auf besagtem Rasthof. Vor ungefähr neun Tagen gelang es Ihrem Freund endlich zu entkommen. Auf der Suche nach dem entkommenen Gefangenen kam Herr Elgan hier her und baute eine Art Vertrauensverhältnis zu Ihnen auf, in der Hoffnung, dass er so mitbekommen würde, wenn sein Opfer nach Hause zurückkehrt. Er nahm Sie mit auf den Rasthof und zeigte Ihnen das Auto, damit sich alle Ihre Hoffnungen auf seine Person konzentrierten. Als Sie vorschlugen, eine Woche später nochmals auf den Rasthof zu fahren, weigerte sich Herr Elgan nicht. Wahrscheinlich erschien es ihm zu abwegig, dass Sie sein Kellergefängnis, das er inzwischen leergeräumt hatte, finden würden. Die Zeit, als Sie alleine im Keller waren, nutzte Herr Elgan, um das Auto umzuparken und so die Geschichte von dem flüchtenden Unbekannten zu untermauern. Danach folgte er Ihnen in den Keller, entwendete die Taschenlampen und rettete Sie wenige Minuten später vor dem unbekannten Angreifer. Natürlich funktionierte dieses kleine Ablenkungsmanöver nur, weil sich ihr Begleiter aus Versehen in einem Kellerraum selbst eingeschlossen hatte. Sonst hätten Sie wahrscheinlich an diesem Abend noch die Polizei informiert.

Am nächsten Morgen hatte Herr Elgan endlich Glück. Er fand Ihren Freund in einer psychiatrischen Klinik. Allerdings gab man ihm natürlich am Telefon keine weiteren Auskünfte. Erst über Sie konnte er in Erfahrung bringen, dass Nick Kampfer aufgrund der traumatischen Gefangenschaft sein Gedächtnis verloren hatte. Nachdem er nun wusste, dass Herr Kampfer aktuell keine Gefahr für ihn darstellte, machte er sich aus dem Staub."

Nach ihrem langen Monolog lehnte sich die Kommissarin auf dem Sofa zurück und betrachtete mich mit einem feinen Lächeln. Zum ersten Mal meinte ich so etwas wie Selbstgefälligkeit an ihr zu entdecken. Sie war genauso von ihren analytischen Fähigkeiten überzeugt wie von meiner blinden naiven Dummheit. Von einer Minute auf die andere wurde sie mir unsympathisch. Sie hätte sich nur dieses Lächeln verkneifen müssen, dann wäre ich ihr weiter auf den Leim gegangen.

Meine unpassende Antwort auf ihre Ausführungen überraschte sie sichtlich: „Ich brauche unser Auto. Ich soll Nick in dieser Klinik im hintersten Winkel des Schwarzwaldes möglichst oft besuchen und es wäre sehr nett von der Polizei, wenn sie den Wagen möglichst bald finden könnte. Ich habe Ihnen das aktuelle Kennzeichen hier notiert." Ich reichte Frau Lamper einen Fresszettel mit dem Kennzeichen.

Die Kommissarin nahm einen neuen Anlauf: „Das heißt, Sie stimmen mir in meiner Einschätzung, dass nur Herr Elgan als Täter in Frage kommt, zu?"

Ich entgegnete kurz: „Ihre Ausführungen klingen tatsächlich sehr logisch und überzeugend. Wenn Sie mich jetzt entschuldigen, ich muss mich um Pepe kümmern."

Offensichtlich war sie doch gekränkt, ob der Zurückweisung und konnte sich eine kleine Drohung am Rande nicht verkneifen: „Ich hoffe, wir finden keine Hinweise darauf, dass Sie Herrn Elgan schon länger kennen als eine Woche."

Ich ließ mich nicht auf die Provokation ein, sondern steckte ihre Visitenkarte ein und begleitete sie zur Tür.

Zum Abschied sagte sie: „Sie sollten für morgen einen Babysitter organisieren. Sie müssten im Laufe des Tages vorbeikommen und unsere Kartei durchgehen. Einen Arik Elgan gibt es nämlich nicht und wir hätten gerne ein Bild von ihm für die Fahndung. Planen Sie ein paar Stunden ein – und bitte ohne Kind."

56

„Die Nachricht"

Natürlich hatte ich nicht alles erzählt, sondern nur das meiste. Ich hatte verschwiegen, dass ich hoffnungslos in Arik verliebt war. Seit diesem einen Kuss wusste ich, dass wir irgendwie zusammengehörten und ich war mir ganz sicher, dass dies noch nicht das Ende unserer Beziehung war. Ich würde ihn wiedersehen! Nachdem ich mich etwas beruhigt hatte, schnappte ich mir Pepe und verschwand in meinem Zimmer. Da lag sie immer noch auf meinem Schreibtisch. Ariks Nachricht, die aus der Hosentasche meiner nassen Jeans gefallen war. Ich weiß nicht, wann er sie mir zugesteckt hat.

Ich musste lächeln, als ich den Zettel auseinanderfaltete und las. So sah also die Handschrift eines Schwerverbrechers aus. Er hatte die schönste Handschrift, die ich je gesehen hatte.

„Liebe Mina", stand da,

„ich habe mich verloren, meine Herkunft und mein Ziel. Mit deinem Gesicht vor Augen, irre ich durch diese Welt, die mir so fremd ist, der ich so fremd bin. Menschen ändern sich, ihre Gefühle wandeln sich. Meine Liebe aber bleibt jeden Tag gleich ehrlich und tief. Ich gehe, aber nicht sehr weit, ich sehe und halte dich, wann immer du mich brauchst."

Mit dem Zettel in der Hand ging ich in die Küche, um ihn zu verbrennen. Man konnte nicht wissen, auf was für Ideen Frau Lamper noch kam. Vielleicht folgte schon morgen eine Hausdurchsuchung. Für die Polizei wäre natürlich der Zeitpunkt am günstigsten, wenn ich auf dem Präsidium war.

Es fiel mir nicht leicht, das Feuerzeug an das Blatt Papier zu halten, das Einzige, was mir von Arik geblieben war. Aber ich hatte mir vorgenommen, ihn so gut ich konnte zu schützen.

Natürlich musste Stefan just in dem Moment in die Küche kommen, als das Blatt im Spülbecken verkohlte.

„Was machst du denn da?", fragte er. „Verbrennst du gerade dein neuestes Manuskript? Mensch Mina, so schlecht wird es schon nicht sein!"

„Nein, ich verbrenne gerade wichtiges Beweismaterial, um dich und deine neue Freundin Lamper zu ärgern."

Sofort wurde er sauer: „Ach du Scheiße, Mina! Nick ist aufgetaucht und du heulst immer noch einer dubiosen Gestalt hinterher. Was machst du nur?"

„Vielleicht passiert es einfach nicht so oft, dass sich Menschen in mich verlieben. Ich meine, richtig verlieben – im Ernst und nicht zum Zeitvertreib." Obwohl ich eigentlich wütend auf ihn war, war es mir plötzlich wichtig, dass Stefan mich verstand. Er war inzwischen wesentlich mehr für mich geworden als nur ein Mitbewohner.

„Das mag ja sein, aber das liegt nur daran, dass du deinem Namen alle Ehre machst. Du bist schön, aber stachelig wie eine Rose. Du igelst dich regelrecht ein. Mensch, du siehst toll aus und du bist nicht blöd, du könntest an jedem Finger einen Typen haben."

„Quatsch! Ich bin klein und rund. Die Leute schauen mich nur an, weil ich schräge Klamotten anhabe."

„Das mit deinem seltsamen Style ist tatsächlich ein Problem, aber ansonsten. Du hast Kurven, das finden die meisten Männer echt super. Außerdem dein Gesicht und deine Haare, die sind wirklich hübsch."

„Bitte hör auf, ja?", unterbrach ich seine Aufbaukur.

„Oh, habe ich es schon wieder vermasselt? Das kommt dabei raus, wenn ein Informatiker versucht, Komplimente zu machen. Ich tue es nie wieder, versprochen!"

„Nein, du hast ja recht. Ich verstecke mich schon länger als seit einem Jahr. Ich glaube, Arik hat die in mir gesehen, die ich gerne sein würde, und vielleicht hätte ich es an seiner Seite auch geschafft, mich zu ändern. Nick dagegen fand das Einigeln perfekt. Möglichst wenig Kontakte nach außen. Wir drei für uns alleine, sodass er seine Ruhe hatte vor der Außenwelt."

Stefan machte etwas, was er sonst nie tat. Er nahm meine Hand in seine und sagte: „Du weißt nicht, ob du ihn zurückhaben willst, stimmt's?"

Ich ließ meine Hand in seiner und die Tränen tropften auf Pepes Haare, der auf meinem Schoß saß und ein Kritzelkratzel-Bild malte. Als es ihm zu nass wurde, schaute er auf und bemerkte unsere verschränkten Hände.

„Meine Mama!", sagte er laut und deutlich.

Da mussten wir beide lachen und ich fragte mich plötzlich, ob Pepe denn seinen Papa wiederhaben wollte.

57.

„Die Kartei"

Es erforderte viel gutes Zureden und viel Druck auf sein Gewissen, bis ich Stefan soweit hatte, dass er sich am Dienstag an der Uni krank meldete, um auf Pepe aufzupassen. Mein Argument, dass er es gewesen war, der es mir eingebrockt hatte, dass ich den halben Tag auf dem Präsidium verbringen durfte, überzeugte ihn letztendlich.

Ich versprach mir nichts von der Aktion, denn ich war mir hundertprozentig sicher, dass Arik kein Verbrecher war und ich ihn deshalb auch nicht in der Verbrecherkartei finden würde.

Frau Lamper nahm sich höchstpersönlich die Zeit, mich zu empfangen und mich in meine Aufgabe für den heutigen Tag einzuweisen. Ich sollte mir alle Bilder von männlichen Straffälligen ansehen, die zwischen dreißig und sechzig und gerade auf freiem Fuß waren.

Unter den Bildern befand sich lediglich eine Nummer. Ich durfte in Frau Lampers Büro Platz nehmen und während ich die Bilder durchklickte, behielt sie mich unauffällig im Auge, während sie in irgendwelchen Akten blätterte.

Wahrscheinlich war sie tatsächlich gut in ihrem Job, denn sie erwischte mich dabei, wie ich bei einem Bild innehielt und mir die Gesichtszüge kurz entglitten. Blitzschnell war sie an meiner Seite und wir starrten gemeinsam auf ein ziemlich aktuelles Bild von Arik Elgan bzw. auf den Mann, der sich mir unter diesem Namen vorgestellt hatte. Es war nicht nur der Schock, ihn so wiederzusehen, sondern ich wollte es jetzt tatsächlich auch wissen. Ich musste wissen, wie er wirklich hieß und was er ausgefressen hatte. Deshalb gab ich kurzentschlossen mein Vorhaben auf, ihn schützen zu wollen, und bestätigte Frau Lamper, dass ich den Gesuchten gefunden hatte.

Diese war hochzufrieden. Sie bat mich, draußen auf dem Gang Platz zu nehmen, während sie ein paar Telefonate führen musste.

Zehn Minuten später streckte sie den Kopf zur Tür heraus und bat mich wieder herein. Ihre gute Laune war offensichtlich verflogen.

Mit einem sarkastischen Unterton in der Stimme sagte sie: „Also, entweder hatte Ihr Herr Elgan einen Doppelgänger oder Sie sind mit einem Toten durch die Gegend gefahren."

„Was soll das heißen?", fragte ich sie verwundert.

„Das heißt konkret, Theo Fischer war ein Einbrecherkönig und wurde vor vier Wochen in Ausübung seiner Tätigkeit aus Versehen erschossen."

„Aus Versehen?", hakte ich nach.

„Ja, der Bewohner der Villa, in die er eingestiegen war, wollte ihm eigentlich nur einen Schrecken einjagen und in die Luft schießen, hat dann aber doch den Kopf erwischt."

„Darf ich das Bild bitte nochmals sehen?", fragte ich.

„Ich würde vermuten, dass Sie sich jetzt alle Bilder nochmals anschauen, und wir hoffen, dass Sie uns den richtigen Mann noch präsentieren können", entgegnete die Kommissarin sachlich.

„Ich habe noch eine Frage zu Theo Fischer", der Gedanke kam mir spontan. „Können Sie mir vielleicht verraten, ob in seiner Akte steht, dass er irgendwelche Probleme mit dem Autofahren hatte?"

„Nur wenn Sie mir erklären, warum Sie das wissen möchten", sagte Frau Lamper sichtlich irritiert.

„Das Autofahren fiel Herrn Elgan schwer", gab ich kurz zurück.

„Ich sehe zwar den Zusammenhang zwischen einem Lebenden und einem offensichtlich Toten nicht, aber Theo Fischer war bei seinen Raubzügen immer als Fahrradkurier unterwegs, was die Vermutung nahe legt, dass er sein Rad als Fortbewegungsmittel dem Auto vorzog."

Ohne jedes weitere Interesse klickte ich mich durch die Kartei. Ich hatte Elgan gefunden, da gab es für mich keinen Zweifel. Wozu sollte ich noch einen weiteren Doppelgänger von ihm aufspüren? Entweder waren Fischer und Elgan Zwillinge oder sie sahen sich zum Verwechseln ähnlich. Komisch blieb dagegen die Sache mit dem Autofahren und auch der Umstand, dass Arik wohl ähnlich gut Schlösser knacken konnte wie Fischer.

Nach einer gefühlten Ewigkeit war ich endlich mit der Kartei durch und hinterließ eine sichtlich frustrierte Kommissarin.

Zum Abschied sagte sie nur: „Leider können wir nicht mit dem Konterfei eines Toten hausieren gehen, geschweige denn eine Fahndung einleiten. Wäre ja auch zu einfach gewesen, wenn Sie Herrn Elgan in der Kartei gefunden hätten."

Trotzt ihrer offensichtlich schlechten Laune wagte ich eine Frage.

„Haben Sie denn schon irgendwelche Spuren in dem Keller gefunden?"

„Wir haben DNA sichergestellt. Die Untersuchung wird aber eine Weile dauern. Einen Leichenhund haben wir auch schnuppern lassen, aber der hat nicht angeschlagen."

„Und das Autokennzeichen?" Es ärgerte mich, dass ich ihr alles aus der Nase ziehen musste.

„Gehört zu einem Garagenwagen. Das Auto eines älteren Herrn, der gar nicht gemerkt hat, dass das Kennzeichen vertauscht wurde. Der Wagen wurde nur benutzt, wenn die Kinder zu Besuch kamen."

„Haben Sie denn mein Auto gefunden?", startete ich einen letzten Versuch. Doch auch dieser wurde abgeschmettert.

„Sie erfahren es als Erste, wenn wir den Wagen haben."

Mit diesen Worten wurde ich freundlich, aber bestimmt entlassen. Das einzig Gute an der Aktion war das befreiende Gefühl, das ich empfand, als ich endlich wieder die Luft außerhalb des Polizeipräsidiums einatmen konnte. Die Stimmung da drin war ungefähr genauso fröhlich und beglückend gewesen wie auf dem Arbeitsamt. Man betrat das Gebäude und fühlte sich sofort schuldig.

58.

„Sonntage"

Zoé schien sich offensichtlich über das Verschwinden von Arik zu freuen. Jetzt, wo er weg war, kam sie wieder jeden Abend vorbei und spielte mit Pepe und leistete mir Gesellschaft. Raúl hatte mir auch angeboten, sein Auto ausleihen zu dürfen, um Nick besuchen zu fahren, aber ich wusste, dass er seinen alten schwarzen Jaguar fast so sehr vergötterte wie Zoé. Schließlich einigten wir uns darauf, dass wir sonntags alle zusammen in den Schwarzwald fuhren und während ich bei Nick saß, gingen Raúl, Zoé und Pepe spazieren. Liebend gerne hätte ich sie begleitet, denn die Besuche bei Nick waren alles andere als aufbauend. Nick empfing mich jeden Sonntag in seinem Zimmer. Er weigerte sich das Zimmer zu verlassen und bei dem schönen Frühlingswetter mal frische Luft schnappen zu gehen. Offensichtlich fühlte er sich in seinen vier Wänden sicher und hegte nicht den Wunsch danach mit der Natur oder den anderen Patienten in Kontakt zu kommen. Manchmal musste ich darüber innerlich schmunzeln, denn sein Verhalten entsprach in diesem Punkt voll und ganz dem Wesen des alten Nick.

Ansonsten gab es leider wenige Übereinstimmungen. Er sprach nach wie vor kein Wort. Nachdem die Ärzte erfahren hatten, dass er Programmierer war, hatte man ihm ein Tablet zur Beschäftigung gegeben und diesen legte er nicht mehr aus der Hand. Er vertrieb sich die Zeit mit Spielen und das tat er auch, wenn ich anwesend war. Beim ersten Besuch sah ich ihm noch dabei zu, aber beim zweiten Mal hatte ich mir ein Buch mitgenommen. Er lag auf seinem Bett spielend, ich saß auf dem Stuhl am Fenster lesend, aber ohne mir das Gelesene wirklich merken zu können.

Zoé, Raúl und Pepe waren auf dem Heimweg immer bester Laune, weil sie den Frühlingswald und das milde Wetter genossen hatten, und ich hing deprimiert auf dem Rücksitz und kämpfte gegen Tränen und Übelkeit an. Übelkeit, weil Raúl es liebte sich mit seinem Luxusgefährt in die engen Kurven der kleinen Schwarzwaldsträßchen zu legen. Pepe machte das riesigen Spaß. Er juchzte bei jedem waghalsigen Manöver und mir drehte sich der Magen um. Ich drohte Raúl mehr als einmal damit, mich gleich auf sein schwarzes Leder zu übergeben, aber darauf reichte mir Zoé nur wortlos eine Plastiktüte. Raúls Lieblingsfilm war „Taxi, Taxi" und die Übelkeit war der Preis, den man für seine Chauffeursdienste zu zahlen hatte.

Insofern entwickelten sich meine Sonntage zu einem immer wiederkehrenden Horrortrip und ich wachte sonntagmorgens mit den gleichen Gedanken auf, die arbeitende Menschen wohl am Montagmorgen haben.

Wenn ich Trost brauchte, und ich brauchte zu jener Zeit viel Trost, dachte ich an Arik. An den Kuss auf dem Parkplatz inmitten eines Unwetters, der eingeschlagen hatte wie ein Blitz und der mich nicht mehr losließ. Seltsamerweise gelang es mir immer wieder, mich zurückzuversetzen. Die Erinnerung nützte sich nicht ab, sondern verschaffte mir nach wie vor ein angenehmes Prickeln im Rücken und im Bauch. Ich stellte mir vor, dass Arik irgendwo in meiner Nähe war und mich beobachtete, so wie er es in seinem Brief versprochen hatte. Dieser Gedanke tröstete mich und mit ihm schlief ich jede Nacht ein.

Ich dachte nicht daran, dass sich meine Situation noch verschlimmern konnte. Aber dies war so, als die Ärzte beschlossen, dass Nick austherapiert war.

59.

„Der Fremde"

Am ersten Junisamstag nahmen wir Nick mit nach Hause. Es hieß, es gehe keine Gefahr von ihm aus und sein Zustand wäre unverändert. Falls er sich verschlechtern sollte, könne man sich ruhig wieder melden.

Ich erfuhr von meinem Glück am Freitag. Doktor Wagner rief mich an und teilte mir mit, dass der Chefarzt beschlossen hatte, Nick zu entlassen, und zwar schon am Samstag.

Ich hielt den Hörer starr vor Schreck und murmelte nur: „Das geht nicht. Das können Sie nicht machen. Er ist doch nicht geheilt."

Tatsächlich hatte ich mich mit der Tatsache, dass Nick irgendwann einmal wieder nach Hause kommen würde, bisher nicht auseinandergesetzt. In meinen Augen war er schwer krank und es war keine Besserung seines Zustands in Sicht.

Aber Doktor Wagner nahm mir unsanft die Scheuklappen von den Augen.

„Natürlich ist sein Zustand nicht optimal. Zum Beispiel der Umstand, dass er nicht spricht, ist bestimmt schwierig. Aber er kann sich selbstständig versorgen und wir gehen davon aus, dass es ihm gut tun wird, wieder in seiner gewohnten Umgebung zu sein. Auch der Kontakt zu seinem Sohn ist hier bestimmt wichtig und hilfreich."

Ich war wie vor den Kopf geschlagen und nicht fähig mit dem Arzt eine weitere sinnlose Diskussion zu führen. Sinnlos deshalb, da ich offensichtlich nichts zu melden hatte. Wahrscheinlich würden sie Nick auch entlassen, wenn er alleine wohnen würde und niemand hätte, der sich um ihn kümmerte.

Den restlichen Freitag hatte ich mit Aufräumen und Putzen verbracht, soweit Pepe dies zuließ. Wir machten ein Spiel daraus, Staubmäuse mit dem Staubsauger einzufangen. Auch die Spinnenweben, die an jedem Bild klebten und in jeder Ecke hingen, wurden entfernt. Vor allem Nicks Zimmer war inzwischen aufregend verstaubt. Ich hatte es kaum betreten und Pepe beschäftigte sich intensiv damit, Staubbilder auf den Schreibtisch zu malen. Ich riss sämtliche Fenster auf, damit zumindest ein Teil der Staubpartikel ihren Weg nach draußen fanden, bevor sie sich erneut wieder wie ein feiner Teppich auf die Möbel legen konnten.

Bei so viel Aktivität bekam ich richtig gute Laune und stellte mir vor, wie wir Nick in den sommerlichen Garten setzten und wie langsam seine Lebensgeister wieder erwachen würden. Es würde alles gut werden. Das hatte ich mir doch verdient. Oder nicht? Ich musste unwillkürlich an Arik denken. Ich hatte mich in einen anderen verliebt und hätte es gerne mit ihm probiert. Hatte ich allein damit meine Zukunft mit Nick schon verspielt? Die Sache mit Flo konnte sicher vernachlässigt werden, aber bei Arik waren Gefühle im Spiel.

Sämtliche Überlegungen erwiesen sich jedoch als Hirngespinste. Nicks Zustand besserte sich nicht durch den Tapetenwechsel. Er schwieg und starrte auf sein Tablet. Die Ärzte hatten es nicht geschafft, ihm sein Spielzeug wieder abzunehmen. Vielleicht auch aus der Angst heraus, er könnte einen Anfall bekommen, sodass sie ihn doch noch in der Klinik behalten müssten.

Sobald ich die Haustür aufgeschlossen hatte, marschierte Nick zielgerichtet in sein Zimmer und blieb dort. Er kam nur heraus, um das Bad aufzusuchen oder in der Küche irgendetwas Essbares aus dem Kühlschrank zu holen.

Jetzt bereute ich es, dass ich Pepe davon erzählt hatte, dass sein Vater zurückkommen würde. Pepe konnte mit diesem Fremden, der sich sehr seltsam benahm, genauso wenig anfangen wie wir anderen. Ich wollte ihm keine Lügen auftischen und so sagte ich ihm einfach die Wahrheit, nämlich dass sein Papa schwer krank sei und dass es lange dauern würde, bis er wieder gesund wäre.

Das änderte leider nichts daran, dass Pepe Albträume bekam und sichtlich verängstigt war. Nur wenn wir rausgingen, war er wieder der alte. Ich versuchte so viel wie möglich mit Pepe zu unternehmen und trotzdem nicht zu lange von zu Hause fortzubleiben, da ich Angst hatte, Nick könnte vielleicht in der Zwischenzeit die Bude anzünden oder sonst irgendetwas anstellen. Meine Sorge erwies sich als unbegründet – Nick verhielt sich einfach wie ein schweigsamer Hotelgast.

60

„Strategie"

Pepe war der Erste, der sich wider Erwarten an unseren seltsamen Gast gewöhnte. Nach vier Wochen hörten die Albträume auf und Pepe machte sich einen Jux daraus, morgens als Erstes die Nase zu rümpfen, wenn wir ins Erdgeschoss kamen. Nick benutzte zwar die Toilette, hielt es allerdings für überflüssig zu duschen – wahrscheinlich, weil sein Tablet wasserempfindlich war. So hatte sich im Erdgeschoss ein spezieller Schweißgeruch festgesetzt, den man allerdings nur wahrnahm, wenn man von draußen kam oder die Treppe hinunterging. Sobald man sich länger in der Küche oder im Wohnzimmer aufhielt, störte der dezente Moschusduft nicht mehr.

Stefan, der gerne redete, hatte sich die Strategie zurechtgelegt, Nick zuzutexten, sobald er ihm begegnete. Er las ihm aus der Zeitung vor oder erzählte ihm irgendwelche Geschichten aus seinem vergangenen oder momentanen Leben. Als Erstes klärte er Nick natürlich immer darüber auf, dass er nur ein Mitbewohner sei und eine feste Beziehung habe und Nick auf gar keinen Fall auf irgendwelche schrägen Gedanken wegen seiner Anwesenheit in diesem Haus kommen sollte. Bei diesen seltsamen Zusammentreffen zuzuschauen, hinterließ bei mir jedes Mal den Eindruck, einem absurden Theaterstück beizuwohnen, da Stefan weiter vor sich hin plapperte, auch wenn Nick schon längst den Raum verlassen hatte. Von uns dreien ertrug Stefan das Schweigen am wenigsten. Und so wunderte es mich nicht, als er mir eröffnete für vier Wochen mit Laurena in Urlaub fahren zu wollen.

„Wenn das mal gut geht", war mein einziger Kommentar dazu, dass er mich hier alleine ließ.

Stefan war ehrlich und entgegnete: „Ich halte das gerade nicht mehr aus. Ich weiß nicht, wie du das schaffst, mit ihm unter einem Dach zu leben."

„Es ist immerhin sein Dach", sagte ich brüsk. „Soll ich vielleicht mit Pepe ins Frauenhaus flüchten? Mit welcher Begründung? Mein Freund spricht nicht mehr mit mir?"

„Na ja, dass er mit dir nicht spricht, ist eine Sache, aber mit Pepe ist es etwas ganz anderes. Hast du keine Angst um ihn?"

„Ich stelle gerade fest, dass Kinder ziemlich robust sind. Solange ich da bin und mich normal verhalte, ist für Pepe die Welt noch in Ordnung."

„Mag ja sein. Ich für meinen Teil muss hier raus, und zwar so lange wie möglich. Komischerweise war ich immer darauf gespannt, Nick kennenzulernen, und jetzt flüchte ich vor ihm."

„Ja, er hat durchaus etwas Angsteinflößendes. Aber das war, ehrlich gesagt, schon immer so. Es hat sich nur ins Extreme verstärkt. Eigentlich halte ich es nur aus, weil ich in ihm einen Patienten sehe, der sich irgendwann wieder erholen wird."

„Und falls nicht?", fragte Stefan zweifelnd.

„Was soll ich machen? Ich kann ihn nicht abholen lassen, nur weil er sich nicht duscht. Jetzt im Sommer können wir ja zumindest gut durchlüften."

„Entschuldige Mina, aber ich bin im Herbst nicht mehr da, wenn das so weitergeht."

„Ja, ich weiß", erwiderte ich mutlos.

Stefan nahm mich kurz in den Arm und drückte mich. Ich wünschte mir, er hätte mich länger gehalten und fragte mich gleichzeitig, wie ich das ohne ihn alles schaffen sollte.

61.

„Die Freundin"

Die Einzige, die sich wirklich über Nicks Rückkehr zu freuen schien, war Zoé. Sie kam jeden Tag nach der Arbeit vorbei, aber nicht um wie üblich mit Pepe zu spielen, sondern sie verschwand in Nicks Zimmer um ihm Gesellschaft zu leisten.

Am Anfang war ich neugierig und auch ein bisschen misstrauisch und schaute öfter mal ins Zimmer hinein. Aber Zoé saß nur im Sessel und betrachtete Nick aufmerksam, der auf seiner Couch lag und auf sein Tablet stierte.

Ich sah ein, dass das, was Zoé tat, richtig war. Jemand musste Nick Gesellschaft leisten, auch wenn er sich von der Welt abgewandt hatte. Trotzdem machte es mich wütend, weil ich das Gefühl hatte, Nick hätte mir Zoé weggenommen. Natürlich war sie ursprünglich seine Freundin gewesen, aber das hatte ich in der Zwischenzeit ganz vergessen.

Seltsamerweise akzeptierte Pepe dieses Arrangement eher als ich. „Zoé spielt mit Papa", erklärte er mir immer, wenn ich aus meinen inzwischen stahlblauen Augen wieder einen bösen Blick in Richtung der geschlossenen Tür schoss. Da ich die Situation – Nick und Zoé in trauter Runde und Pepe und ich außen vor – kaum ertragen konnte, gewöhnte ich mir an, mit Pepe in der Zeit, in der Nick von Zoé betreut wurde, einen Abendspaziergang zu machen. Der Sommer versprach endlos schön zu werden und das waren die einzigen Momente in diesem Sommer, die ich wirklich genoss.

Wir gingen immer den gleichen Weg an dem kleinen Bach entlang, der sich von unserem Haus bis zum Stadtrand schlängelte. Wir begegneten Joggern und Hundebesitzern und vereinzelt spielten abends auch noch Kinder am Wasser.

Ein Spaziergänger, der immer alleine unterwegs war, fiel mir besonders auf. Er begegnete mir jeden Abend sowohl auf dem Hinweg wie auch auf dem Rückweg und schien nicht so recht in die Gegend zu passen. Das Viertel, in dem wir wohnen, ist nicht das nobelste und dieser Mann war einfach zu schick und zu teuer gekleidet, um hier reinzupassen. Er war groß und blond und ich hatte jedes Mal den Eindruck, ihn schon mal vorher irgendwo anders gesehen zu haben. Nun könnte man davon ausgehen, dass, wenn man sich jeden Abend zwei Mal begegnet, man irgendwann damit anfängt, Blicke, einen kurzen Gruß oder sogar ein Lächeln auszutauschen. Dies war jedoch nicht der Fall. Der Mann war sichtlich darum bemüht, mich nicht anzusehen, was auffälliger war, als wenn sein Blick mich kurz gestreift hätte. Ich machte mir keine weiteren Gedanken um ihn, denn ich hatte genug mit meinen eigenen Problemen zu schaffen.

Was mir am meisten zusetzte, war der Umstand, dass ich Nick ganz sicher einmal geliebt hatte, dass er auch äußerlich noch derselbe Mann war, aber dass ich jetzt so eine Leere in mir spürte, als hätte es nie ein Gefühl für ihn gegeben. Ich musste an Ariks Worte denken: Die Menschen ändern sich, ihre Gefühle wandeln sich. Nick war mir in diesem einen Jahr vollkommen fremd geworden und solange wir nicht miteinander redeten, gab es keine Chance, sich wieder näherzukommen.

Erst jetzt wurde mir bewusst, wie wichtig das Reden in einer Beziehung war und dass ohne Kommunikation keine wirkliche Beziehung möglich sein konnte.

Im Gegensatz zu Stefan redete ich nicht mit Nick. Ich konnte nicht mit ihm sprechen, wenn er gleichzeitig auf den Monitor seines Tablets starrte und mich mit keinem noch so flüchtigen Blick bedachte. Momentan wurde ich von zwei Männern auffallend ignoriert – von Nick und von dem großen blonden Fremden, der jeden Tag meinen Weg kreuzte und es tunlichst vermied, mich anzusehen.

62.

„Ein klärender Monolog"

Der Sommer zog ins Land und schließlich eröffnete mir Zoé, dass Raúl und sie zumindest für eine Woche ans Mittelmeer fahren wollten. Nachdem sich Stefan auch schon verabschiedet hatte, bekam ich nun tatsächlich das Gefühl, vollkommen allein meinem tristen Alltag ausgeliefert zu sein.

Für Pepe und mich war natürlich nicht an Urlaub zu denken. Seit Nick wieder da war, hatte ich noch weniger Geld übrig als vorher. Er ernährte sich von dem, was der Kühlschrank hergab, und kaum hatte ich eingekauft, war schon wieder alles weg. Ab Oktober, wenn Pepe zwei wurde, würde ich kein Erziehungsgeld mehr bekommen und spätestens dann hätten wir ein richtig großes finanzielles Problem. Irgendwie musste ich Nick dazu kriegen, wieder seine alten Auftraggeber zu kontaktieren oder etwaige Reserven für uns locker zu machen.

Eines Abends, nachdem Pepe friedlich eingeschlafen war, nahm ich all meinen Mut zusammen und ging in Nicks Zimmer, um ihm unsere Situation auseinanderzusetzen.

Wie immer lag er, angezogen in Pluderhose und Hemd, auf seinem Bett und schaute scheinbar fasziniert auf das kleine Gerät in seinen Händen. Als Erstes riss ich die Fenster auf, um frische Luft hereinzulassen, denn im Zimmer roch es nach Schweiß, Staub und Dreck. Damit Nick auch die Chance bekam, etwas wahrzunehmen von dem, was ich zu sagen hatte, setzte ich mich zu ihm aufs Bett. Am liebsten hätte ich ihm sein Spielzeug aus der Hand genommen, aber das traute ich mich nicht.

Obwohl er beständig den Kühlschrank leerte, sah er immer noch sehr dünn und längst nicht mehr so muskulös aus, wie ich ihn in Erinnerung hatte. In der Klinik hatte man ihm zwangsweise die verfilzten Haare geschnitten und inzwischen standen sie ihm verschwitzt und ungewaschen kreuz und quer vom Kopf ab. Die Stirn hatte er in tiefe Falten gelegt und sein Gesichtsausdruck war verbissen. Er machte auf mich einen zutiefst abweisenden Eindruck, so als wollte er nie wieder etwas mit irgendeinem Menschen zu tun haben. Ich dachte an Pepe und beschloss trotzdem mit dem mir Fremden zu sprechen.

Ich begann mit einem leisen „Hallo Nick" und fuhr nach einer kurzen Pause, in der ich ihn scharf beobachtete und vergeblich auf irgendeine noch so kleine Reaktion wartete, fort: „Ich weiß, dass du krank bist und dass es wahrscheinlich noch lange dauern wird, bis du wieder mit mir oder Pepe sprichst. Wir nehmen dir das nicht übel. Wir können warten. Was jedoch ein Problem ist, ist, dass mir das Geld nicht reicht. Ich weiß nicht, ob du noch irgendwelche Reserven hast oder vielleicht wieder mit dem Programmieren anfangen könntest, denn ich habe gerade nicht genügend Geld, um uns alle drei mit Essen zu versorgen. Nachdem du damals verschwunden bist, habe ich leider aufgehört zu arbeiten. Ich habe mich nur noch um Pepe gekümmert und jetzt finde ich den Einstieg nicht mehr und außerdem habe ich immer noch keine Zeit, wieder zu arbeiten. Wenn du mit Pepe spielen könntest, wäre das auch eine Möglichkeit, aber bis jetzt sehe ich das noch nicht."

Ich verstummte. Eine große Mutlosigkeit hatte mich ergriffen. Diesen Menschen aufzuwecken, dafür war ich nicht gemacht und Geduld war noch nie meine Stärke gewesen. Ich stand auf und schloss die Fenster wieder. Sollte er doch in seinem Mief ersticken! Von ihm Hilfe zu erwarten, war utopisch.

Am nächsten Morgen war Nick verschwunden. Ich fand einen Zettel auf dem Küchentisch, auf dem er mir mit seiner krakeligen Handschrift mitteilte: „Will euch nicht länger belasten. Fahre zu meiner Mutter und bleibe dort, bis es mir besser geht."

Als ich die Nachricht las, stürmten die unterschiedlichsten Gefühle auf mich ein, die nur schwer miteinander zu vereinbaren waren. Da war zum einen die kurze Panik davor, ein Déjà-vu zu erleben: Nick war schon wieder verschwunden. Zum anderen war da grenzenlose Erleichterung, diesen schrecklich kranken Menschen nicht mehr im Haus zu haben. Und zum

Schluss waren da noch meine Schuldgefühle. Nur weil ich ihm gestern ein schlechtes Gewissen gemacht hatte, war er jetzt in labilem Zustand und sprachlos da draußen unterwegs. Aber so wie er sich mir mitteilen konnte, würde er auch mit anderen kommunizieren können, nämlich schriftlich. Was auch bedeutete, dass er durchaus Nachrichten von außen begreifen konnte und dass er es irgendwie schaffen würde, sich bis nach Hamburg, wo seine Mutter lebte, durchzuschlagen.

Neben der Panik, der Erleichterung und den Schuldgefühlen war da noch ein kleines, aber durchaus wahrnehmbares anderes Gefühl. Es war die Angst vor dem Alleinsein. Alle, Stefan, Nick, Arik, Zoé und Raúl, waren weg und ich war mit Pepe zum ersten Mal ganz alleine. Es war nicht die Sorge davor, dass mir vielleicht mit Pepe langweilig werden könnte. Ich hatte vielmehr das Gefühl, dass mein Leben Kopf stand, dass nichts so war, wie es sein sollte. Meine beste Freundin war eine fürchterliche Geheimniskrämerin, die mir essentielle Dinge vorenthielt. Mein Freund war ein Jahr lang gefangen gehalten worden und plötzlich wieder freigekommen. Der Mann, in den ich mich verliebt hatte, kannte Nicks Entführer, war aber nicht bereit, seinen Namen preiszugeben. Mein Leben war unwirklich geworden, so als ob ich wie Nick in einer Traumwelt feststeckte, die ich aber nicht wirklich als solche erkennen, sondern nur erahnen konnte.

63.

In der Woche, in der Nick verschwunden war und in der Zoé und Raúl verreist waren, fühlte ich mich schutzlos und fing damit an, abends die Haustür zweimal abzuschließen und den Schlüssel steckenzulassen. Genauso verfuhr ich mit der Hintertür zum Garten.

Am Sonntag wollten die beiden aus dem Urlaub zurück sein und von Samstag auf Sonntag hatte ich einen schrecklichen Traum.

Pepe schlief glücklicherweise in seinem Kinderzimmer und so bekam er nicht mit, dass eine Gestalt in meinem Zimmer auftauchte. Ich sah nur einen großen Schatten, der sich an meinem Kleiderschrank zu schaffen machte. Er zog fast lautlos einen Koffer heraus und warf ein paar Kleidungsstücke hinein. Dann wandte er sich mir zu und gab mir mit einer Handbewegung zu verstehen, dass ich aufstehen sollte. Ich war bereit, alles zu tun, was er von mir erwartete, denn ich hatte schreckliche Angst vor ihm und gleichzeitig war mir bewusst, dass alles nur ein Traum und deshalb halb so schlimm war. Zudem wollte ich auf gar keinen Fall Pepe aufwecken und machte deshalb keinen Mucks.

Er nahm den Koffer und bedeutete mir, ihm zu folgen. Wir gingen die Treppe hinunter und im Flur zeigte er auf meine Sandalen, in die ich widerspruchslos schlüpfte. Er reichte mir sogar eine Sommerjacke von der Garderobe, die ich über mein Nachthemd zog. Der Schlüssel steckte immer noch von Innen und er drehte ihn zweimal um, um die Haustür zu öffnen. Im Traum stellte ich mir die Frage, wie er es geschafft hatte, ins Haus zu kommen. Ich stellte mir vor, dass der Schatten, der jetzt im Widerschein der Straßenlaterne doch eher einem Mann als nur einem Schatten glich, unter der Tür hindurchgewallt war. Sorgfältig zog der Schattenmann hinter uns die Haustür ins Schloss und wir steuerten einen großen schwarzen Mercedes an, der auf der Straße direkt vor unserer Einfahrt geparkt hatte. Nicht sehr umsichtig von ihm, dachte ich mir. Wenn Zoé und Raúl jetzt nach Hause kommen würden, würden sie sich sicher über den Wagen vor der Einfahrt wundern und würden bei mir nach dem Rechten sehen. Aber egal, Träume zeichneten sich nicht gerade durch vernünftige Handlungsmuster aus.

Er öffnete die Hintertür des Wagens und machte eine eindeutige Handbewegung, die mir bedeutete einzusteigen. In diesem Moment lief die dreibeinige Katze der Nachbarn an uns vorbei und ich wachte auf.

Sofort war mir klar, dass ich gerade dabei war, einen furchtbaren Fehler zu begehen. Schnell machte ich einen Schritt vom Wagen zurück. Ich öffnete den Mund, um zu schreien.

64.

Raúl war die Nacht durchgefahren, sodass sie um sechs Uhr morgens zu Hause ankamen. Zoé war unruhig gewesen und hatte darauf gedrängt, schon am Samstag heimzufahren. Schließlich hatten sie sich als Kompromiss auf die Fahrt in der Nacht von Samstag auf Sonntag geeinigt. Sie machten sich nicht die Mühe, das Auto auszuräumen, sondern fielen total geschafft ins Bett. Aber an schlafen war erst einmal nicht zu denken. Draußen zwitscherten schon die Vögel und Raúl war überdreht vom Fahren. Zoé kuschelte sich an seine Schulter und kämpfte gegen den Impuls an, sofort bei Mina vorbeizuschauen. Sie hatte von Anfang an ein schlechtes Gewissen dabei gehabt, Mina mit der Situation allein zu lassen, aber Raúl hatte zumindest auf einer einzigen Woche gemeinsamen Urlaubs bestanden.

So waren sie beide noch wach, als um halb sieben lautes Kindergeschrei wie eine Sirene von draußen ertönte. Zoé sprang aus dem Bett und schlüpfte in Windeseile wieder in ihre Kleider, die sie gerade erst abgelegt hatte.

„Bitte Raúl, steh schnell auf. Das ist Pepe. Da stimmt irgendetwas nicht."

Raúl war wenig begeistert und versuchte sie zu beruhigen: „Was soll denn nicht stimmen, nur weil er mal schreit. Wahrscheinlich hatte er einen Albtraum oder ist aus dem Bett gefallen."

Zoé war sichtlich genervt und das kam bei ihr selten vor: „Hast du ihn schon einmal bis hierher schreien hören? Er brüllt vor Angst. Hörst du das denn nicht?"

Raúl stand jetzt ebenfalls auf, denn das Schreien des Kindes hatte sich tatsächlich noch in der Lautstärke gesteigert.

Zoé suchte schnell Minas Ersatzschlüssel aus der Küche und dann rannten beide zur Haustür des Nachbarhauses. Bis jetzt waren sie die Einzigen auf der Straße, aber bei dem Gebrüll würde das sicher nicht lange so bleiben.

„Ich krieg die Tür nicht auf", rief Zoé panisch. „Der Schlüssel steckt von Innen."

„Wir schauen erst mal, ob das Fenster von Pepes Zimmer offen steht. So laut, wie man sein Schreien hört, muss er eigentlich direkt am Fenster stehen", sagte Raúl.

Sie flitzten ums Haus und Zoé blieb fast das Herz stehen, als sie sah, dass Pepe im ersten Stock auf der Fensterbank saß und die Beine schon in Richtung Abgrund baumeln ließ. Pepe war außer sich und schrie wie am Spieß. Doch als er Zoé und Raúl erkannte, die sich unter seinem Fenster postiert hatten, beruhigte er sich schnell.

Dann tat Raúl etwas, was Zoé den Atem stocken ließ. Er sagte: „Spring Pepe, ich fange dich auf!" Ehe Zoé noch einschreiten konnte, war Pepe schon gesprungen und Raúl hatte ihn sicher im Arm. Er konnte sich offenbar denken, was in Zoé vorging, denn er wandte sich beruhigend zu ihr um. „Mach dir keine Sorgen. Ich fange beim Tanzen ganz andere Gewichte auf", sagte er lachend zu ihr. „Das ist quasi mein Job und ich greife nie daneben."

Zoé nahm sich vor, zu einem späteren Zeitpunkt noch ein ernstes Wort mit ihm zu reden, aber fürs Erste ließ sie es gut sein.

„Wo ist Mina?", fragte sie Pepe stattdessen eindringlich.

„Mama weg!", gab Pepe zur Antwort.

„Und wo ist Nick?", fragte Zoé atemlos.

„Papa auch weg", sagte Pepe traurig und die Tränen stiegen ihm erneut in die Augen.

„Wir müssen sofort die Polizei rufen", flüsterte Zoé Raúl ins Ohr. „Mina hat Pepe noch nie allein gelassen. Da ist etwas Schreckliches passiert."

Nachdem sie den Hörer aufgelegt hatte, lehnte sich Frau Lamper zufrieden in ihrem Chefsessel zurück. Endlich kam Bewegung in den Fall „Kampfer". Mutter und Vater waren beide verschwunden und hatten ihr Kind alleine zurückgelassen, wobei sie den Vater schon wieder aufgespürt hatten.

Wenn der jetzt nicht sofort sein Maul aufmachte und seinen lahmen Hintern hierher bewegte, dann, ja dann würde sie dafür sorgen, dass das Kind dem Jugendamt übergeben würde. Dies hatte sie dem Herrn Schweiger-Kampfer gerade nachdrücklich am Telefon verklickert. Natürlich hatte er nicht mit ihr geredet, aber seine Mutter hatte ihr versichert, dass er sich sofort in den nächsten Zug setzen würde, um sich um sein Kind zu kümmern. Jetzt würde sie ihn zum Sprechen kriegen, so oder so.

Teil II

1.

Wie überlebt der Mensch Gefangenschaft?

Indem er träumt. Er träumt von den Menschen, die ihm am wichtigsten sind und die er liebt. Er träumt sein ganzes Leben nochmals, vor und zurück und im Kreis, sämtliche Erinnerungen werden hervorgeholt. Er träumt von den Filmen, die er gesehen hat. Jeder Urlaub und jedes Gespräch mit einem Freund. Jede noch so unbedeutende Szene fällt ihm wieder ein. Kindheit, Jugend – so viele Erinnerungen.

Aber am wichtigsten sind immer die Menschen, die man liebt. In meinem Fall waren das Mina, Pepe und Zoé.

Mein Pepe trauert um seine Mama. Er ist noch nicht einmal zwei und kann nicht begreifen, warum seine Mutter ihn so plötzlich verlassen hat. Eigentlich begreift das niemand so wirklich, am allerwenigsten Zoé. Sie kannte Mina wohl von uns allen am besten und traut es ihr einfach nicht zu, dass sie Pepe alleine zurückgelassen hat. Ich kenne mich mit Mina nicht mehr aus. Das Einzige, was ich spüre, ist grenzenlose Enttäuschung und bodenlose Wut.

Ich bin Zoé so dankbar. Ohne ihre Geistesgegenwart würde ich jetzt hier mit Pepe sitzen und überhaupt nichts kapieren. An dem Morgen, als sie Pepe alleine auf der Fensterbank fanden, hat sie Raúl ins Haus geschickt, um nach Mina zu suchen. Raúl blieb nichts anderes übrig, als über den Birnbaum durch das offene Fenster in Pepes Zimmer zu klettern. Als er Mina nicht fand, bat Zoé ihn darum, zumindest ihren Laptop zu sichern, bevor die Polizei kam. Auch Raúl bin ich dafür unendlich dankbar.

Nur weil ich Minas Geschichte gelesen habe, weiß ich, dass sie sich in einen anderen Mann verliebt hat, in einen gewissen Arik Elgan, mit dem sie jetzt wahrscheinlich unterwegs ist. Ja, sie hat sich gut amüsiert in dem Jahr, in dem ich gefangen war und von ihr geträumt habe.

Als ich sie das erste Mal wieder sah, war ich wie geblendet. Sie sah so gut aus! Es ist erst vier Monate her, aber es kommt mir vor wie eine Ewigkeit. Sie stand im Türrahmen und war so hübsch mit ihren langen lockigen Haaren, ihrem runden Gesicht und den großen Augen. Ich wollte sie umarmen, an mich reißen, mich in ihrem Schoß ausweinen, aber sie blieb hinter diesem arroganten Arzt stehen und sagte nur, „Ich erkenne ihn nicht, weil ich seine Augen nicht sehe." Sie hielt Distanz, so als wäre ich ein wildes Tier, das sich jederzeit auf sie stürzen könnte. Der Arzt riss mir unsanft die Brille von den Augen und das Licht schmerzte.

Mina, du hast dich gefürchtet vor mir. Da war keines der Gefühle, die ich gebraucht hätte. Dein Ex war aufgetaucht, und zwar in einem hundsmiserablen Zustand. Ich war nicht der, mit dem du zusammen sein wolltest. Der lief nämlich draußen im Wald spazieren – zusammen mit unserem Sohn. Hast du damit gerechnet, dass deine Geschichte in meinen Händen landet? Warum hast du deinen Laptop nicht mit auf die Reise genommen? Ist das deine spezielle Art, Abschied zu nehmen? Hast du den Laptop für Pepe dagelassen, damit er später deine Geschichte lesen kann?

Wenn Pepe aus dem Fenster gefallen wäre und sich den Hals gebrochen hätte, würde ich dich jetzt suchen und dir ebenfalls den Hals umdrehen. Du hättest es in Kauf genommen, Pepe einen ganzen langen Tag lang schreien zu lassen, so lange, bis Zoé und Raúl vielleicht aus dem Urlaub gekommen wären und ihn gehört hätten. Hätte er bis dahin überhaupt noch eine Stimme zum Schreien gehabt? Was bist du bloß für ein Mensch? Oder hat dein neuer Lover dich etwa gezwungen mitzugehen? Das vermutet zumindest Zoé.

Du beschreibst ihn so, als wäre er ein Engel. Ein Mann im besten Alter, gut aussehend, lieb, einfühlsam, sensibel, uneigennützig, Musiker. Ein dir treu ergebener Diener, der dir jeden Wunsch erfüllt. Aber Mina, lass dir sagen: Kein Mann ist so! Solche Männer gibt es im Film, in Büchern, aber nicht im wahren Leben. Männer denken immer zuerst an sich selbst und an ihren Vorteil. Irgendwann, hoffentlich bald wirst du das selbst herausfinden.

Sehr schlecht denkt übrigens die Polizei von dir. Die Kommissarin geht davon aus, dass du mit diesem Elgan gemeinsame Sache gemacht hast, das heißt in meine Entführung verwickelt warst und jetzt mit dem Entführer aus freien Stücken das Weite gesucht hast. Leider haben sie kein schlüssiges Motiv und ich weiß genau, dass Elgan nicht das Aas war, das mich gekidnappt hat. Der war nämlich jung, groß und blond, also ein ganz anderer Typ als dein Arik. Natürlich habe ich das der Polizei auch mitgeteilt, aber Frau Lamper kocht ihr eigenes Süppchen und geht allzu gerne den leichtesten Weg.

Für Pepe war ich natürlich ein Fremder, als er mich nach über einem Jahr wiedersah. Logischerweise war er mir genauso fremd wie ich ihm. Ich hatte immer noch das andauernd schreiende und an der Brust seiner Mutter hängende Baby im Kopf und nicht so einen kleinen Kerl, der auf alles drauf kletterte, das sich erklettern ließ, und mit allem rumkickte, was ihm vor die Füße kam. Eigentlich war ich begeistert von Pepe. Aber ich fühlte mich so fremd und ich wollte es dir einfach so schwer wie möglich machen. Ich wollte dich dafür bestrafen, dass du mich nicht mehr geliebt hast.

2.

Die Nächte sind schlimm. Pepe hat Albträume. Er träumt von seiner Mutter und davon, dass sie nicht mehr da ist. Wenn er anfängt unruhig zu werden, lege ich ihm beruhigend eine Hand auf den Rücken und flüstere ihm ins Ohr, dass alles gut werden wird und dass ich von jetzt ab immer für ihn da sein werde.

Ich selbst schlafe sowieso nur ein bis zwei Stunden. Ich habe das Gefühl, ein ganzes Jahr verschlafen zu haben. Mein Entführer muss mir irgendwas ins Essen gemischt haben, wahrscheinlich Schlaftabletten, denn ich kann mich nur daran erinnern, im Dunkeln aufgewacht zu sein, etwas gegessen und dann wieder weitergeschlafen zu haben. Mina hat geträumt, dass mein Kopf verkabelt war und ich auf einer Bahre angeschnallt gewesen bin. Vielleicht hat sie tatsächlich die Wahrheit geträumt, denn ich hatte Druckstellen an den Handgelenken, aber ich kann mich an das alles nicht erinnern.

Ganz genau erinnern kann ich mich dagegen an den Entzug. Ich wachte irgendwann nicht mehr in einem dunklen Keller, sondern im Wald auf. Zuerst dachte ich, ich würde wieder nur träumen, doch dann begann ich zu frieren. Auch das Vogelgezwitscher war so laut und der Waldboden roch so intensiv nach Moos und Moder, dass ich ziemlich bald realisierte, dass dies kein Traum war.

Kurze Zeit war ich ungeheuer glücklich. Es schien so, als wäre ich frei. Die Buchen zeigten frühlingsgrüne Blätter. Das verwirrte mich. War ich gar nicht gefangen gehalten worden? War das ganze nur ein schrecklicher Albtraum? Es war immer noch Frühlingsanfang, also konnte ich nicht lange weggewesen sein. Bevor ich mir weiter den Kopf zerbrechen konnte, wurde mir schwindelig und übel. Mir ging es so schlecht, dass ich mich in mein Kellerloch zurücksehnte. Dort hatte es zumindest etwas zu essen und zu trinken gegeben. Vor allem war es nicht so schweinekalt gewesen wie hier im Wald. Ich hatte keine Jacke, sondern nur meine Jeans und ein T-Shirt an. Ich fror erbärmlich und versuchte trotz der Übelkeit auf die Beine zu kommen. Das Gehen funktionierte nicht mehr und so krabbelte ich auf allen Vieren durch den Wald auf der Suche nach Wasser und menschlichem Leben. Die Hose war natürlich sofort durch und als meine Knie bluteten von den ganzen kleinen Steinen und Ästen, begann ich zu robben. Ich stellte mir dabei vor, ich wäre Rambo auf seinem unaufhaltsamen Weg durch den Dschungel. Immerhin vertrieb das Robben die Kälte und die Übelkeit.

Bis die Sonne unterging, hatte ich weder Wasser noch einen Weg gefunden. Ich lehnte mich an einen Baum und nahm einen dicken Stock zur Hand. In dieser Nacht tat ich kein Auge zu. Es war unglaublich kalt und ich zitterte die ganze Nacht hindurch, bis mein ganzer Körper komplett verkrampft war. Um mich herum hörte ich ein beständiges Knistern und Knacken, das nur übertönt wurde vom Geklapper meiner Zähne. Ein paar große Schatten sah ich auch durch die Dunkelheit huschen. Angst hatte ich vor allem vor Wildschweinen, weil ich mich in meiner miserablen Verfassung überhaupt nicht gegen sie hätte zur Wehr setzen können. Meine Muskeln waren komplett verkümmert. In dieser Nacht ging es mir so schlecht, dass ich mir den Tod wünschte, aber ich hatte keinerlei Möglichkeit mich umzubringen. Im Nachhinein weiß ich, dass ich voll auf Schlafmittel-Entzug war und es mir deshalb so elend ging.

Erst am dritten Tag im Wald wurde ich gefunden. Ich war wohl ganz in der Nähe von einem Weg vor Erschöpfung zusammengebrochen und wartete nur noch auf das Ende. Da hat mich ein Hund aufgestöbert. Die Besitzer riefen sofort Hilfe und so kam ich ins nächstgelegene Krankenhaus. Da ich nicht sprach und offensichtlich stark traumatisiert war, hat man mich am folgenden Tag in eine psychiatrische Klinik gebracht. Dort wurde ich auch von der Polizei befragt. Ich habe weiterhin geschwiegen. Das schien mir am sichersten.

Seitdem kann ich nicht mehr richtig schlafen. Ich schlafe zwei Stunden in der Nacht und mache noch einen Mittagschlaf mit Pepe. Das reicht mir.

Ich nutze die wache Zeit nachts, um wieder meiner Arbeit nachzugehen, denn wie Mina ganz richtig festgestellt hat, muss irgendwo das Geld herkommen.

3.

Heute kam Stefan zurück. Irgendwie schien der Urlaub mit seiner Freundin nicht optimal gelaufen zu sein, denn er wirkte nicht so enthusiastisch wie sonst.

Er warf einen kurzen Blick in die Küche, sah mich dort alleine sitzen und meinte nur: „Hallo Nick! Schön dich zu sehen, bin gleich wieder weg. Suche nur kurz nach Mina, dann hau ich mich ins Bett. Bin hundemüde von der Fahrt."

„Ja dann schlaf schön!", gab ich zur Antwort.

„Wie?", Stefan blieb im Türrahmen wie angewurzelt hängen. „Es spricht?"

„Ja, er spricht wieder. Muss er ja wohl, wenn die Mutter nicht da ist."

Stefan machte kehrt und setzte sich mir gegenüber an den Tisch.

„Oh, sind Mina und Pepe verreist? Das freut mich aber für sie!"

Ich schaute in sein braun gebranntes Gesicht. Er sah wirklich gut und unheimlich fit aus. Kein Wunder, dass Mina ihn mit der Zeit mehr als nett fand.

Ich ließ ihn ein bisschen zappeln und trank einen Schluck von meinem Kaffee, bevor ich antwortete: „Ja, Mina ist verreist, aber ohne Pepe. Der ist gerade mit Zoé auf dem Spielplatz."

„Mina ist ohne Pepe verreist. Das ist ja nicht zu fassen. Hätte ich ihr echt nicht zugetraut, nachdem wie sie hier rumgegluckt hat über ihrem Küken. Hut ab! Wohin ging denn die Reise?"

„Keine Ahnung!" Ich war plötzlich genervt und müde und wollte nicht weiter über das Thema Mina reden.

„O.k., keinen Stress. Dann gehe ich mal Pepe auf dem Spielplatz suchen. Ich würde ihn gerne noch begrüßen, bevor ich mich hinlege."

„Ja, da wird er sich freuen, wenn zumindest du heil zurückgekommen bist."

„Hä, kapier ich nicht. Du bist doch auch wiedergekommen, auch wenn Pepe dich natürlich nach einem Jahr nicht mehr erkannt hat."

Plötzlich hielt ich es für ratsam, Stefan reinen Wein einzuschenken, bevor er womöglich vor Pepe einen Anfall bekam, wenn er das von Minas Verschwinden mitkriegte.

„Mina ist einfach abgehauen. Verstehst du? Sie hat Pepe zurückgelassen und ist auf und davon", klärte ich ihn auf.

Stefan sah mich ungläubig an und erwiderte: „Nie im Leben! Ich kenne Mina zwar erst seit zehn Monaten, aber wenn man zusammen wohnt, kann man sich ein ganz gutes Bild vom anderen machen. Ich traue Mina alles Mögliche zu. Ich habe ihr sogar einen Mord zugetraut, aber nie im Leben würde sie Pepe im Stich lassen. Da bin ich mir hundertprozentig sicher."

„Gut, du bist doch so ein kluges Köpfchen. Dann erklär mir mal bitte die Tatsache, dass Pepe morgens um sechs alleine im Haus war, die Schlüssel von Innen in der Vorder- und Hintertür steckten, eine Reisetasche mit Klamotten fehlte und es keinerlei Spuren von einem Kampf gab."

Nachdem er kurz nachgedacht hatte, gab er zur Antwort: „Sie kann unter Drogen gesetzt worden sein. Vielleicht war auch eine Waffe im Spiel, aber freiwillig hat sie das Haus ohne Pepe sicherlich nicht verlassen."

„Sie war verliebt", warf ich sichtlich genervt ob seiner Begriffsstutzigkeit dazwischen. Die Wunde platze wieder auf und mit ihr die Wut. „Sie war verliebt in diesen Elgan und wollte mit ihm abhauen. Das hat sie selbst geschrieben."

Stefan bremste mich abrupt: „Klar, Elgan war toll. Viel zu alt für sie, aber ansonsten warum nicht er? Besser als ein Typ, der nicht mit einem spricht, oder? Trotzdem hätte sie für keinen Typen der Welt Pepe im Stich gelassen. Und was heißt überhaupt „geschrieben"? Hat sie einen Abschiedsbrief hinterlassen?"

„Nein, ich habe Aufzeichnungen auf ihrem Notebook gefunden, eine Art Tagebuch über die Zeit, in der ich weg war. Da stand auch einiges über dich drin."

„Ich hoffe nur Gutes!", sagte Stefan mit einem breiten Grinsen.

Er hatte sich offensichtlich nichts vorzuwerfen, sonst wäre sein Auftreten nicht so extrem selbstsicher.

„Übrigens", fuhr Stefan fort, „da du schon so viel weißt, weißt du wahrscheinlich auch, dass ich an deinem Rechner war. Mina hatte mich darum gebeten, nach Hinweisen zu suchen. Ich habe ihr nichts davon gesagt, da meine Suche eher Beunruhigendes ans Licht förderte. Oder wie würdest du erklären, dass jemand, der nur für ein Wochenende zu einem Freund fährt, extra vorher die Festplatte ausbaut? Natürlich habe ich mir meine Gedanken gemacht und bin zu dem Schluss gekommen, dass du entweder länger wegbleiben wolltest oder die Daten auf deinem Rechner so heiß waren, dass sie auf keinen Fall entdeckt werden durften."

Stefan hatte mich kalt erwischt. Am liebsten wäre ich über den Tisch gesprungen und hätte ihm eine Abreibung verpasst. Stattdessen starrte ich ihn nur vernichtend an und ließ ihn dann einfach sitzen.

Als ich fast schon in meinem Zimmer verschwunden war, hörte ich ihn noch laut tönen: „Oh, haben wir da etwa einen wunden Punkt getroffen? Mit was verdienst du nochmal genau dein Geld?"

So schnell konnte Stefan sich gar nicht umdrehen, da hatte ich ihn schon am Kragen seines T-Shirts gepackt und vom Stuhl hochgezogen. Er war fast einen halben Kopf größer als ich, aber das kümmerte mich im Moment überhaupt nicht.

„Wenn du weiter hier wohnen bleiben willst, dann halt dich von meinen Sachen fern. Keinen Fuß mehr in mein Zimmer, verstanden!"

„Oho", Stefan hielt meinem Blick stand, ohne sich auch nur einen Millimeter zu bewegen. „Mina und du, ihr habt also doch Gemeinsamkeiten. Diese Wutanfälle sind echt nicht ohne. Mensch Nick, denk mal nach! Wenn ich dir an den Karren hätte fahren wollte, dann hätte ich doch der Polizei einen Tipp gegeben, oder? Ich bin doch auf eurer Seite."

Ich ließ ihn los und verzog mich ohne ein weiteres Wort zu verlieren auf mein Zimmer. Der Typ war eine schreckliche Nervensäge und ich hoffte inständig, dass er bald das Weite suchen würde.

4.

Der Wächter

Der schwarze Mercedes und der Alfa rasten durch die Nacht. Man sah sie nicht, denn beide Autos fuhren ohne Licht. Die Motoren röhrten ohrenbetäubend in der nächtlichen Stille des Waldes. Zeugen waren einzig die Kühe auf den Weiden, die erschrocken die Köpfe hoben. Die Bewohner der Bauernhöfe, die an der Straße lagen, wurden kurz aus dem Schlaf gerissen, wunderten sich aber nicht weiter, da es häufig vorkam, dass junge Leute ihre neuen Autos nachts durch die engen Kurven jagten.

Der Mercedes ließ dem Alfa keine Chance zu überholen. Er fuhr die ganze Zeit in der Mitte der kleinen gewundenen Landstraße, ohne Rücksicht auf ein eventuell entgegenkommendes Auto zu nehmen. Die Autos schossen so schnell in die Kurven, dass jedem Profirennfahrer die Augen übergelaufen wären, gesetzt den Fall, er hätte eine Nachtsichtbrille aufgehabt. Die wilde Hatz dauerte eine halbe Stunde an und endete abrupt, als der Fahrer des Alfa bei einer besonders engen Linkskurve die Kontrolle über seinen Wagen verlor. Das Auto durchbrach die Leitplanke und stürzte den steilen Abhang hinunter, bis es gegen einen Baum krachte und mit demolierter Seite an diesem hängenblieb. Der Mercedes verlangsamte nicht für eine Sekunde seine Fahrt, sondern preschte mit voller Geschwindigkeit weiter.

Nur die Eule, die sich auf dem Baum niederließ, um den sich der Alfa gewunden hatte, beobachtete, wie sich kurze Zeit später die Beifahrertür öffnete und ein blutüberströmter Mann aus dem Auto kroch. Er kauerte auf dem Boden und wartete, bis das Blut aufhörte zu fließen und sich seine Wunden verschlossen. Dann erhob er sich mühsam, wandte sein zerquetschtes Gesicht zum Himmel und begann laut zu schreien.

5.

Ich saß mit Pepe auf dem Schoß auf einer Bank an einem Strand. Plötzlich merkte ich, dass vom Meer her eine Bedrohung auf uns zukam. Ich drehte mich um und sah eine riesige Flutwelle direkt hinter mir emporragen. Der Wellenkamm neigte sich in unsere Richtung und die Wassermassen würden in Sekundenbruchteilen über uns hereinbrechen. Ich wusste, egal, was ich mit Pepe machte – ob ich ihn an der Hand festhielt oder ihn mit aller Kraft mit meinen Armen umklammerte – ich würde ihn nicht festhalten können. Ich hätte keine Chance, ihn vor der Gewalt dieser Welle zu retten. Sie würde ihn wegspülen von mir und ihn ertränken. Im selben Moment wachte ich schweißgebadet aus meinem Albtraum auf. Sofort sah ich nach Pepe. Er schlief ruhig und friedlich direkt an meiner Seite.

Die Einzige, die mich nie im Stich gelassen und die die ganze Zeit über an mich geglaubt hatte, war Zoé. Als es mir so schlecht ging, kam sie jeden Abend zu mir und saß über eine Stunde bei mir im Zimmer. Sie wollte nicht mit mir reden, sondern war einfach nur in meiner Nähe. Damit hat sie mir gezeigt, wie wichtig ich ihr war und dass es Sinn machte weiterzuleben.

Dass Mina weg ist, trifft Zoé schwer. Die beiden sind sich während dieses Jahres sehr nahe gekommen, für mein Gefühl einen Tick zu nahe. Sie ist davon überzeugt, dass Elgan Mina entführt hat, und macht sich schreckliche Vorwürfe, weil sie ihm von Anfang an misstraut hat, aber es nicht schaffte, Mina von ihm fernzuhalten. Ich nehme ihr das nicht übel. Ich weiß, dass man Mina nur sehr schwer von etwas abbringen kann, wenn sie es sich in den Kopf gesetzt hat. Aber Zoé kann nicht aufhören mit ihren Selbstvorwürfen und ist totunglücklich. Sie kommt jeden Abend und am Wochenende herüber und spielt mit Pepe. Für ihn ist sie unheimlich wichtig geworden, ein richtiger Mutterersatz, und ich bin ihr sehr dankbar, dass sie das für uns beide tut. Ich hoffe nur, dass sie noch genügend Zeit für Raúl übrig hat, aber da frage ich lieber nicht nach.

6.

Heute hat mich Frau Lamper heimgesucht. Ich hatte diese Frau wirklich gefressen, und das nicht erst seit ich Minas Aufzeichnungen gelesen hatte. Sie war tatsächlich so dreist, mich wegen Pepe zu erpressen. Sie rief in Hamburg bei meiner Mutter an und drohte mir damit, Pepe innerhalb von 24 Stunden dem Jugendamt zu übergeben, falls ich bis dahin nicht bei ihr vorstellig geworden wäre und vor allem den Mund aufmachte. Ich war noch nie besonders empfänglich für Erpressungen und wollte mich eigentlich nicht vom Fleck rühren. Aber meine Mutter, die das Telefonat mit Frau Lamper für mich geführt hatte, machte mir die Hölle heiß. „Das ist jetzt die einmalige Chance, dir deinen Sohn zurückzuholen. Wenn du dich jetzt nicht um ihn kümmerst, wirst du das dein restliches Leben lang bereuen", redete sie mir ins Gewissen.

Eigentlich ließ sie mir gar keine Wahl. Sie packte meinen Rucksack, setzte mich ins Auto und fuhr mich kurzerhand nach Hause, mal so eben 800 Kilometer. Meine Mutter ist unheimlich taff. Wahrscheinlich versteht sie sich deshalb auch nicht mit Mina. Mina ist ihr irgendwie zu langsam und zu behäbig. Sie bevorzugt Leute, die straight sind und zielstrebig ihre Interessen verfolgen. Wie man jahrelang Germanistik studieren kann, nur um danach arbeitslos zu sein, kann sie nicht nachvollziehen. Und mit Babys und Kleinkindern hat sie es schon gar nicht.

Deshalb ist es besser zu meiner Mutter einen Sicherheitsabstand von 800 Kilometern einzuhalten, aber letztendlich hat sie mich an diesem Tag wirklich gerettet. Ohne sie würde ich immer noch stumm wie ein Fisch in Hamburg sitzen und Pepe wäre inzwischen bei seinen Großeltern in der Pampa untergebracht. Minas Eltern sind, jeder für sich genommen, auch nicht schlimmer als meine Mutter, aber zusammen sind sie nicht zum Aushalten. Sie lieben sich einfach nicht mehr, können sich kaum gegenseitig ertragen, bleiben aber trotzdem zusammen, als wäre das die normalste Sache der Welt. Wahrscheinlich hätte sich Minas Mutter Pepe gekrallt und ihn mit all der Liebe überschüttet, die sie in irgendeiner Herzkammer gebunkert und fein säuberlich vor ihrem Mann verschlossen hat. Minas Vater hätte sich fortan vollständig seiner Depression hingeben können. Vielleicht wären so alle auch glücklich bzw. unglücklich geworden, aber ich denke Pepe hat es auf jeden Fall bei mir und Zoé besser erwischt.

Insofern sollte ich dieser Hexe Lamper vielleicht sogar dankbar sein, dass sie mein Schweigegelübde gebrochen hat – aber ich bin es nicht.

Zufälligerweise hing auch Stefan gerade in der Küche rum, als die Kommissarin anklopfte und konnte so unser Gespräch im Wohnzimmer wunderbar mitverfolgen. Ich bin kein besonders gastfreundlicher Mensch und so kam ich gar nicht auf die Idee, ihr einen Kaffee oder sonst etwas anzubieten. Die alte Dame konnte froh sein, dass ich sie überhaupt hineinließ.

Wir ersparten uns irgendwelche Höflichkeitsfloskeln und Frau Lamper kam direkt zum Thema.

„Ich hatte Ihnen ja gesagt, dass ich Sie auf dem Laufenden halten werde, falls wir neue Erkenntnisse haben. Der Fall bzw. Ihr Fall wird leider immer komplizierter, denn wir müssen inzwischen doch eher von zwei Tatverdächtigen ausgehen, nämlich dem Tatverdächtigen Elgan und einem bisher Unbekannten."

Ich konnte meine Genugtuung nicht einfach herunterschlucken und unterbrach sie: „Ich habe Ihnen doch gleich gesagt, dass Elgan ganz anders aussieht als der Typ, der mich gekidnappt hat. Und wenn Sie schon von meinem Fall sprechen, da gab es wirklich nur einen einzigen Täter. Ich habe in dem ganzen Jahr nie jemanden anders zu Gesicht bekommen."

„Was nichts heißen muss", erwiderte die Kommissarin.

„Was sind denn nun die neuen komplizierten Erkenntnisse?", versuchte ich sie endlich auf den Punkt zu bringen.

„Wir haben den Alfa Romeo Ihrer Mutter im Wald gefunden. Den Reifenspuren nach zu urteilen gab es wohl eine wilde Verfolgungsjagd. Dass jemand den Crash des Alfas überlebt haben könnte, scheint fast unmöglich, aber wir haben zwar jede Menge Blut, aber keine Leiche gefunden. Leider auch kein Anzeichen dafür, dass Frau Rose sich während der Verfolgungsjagd in dem Auto befand. Es ist vielmehr denkbar, dass sie möglicherweise in dem anderen Wagen saß. Das ist alles reine Spekulation, aber dadurch dass die Raserei in der Nacht stattfand, in der Frau Rose verschwand, auch nicht ausgeschlossen."

„Das heißt, Mina ist vielleicht gar nicht mit Elgan zusammen unterwegs?" Mein Magen verkrampfte sich bei dieser Erkenntnis unwillkürlich.

„Wie gesagt, das sind alles nur Spekulationen, aber es könnte ja auch sein, dass sie demselben Entführer zum Opfer fiel wie Sie selbst."

Frau Lamper erhob sich schwerfällig, so als wäre die Audienz für sie beendet.

„Stopp, bitte gehen sie noch nicht!" Ich brauchte unbedingt noch mehr Infos von ihr. „Warum kommen Sie damit erst jetzt zu mir? Mina ist doch schon seit zehn Tagen verschwunden", versuchte ich ihr noch mehr Informationen zu entlocken.

Frau Lamper ließ sich wieder aus halber Höhe aufs Sofa plumpsen.

„Wenn Sie mir einen Kaffee hätten, erzähle ich Ihnen den Rest vielleicht auch noch."

Ich hatte wirklich große Lust, sie auflaufen zu lassen, aber bevor ich ihren Wunsch nach Kaffee ablehnen konnte, kam schon Stefan mit federndem Gang ins Wohnzimmer mit einer großen Tasse der Hand.

„Hallo Frau Lamper, schön Sie zu sehen. Ich habe zufällig im Vorbeigehen gehört, dass Sie nach einem Kaffee verlangt haben und da dachte ich mir, ich bringe Ihnen einfach einen vorbei, bevor Herr Kampfer sich unnötig bemühen muss."

Sie lächelte Stefan freundlich an und sagte: „Setzten Sie sich doch zu uns und erzählen Sie mir, was Ihnen zur folgenden Geschichte einfällt."

Stefan setzte sich zu Frau Lamper aufs Sofa und grinste wie ein Honigkuchenpferd, weil er mir mal wieder eins ausgewischt hatte. Denn eigentlich ging ihn das Ganze hier überhaupt nichts an, aber im Endeffekt war es auch egal, ob er draußen die Ohren spitzte oder gleich mit auf dem Sofa Platz nahm. Vielleicht musste ich auch langsam akzeptieren, dass er inzwischen irgendwie mit zur Familie gehörte.

7.

Frau Lamper begann ihre obskure Geschichte mit einem tiefen Seufzer.

„Sie können sich vielleicht vorstellen, dass ich in meiner langen Polizeikarriere schon die unglaublichsten Sachen erlebt habe. So etwas Kurioses wie in Ihrem Fall ist mir jedoch noch nie untergekommen. Sie wissen vermutlich, dass Frau Rose vor einigen Wochen auf dem Präsidium war, um die Straftäterkartei durchzukämmen. Wir hatten die Hoffnung, dass wir so auf die Spur von Herrn Elgan kommen, der zu diesem Zeitpunkt untergetaucht war. Beim Betrachten der Bilder stolperte sie tatsächlich bald über das Gesicht eines Delinquenten. Das Problem war nur, dass es sich bei diesem um einen Toten handelte, der noch nicht aus der Kartei gelöscht worden war. Ich habe Ihnen hier das Bild mitgebracht, damit Herr Reiter einen Blick darauf werfen kann."

Frau Lamper öffnete ihre Handtasche und legte das Bild eines Mannes vor Stefan auf den Couchtisch und sagte dazu: „Ich hege die Hoffnung, dass Sie Herrn Elgan persönlich begegnet sind." Stefan wurde blass.

„Aber ja, das ist er, keine Frage. Das ist er hundertprozentig!"

„Genau das ist jetzt unser Problem. Anhand der Blutspuren im Autowrack konnten wir eine DNA-Analyse machen, deren Ergebnis wir gestern bekommen haben. Frau Rose hatte recht. Es handelt sich tatsächlich um denselben Mann."

Ich musste unwillkürlich lachen, weil ich mir vorstellte, dass ausgerechnet Mina sich in einen Untoten verliebt haben sollte, wo sie die ganzen Zombie-Filme doch so sehr verabscheute und sich immer geweigert hatte, Rezensionen über diese zu schreiben.

Stefan ignorierte meinen unpassenden Heiterkeitsausbruch und wandte sich an Frau Lamper mit der Feststellung: „Was Sie uns hier alles erzählen, das gehört doch zur streng vertraulichen Polizeiarbeit und darf eigentlich nicht Thema eines ungezwungenen Kaffeekränzchens sein. Sie plaudern doch nicht aus dem Nähkästchen ohne etwas damit zu bezwecken."

Frau Lamper warf einen tiefen Blick in ihre Tasse, dann blickte sie auf und schenkte Stefan ihr süßestes Lächeln.

„Wir würden gerne Herrn Elgan zur Fahndung ausschreiben, haben aber ein Problem wegen des Bildes, da wir selbstredend nicht das Foto eines offiziell für tot erklärten Menschen verwenden können. Deshalb bin ich hier, um Sie zu bitten, mich ins Präsidium zu begleiten, um ein Phantombild zu erstellen."

„No way!", entgegnete Stefan bestimmt. „Sie lassen das Phantombild erstellen und ich unterschreibe, dass es mit meiner Hilfe angefertigt wurde. Mehr kriegen Sie von mir nicht. Und jetzt entschuldigen Sie mich bitte, denn ich muss dringend zur Arbeit."

Mit diesen Worten erhob er sich und verließ den Raum, ohne irgendwelche Einwände von Seiten Frau Lampers abzuwarten. Ich musste schon wieder grinsen, weil ich noch nie gesehen hatte, dass Stefan sich so schnell verdrückte. Offensichtlich hatte er nichts übrig für Polizeireviere.

Die Kommissarin sah zufrieden aus, so als hätte sie alles bekommen, was sie wollte.

„Warum wollten Sie eigentlich mit mir sprechen, wenn Sie eigentlich etwas von Herrn Reiter wollten?" Irgendwie hatte ich das Gefühl, dass sie noch nicht alle Karten auf den Tisch gelegt hatte.

„Ein verletzter Mann wurde gesehen, nicht weit von der Stadt entfernt. Er ist uns leider entkommen trotz seiner Verletzungen. Ich weiß nicht, wohin er unterwegs ist, gesetzt den Fall es handelt sich tatsächlich um den Gesuchten."

„Wie heißt denn nun Arik Elgan mit wirklichem Namen. Es ist doch blöd, ihn immer bei seinem falschen Namen zu nennen."

„Wenn Sie den Mann meinen, der vor fünf Monaten gestorben ist?"

„Genau den meine ich."

„Der Mann, dem vor vier Monaten in den Kopf geschossen wurde, hieß Theo Fischer. Er war ein Einbrecherkönig, kriegte jedes Schloss geknackt. Jetzt, wo Sie seinen Namen kennen, gehe ich davon aus, dass Sie sich an Ihren Computer setzen und ein bisschen recherchieren werden oder wie man das auch immer nennen mag. Sie werden mich natürlich über neue Erkenntnisse sofort ins Bild setzen. Es muss eine vernünftige Antwort auf die DNA-Übereinstimmung zwischen Herrn Fischer und Herrn Elgan geben, auch wenn mir beim besten Willen keine einfällt."

Ich zeigte ihr mein bestes Pokerface und versuchte dabei krampfhaft, mein Entsetzen und meine Angst unter der Oberfläche zu halten. Gleich, sobald sie gegangen war, konnte ich

mir Sorgen machen. Jetzt musste ich so unschuldig tun wie
möglich.

„Ich kann mich doch auf Sie verlassen, oder?", hakte Frau
Lamper nochmals nach.

„Ich bin ganz in ihrer Macht!" Die Antwort war mir so her-
ausgerutscht, aber sie spiegelte meine Situation in ihrer ganzen Ausweglosigkeit wieder.

8.

Ich igele mich ein. Ich liege in Fötusstellung auf einer alten
stinkenden Matratze. Mein Bauch tut so weh. Ich habe wieder
diese furchtbaren Stiche. Ich kann nichts essen. Er stellt mir
irgendeinen Fraß vor die Matratze, irgendwelchen Junkfood
von McDonalds, aber ich kriege das Zeug nicht runter. Das war
schon immer so. Ich bekomme davon Brechreiz. Also lass ich
die Burger liegen und knabbere lediglich an ein paar Pommes.
Das Wasser trinke ich immer sofort und bin enttäuscht, wenn
der Becher leer ist. Die Luft hier drinnen ist so trocken, es
muss irgendein Heizungskeller sein, in den er mich gesperrt
hat. Glücklicherweise gibt es eine Notbeleuchtung, ein kleines
grünes Lämpchen, das diffuses Licht verbreitet. Ich schätze
mal, dass die Heizungsanlage im Sommer nicht gewartet wird.
Das dauert bestimmt noch einen Monat, bis hier jemand vor-
beischaut und ich vielleicht gefunden werde. Ich weiß nicht,
wie oft er kommt, denn ich habe jegliches Zeitgefühl verloren.
Er gibt mir eine Spritze und ich schlafe ein. Er sagt nie etwas,
was ich sehr angenehm finde. Ich glaube nicht, dass er ein
Psychopath ist, aber ich habe auch keine Ahnung, was er genau mit mir bezweckt und was in den Stunden passiert nach
der Spritze. Ich habe das Gefühl, in der Zeit nur zu schlafen,
aber ganz sicher bin ich mir natürlich nicht. Ich habe keine
Angst vor ihm, da er sich nicht böse mir gegenüber verhält —

einmal abgesehen davon, dass er mich von meinem Kind weggerissen und in diesen Keller gesperrt hat. Pepe, ich habe so Angst, dass ihm etwas zugestoßen sein könnte.

Schweißgebadet wachte ich auf. Ein kurzer Blick auf die Uhr zeigte mir, dass es kurz nach fünf war und ich heute Nacht zum ersten Mal wieder länger als zwei Stunden am Stück geschlafen hatte. Ich hatte von Mina geträumt und der Traum war schrecklich gewesen.

Er hatte das Gleiche mit ihr gemacht, was er mit mir gemacht hatte. Er hielt sie in einem elenden Keller im Dunkeln gefangen. Es ging ihr sehr schlecht, sie hatte offensichtlich Schmerzen. Und sie wiederholte in der Einsamkeit immer Pepes Namen wie ein Mantra.

Es war nur ein Traum, aber ich bekam plötzlich Angst um Mina. Ich hatte sie zum Teufel gewünscht, aber jetzt schien es so, als wäre sie bereits in der Hölle. Wahrscheinlich ging es ihr genauso schlecht, wie es mir gegangen war. Außer, dass sie noch die Sorge um Pepe quälte, ob er rechtzeitig gefunden wurde in der Nacht, in der sie entführt worden war.

Erst jetzt beschlich mich das Gefühl, dass noch jemand außer Pepe und mir im Raum war. Ich schaute mich um und sah tatsächlich einen Schatten auf meinem Schreibtischstuhl sitzen. Ich wollte Pepe auf keinen Fall aufwecken und erschrecken und fragte deshalb leise in den Raum: „Wer ist da?"

Der Schatten antwortete ebenfalls flüsternd: „Arik. Lass uns bitte rausgehen. Ich muss mit dir reden."

Ohne ein Geräusch zu machen, erhob sich der Schatten vom Stuhl und verlor sich kurz in der Dunkelheit des Zimmers, bis die Tür leicht knarrte. Ich folgte ihm, allerdings nicht so lautlos. Ich war ja auch kein Einbrecherkönig.

In der Küche hatte er schon das Licht angemacht und ich stand ihm zum ersten Mal Auge in Auge gegenüber. Er war ein kräftiger Typ, zwar um einiges älter als ich, aber noch gut in

Form. Allerdings sah er etwas mitgenommen aus. Mehrere rote Striemen verunstalteten sein Gesicht und seine Hände. Sein Hemd war zerrissen und seine Jeans komplett verdreckt. Trotzdem, wenn ich mir alle Verletzungen wegdachte, war er vermutlich ein sehr attraktiver Mann. Zerknirscht musste ich feststellen, dass ich Arik, zumindest was das Äußere anging, nicht überlegen war.

Der Blick aus seinen tiefbraunen Augen hatte sich fest in meine gebohrt. Ein leichtes Lächeln lag auf seinen Lippen. Wahrscheinlich lächelt der immer so, dachte ich mir verärgert. So ein langweiliger Harmoniefreak, der denkt, man müsste auch einen auf Frieden machen, wenn man bei Leuten einbricht und sie um fünf Uhr morgens aus dem Bett zerrt.

„Du bist wütend auf mich", stellte er schließlich fest. Seine Stimme hatte einen beruhigenden Klang, nach dem mir momentan gar nicht der Sinn stand.

„Du bist gerade bei mir eingebrochen und hast mich aus dem Bett geholt. Zudem hast du noch versucht, mir meine Freundin auszuspannen. Was fällt dir eigentlich ein?" Ich redete mich in eine angenehme Wut hinein.

„Ich wusste nicht, dass Mina mit dir über uns gesprochen hat."

„Hat sie auch nicht, aber sie hat Tagebuch geführt und das bekam ich zu lesen."

Ariks Gesicht hellte sich kurz auf: „Das ist gut mit dem Tagebuch. Vielleicht finden wir darin einen Ansatzpunkt, wo sie sein könnte."

„O.k., jetzt hör mir mal gut zu. Ich gebe dir zehn Minuten Vorsprung. Dann rufe ich meine liebe Kommissarin an, die wollte ich schon immer mal um fünf Uhr früh aus den Federn klingeln. Also geh jetzt, hau ab!"

„Eigentlich wollte ich nur schauen, ob es Pepe gut geht und wieder verschwinden. Ich wollte dich nicht aufwecken." Der Mann fiel sichtlich in sich zusammen, so als wären gerade seine ganzen verbliebenen Hoffnungen zerplatzt. Es sah sogar aus, als hätte er Tränen in den Augen. Er wandte sich tatsächlich zum Gehen. Erst als ich die Eingangstür leise ins Schloss fallen hörte, erwachte ich aus meiner Erstarrung. Ich durfte ihn nicht so einfach entkommen lassen. Wahrscheinlich wusste er etwas über Minas Entführer. So schnell ich konnte, rannte ich zur Tür und auf die Straße. Zuerst dachte ich, er wäre weg, aber dann sah ich ihn unter der nächsten Straßenlaterne sitzen. Entweder wartete er dort auf die Polizei oder er war einfach zusammengebrochen. Ich ließ die Tür offen stehen und lief die paar Meter zu der kauernden Gestalt. Die Nachbarn durften das hier auf keinen Fall mitkriegen.

Irgendwie bekam ich ihn hochgehievt und schleppte ihn zurück ins Haus. Ich legte ihn aufs Sofa im Wohnzimmer und zog ihm die Schuhe aus. Es waren mal feine Wildlederschuhe gewesen, aber sie sahen so aus, als wäre er den Jakobsweg mit ihnen gewandert. Ich deckte ihn zu und wartete, bis er eingeschlafen war. Dann machte ich mir einen starken schwarzen Kaffee.

9.

Mit der Tasse in den Händen setzte ich mich in den Sessel neben dem Sofa und beobachtete den schlafenden Arik oder Theo oder wie immer er auch heißen mochte. Jetzt war der ideale Moment. Wenn ich noch irgendetwas für Mina empfinden würde, hätte ich jetzt die Gelegenheit dazu, mich von diesem Menschen zu befreien. Er war sichtlich erschöpft. Seine Kleider waren zerlumpt und schmutzig. Darüber hinaus war er verwundet und bestimmt sehr geschwächt. Ich spielte mit dem Gedanken eines von den Sofakissen zu nehmen und ihn damit zu ersticken. Aber einen Mord begehen wegen einer Frau, die ich nicht mehr liebte. Nur weil ich gedemütigt worden war, meine Freiheit aufs Spiel zu setzen. Das war es sicherlich nicht wert.

Während ich Arik beim Schlafen zusah und meinen destruktiven Ideen nachhing, wurde es draußen hell und ich konnte deutlich sehen, dass die roten Striemen auf seinem Gesicht und auf seinen Händen verschwanden. Seine Haut sah makellos aus. Ich stellte die Tasse ab und rieb mir den Schlaf aus den Augen. Ich kniete mich direkt vor das Sofa, um ihn ganz aus der Nähe zu betrachten. Die Haut in seinem Gesicht war glatt und perfekt und die einzigen Linien, die es zu sehen gab, waren seine Stirnfalten.

Ohne dass ich damit gerechnet hatte, schlug er plötzlich die Augen auf und ich zuckte unwillkürlich zusammen. Dabei stieß ich den Kaffee um und die braune Brühe ergoss sich auf Minas Flokati. Kurz bildete ich mir ein, sie vor Zorn aufkreischen zu hören. Ich holte sofort einen feuchten Lappen und machte mich daran, den Fleck wegzuschrubben. Vermutlich würde sie ihren Teppich nie wiedersehen, schoss es mir kurz durch den Kopf, aber dann verscheuchte ich den Gedanken wieder.

Arik hatte sich aufgesetzt und aus dem Augenwinkel sah ich, wie er prüfend seine Hände betrachtete. Ohne die entstellenden Wunden sah er wirklich verdammt gut aus und plötzlich konnte ich nachvollziehen, warum Mina sich in ihn verliebt hatte. Er strahlte gleichzeitig die Ruhe des Alters und die Kraft der Jugend aus.

„Danke, dass du nicht versucht hast, mich umzubringen!",
sagte Arik mit seiner angenehm tiefen Stimme.

Natürlich war ich baff, aber ich ließ mir nichts anmerken.

„Wie kommst du drauf, dass ich dich töten wollte."

„Ich wäre für Mina bereit gewesen zu töten. Gerade eben, als ich schlief, war der perfekte Zeitpunkt. Jetzt ist es dagegen unmöglich."

Ohne lange darüber nachzudenken, stürzte ich mich auf ihn. Ich musste ihn ja nicht ermorden, aber ein blaues Auge konnte ich ihm durchaus verpassen, jetzt wo seine alten Wunden verheilt waren.

So musste sich Pepe fühlen, wenn ich ihn fest an mich drückte. Arik umklammerte mich, als wäre ich eine hilflose kleine Puppe und presste mir mit seinem Griff die Luft aus den Lungen. Gegen die Kraft, die dieser Mann hatte, konnte ich überhaupt nichts ausrichten. Ich bekam es sogar kurz mit der Angst zu tun, aber im selben Moment ließ er ein bisschen locker, sodass ich wieder atmen konnte.

„Du hättest sie niemals alleine lassen dürfen!" Es war mehr eine Aussage als ein Vorwurf.

„Das Gleiche könnte ich zu dir auch sagen", entgegnete ich ihm.

„Ich habe den Weg für dich freigemacht. Ich wollte, dass sie mit dir glücklich wird." Jetzt klang er doch vorwurfsvoll.

Wütend sagte ich: „Mina war nie glücklich mit mir, außer vielleicht ganz am Anfang!" In dem Moment, als ich es ausgesprochen hatte, wusste ich, dass es die Wahrheit war. Mina suchte den perfekten Mann, der sowohl engagiert und aktiv als auch nachgiebig und uneigennützig war. Einer, der ihr jeden Wunsch erfüllte und sie gleichzeitig noch glänzend unterhielt. Auf jeden Fall nicht so jemanden wie mich, einen langweiligen Nerd, der nichts konnte als vor seinem Rechner zu hocken und damit zu zaubern.

„Mit ein bisschen mehr Interesse von deiner Seite aus an ihrer Person und an der Familie wäre sie sicherlich schon zufrieden gewesen", widersprach mir Arik.

Ich hatte das dumme Gefühl, dass Arik meine Gedanken lesen konnte und war dankbar dafür, dass in diesem Moment Pepe in die Küche getapst kam und unseren Streit unterbrach. Er sah so süß aus, verschlafen und mit seinem Kuschelbären unterm Arm, dass mir sofort das Herz aufging. Als er Arik entdeckte, breitete sich ein Strahlen auf seinem Gesicht aus und er rannte sofort zu ihm. Arik warf zuerst mir einen fragenden Blick zu, dann nahm er Pepe auf den Arm.

Pepe schaute sich im Wohnzimmer um, dann sah er Arik fragend an und sagte nur ein Wort. „Mama?"

10.

Arik war nicht bereit zu verschwinden. Ich erwog ernsthaft die Polizei zu verständigen, aber meine Aversion gegen die Kommissarin war so groß, dass ich mich nicht dazu aufraffen konnte.

Was natürlich sehr unvernünftig von mir war, denn wenn sie tatsächlich etwas gegen mich in der Hand hatten, war es einfach nur dumm nicht zu kooperieren. Leider bin ich so entschlussunfreudig, dass mich nicht einmal die Angst vor dem Knast dazu bewegen kann, eine Entscheidung zu treffen.

Wozu ich mich aber tatsächlich ausraffen konnte, war allen Bescheid zu geben, dass wir uns heute Abend bei mir treffen würden, um über das weitere Vorgehen zu beraten. Raúl musste natürlich arbeiten, also würde es eine späte Zusammenkunft werden. Ich zögerte lange, ob ich Stefan trauen konnte, aber letztendlich war er ein Analytiker und so jemanden konnte man vielleicht gut gebrauchen. Ob er seiner Freundin bei der Kripo Bescheid geben würde, war allein sein Problem. Ich gab Arik Kleider von mir und schmiss seine verdreckten Klamotten im Park in die Mülltonne. Ich wies ihn an, sich ausschließlich in Minas Zimmer aufzuhalten, damit er Stefan nicht über den Weg lief und dieser vorzeitig die Polizei verständigen konnte. Ich hatte das Gefühl, dass Arik der Schlüssel zu dem ganzen Geheimnis von Minas und meiner Entführung war und dass nur er uns letztendlich die Wahrheit sagen konnte.

Wie sich zeigte, hatte ich keinen Funken von Minas Intuition. Arik trug nämlich rein gar nichts zur Erhellung der Umstände bei. Dafür legte Zoé ein von niemandem erwartetes Geständnis ab.

Wir trafen uns nachts um elf. Zoé hatte etwas gestöhnt über die Uhrzeit, weil sie ja morgens in aller Frühe aus dem Bett musste, aber allen anderen war es recht gewesen. Raúl hatte noch nasse Haare von der Dusche und sah etwas abgeschafft aus. Arik hatte sich nicht zu uns an den Tisch gesetzt, sondern lehnte etwas abseits am Herd. Seine Wundmale waren tatsächlich komplett verschwunden und er machte einen ausgeruhten und ruhigen Eindruck. Obwohl er da so friedlich lehnte, war mir in jedem Moment bewusst, was für eine Kraft in dem Kerl steckte und dass er uns alle, selbst Raúl, der ein einziges Muskelpaket war, mühelos ausschalten konnte. Zoé war unruhig. Sie fühlte sich sichtlich durch Ariks Anwesenheit gestört. Sie saß über eine Tasse Tee gebeugt, während alle anderen Rotwein tranken. Stefan kibbelte auf seinem Stuhl, neugierig wie er war, hielt er es kaum aus, nicht auf dem Laufenden zu sein. Bevor er alle mit seiner Nervosität anstecken konnte, beschloss ich die Runde zu eröffnen.

„Wie ihr schon gemerkt habt, habe ich einen weiteren Gast im Haus." Den Seitenhieb auf Stefan konnte ich mir nicht verkneifen. „Ein Gast, der von der Polizei gesucht wird. Bis jetzt habe ich noch nicht beschlossen, was ich mit ihm machen soll. Deshalb habe ich euch eingeladen und wollte eure Meinung zu dem Ganzen hören."

„Hat er denn eine Ahnung, wo Mina sein könnte?", fragte Stefan aufgeregt.

„Nein!", Arik antwortete selbst. „Sie wurde entführt und ich habe sie verloren."

„Wie verloren?", hakte Stefan nach. „Hast du den Entführer und sie verfolgt?"

„Ja, aber er hat mich abgehängt und ich hatte einen Unfall."

„Einen Unfall, bei dem der Alfa meiner Mutter zu einem Schrotthaufen wurde", mischte ich mich ein. „Wie hast du das überhaupt überlebt?"

Arik schwieg, anscheinend hatte er genug gesagt.

„Noch drei Fragen", bohrte Stefan zu Elgan gewandt nach, „dann lass ich dich in Ruhe. Erstens: Warum hast du die Entführung nicht verhindert? Zweitens: Wer ist der Entführer und was bezweckt er? Und drittens: Warum hast du die Polizei nicht verständigt?"

Arik stieß einen tiefen Seufzer aus. Offensichtlich war ihm diese Befragung zutiefst unangenehm. „Ich kann dir nicht sagen, wer der Entführer ist und was er bezweckt. Darüber darf und werde ich nicht sprechen. Ich habe mich aus Minas Leben verabschiedet und sie nur noch aus der Ferne beobachtet. Deshalb war ich zu spät und konnte ihn nicht aufhalten. Aber ich habe mich an seine Fersen gehängt. Es war keine Zeit zu telefonieren."

Raúl richtete sich halb auf und mischte sich zum ersten Mal ein. Er war ganz offensichtlich außer sich, denn seine Stimme zitterte, als er sagte: „Es kann nicht sein, dass du uns hier etwas verheimlichst. Mina ist entführt worden und du weigerst dich, über das zu reden, was du weißt. Das geht nicht!" Er hieb mit der Faust auf den Tisch, sodass der Rotwein aus den vollen Gläsern schwappte.

Zoé legte Raúl beruhigend die Hand auf den Arm. Es war offensichtlich, dass er Arik am liebsten an die Gurgel gegangen wäre.

„Er wird tatsächlich nicht sprechen", sagte sie. „Ich weiß das genau, weil ich selber nichts sagen darf. Aber bei ihm ist es noch viel schlimmer."

Alle schauten Zoé entgeistert an.

Dann fuhr sie fort: „Ich kann nicht mehr schweigen. Ich werde euch jetzt eine Geschichte erzählen, die einiges, wenn auch nicht alles erklärt."

„Das darfst du nicht!", Arik fuhr Zoé über den Mund.

„Du hast mir nichts zu sagen!", entgegnete sie ihm schroff. „Es ist meine Entscheidung und ich alleine muss die Konsequenzen tragen. Es geht hier um Mina. Ich liebe sie und ich will sie heil zurückhaben."

Arik erwiderte: „Es wird nichts ändern, wenn du über dein Geheimnis sprichst. Du wirst Mina damit nicht retten können, aber dich selbst wirst du ins Unglück stürzen!"

„Sagt wer? Der Mann, der sich mit Glück und Unglück so gut auskennt. Du hast doch gar keine Gefühle. Du bist doch gar nicht echt!", warf Zoé ihm abschätzig an den Kopf.

„Ich bin genauso ein Mensch wie du, nur vielleicht noch nicht so lange", warf Arik leise ein.

„Über was quatscht ihr denn da?", Stefan war sichtlich genervt. „Entweder Zoé erzählt jetzt ihre Geschichte oder ich gehe."

Raúl war sichtlich in sich zusammengefallen. Es sah ganz so aus, als wäre er nicht darauf erpicht, Zoés Offenbarungen zu hören.

11.

Zoé begann zu erzählen und ich hatte kurz die Vorstellung, in eine Märchenstunde geraten zu sein. Sie sah uns allen ganz offen ins Gesicht, so als wäre sie glücklich darüber, endlich über ihr Geheimnis sprechen zu können: „Geht einfach kurz davon aus, dass es so etwas wie Engel tatsächlich gibt. Stellt euch das einfach mal für eine Stunde vor. Wenn die Stunde um ist, könnt ihr das Ganze wieder vergessen und euer Leben weiterleben, so als hättet ihr diese Geschichte nie gehört. Also, es gibt tatsächlich Engel und ich bin einer von ihnen. Wir nennen uns jedoch nicht Engel, sondern Lunimi. Wir sind unsterblich und bleiben es so lange, bis wir über unser Geheimnis mit einem Menschen sprechen."

Raúl sah Zoé entgeistert an, sagte aber kein Wort.

„Keine Angst, wir sterben nicht sofort, aber in dem Moment, in dem wir das Geheimnis verraten, verwandeln wir uns in ganz normale Menschen. So sagt es zumindest die Überlieferung. Ich kann mir darüber, was mit mir passieren wird, natürlich nicht sicher sein. Vielleicht löse ich mich auch gleich in Luft auf oder falle tot um. Lunimi sind oft uralt und schon seit einer Ewigkeit auf der Welt unterwegs. Sie altern nicht, weshalb sie normalerweise spätestens alle zehn Jahre umziehen müssen, damit die Menschen, die sie kennen, nicht bemerken, dass sie sich nicht verändern. Meistens wechseln sie beim Umziehen gleich den Kontinent, damit ist die Wahrscheinlichkeit gering, alten Gesichtern zu begegnen. Lunimi können sich nicht fortpflanzen. Sie werden als Menschen geboren, doch wenn sie sterben, wachen sie direkt wieder auf und sind fortan Lunimi. Ihre Bestimmung ist es, den Menschen zu helfen. Als Geschenk dafür bekommen sie das ewige Leben. Sie sind unverletzlich und werden nie krank. Es werden nur solche Menschen zu Engeln, die schon in ihrem menschlichen Leben, viel Gutes bewirkt haben. Die Lunimi erkennen sich untereinander an ihrem Geruch. Sie können viel besser riechen als die Menschen und sie riechen vor allem anders als diese …"

Raúl stand so abrupt auf, dass sein Stuhl nach hinten kippte. Er schrie Zoé an: „Was bist du nur für ein Monster. Engel, dass ich nicht lache. Du lügst mich seit zehn Jahren an und ich muss seit Jahren ertragen, dass du immer gleich schön und gleich jung aussiehst, während ich neben dir immer älter werde. Du hast mich verlassen wegen deinem Geheimnis. In der Zeit hatte ich eine Affäre mit einer Tänzerin und stell dir vor, ich war mit ihr richtig glücklich. Aber als du dich aus Liebeskummer angeblich in den Tod gestürzt hast, habe ich ihr den Laufpass gegeben wegen dir und deinem Selbstmord. Du hast mich so oft und so lange belogen, du kannst sicherlich kein Engel sein. Du bist krank, wenn du tatsächlich denkst, dass du gut bist, und ich habe mein Glück einem Monster geopfert."

Mit diesen Worten stürmte er aus dem Zimmer. Zoé war in sich zusammengesunken. Sie machte keine Anstalten, ihm hinterherzurennen, sondern murmelte nur leise: „Ich wusste, dass es so ausgeht. Wenn ich ihm die Wahrheit sage, verlässt er mich."

Arik setzte sich auf den frei gewordenen Stuhl neben Zoé, nahm ihre Hand in seine und sagte: „Du hättest das lassen sollen! Das hat dir nur Unglück gebracht."

„Nein", erwiderte Zoé leise, aber bestimmt und zog ihre Hand zurück, „Ich bin jetzt ein ganz normaler Mensch, verletzlich und sterblich. Ich werde altern, so wie alle anderen auch, und vielleicht kann ich sogar Kinder bekommen. Die Entscheidung war richtig."

„Also ich geh dann mal!", Stefan war ebenfalls aufgestanden. „Ich kann mit diesem ganzen esoterischen Kram leider nichts anfangen, Leute." Er fügte hinzu, direkt an Zoé gewandt: „Du hättest das mit dem Engelsein zuerst beweisen müssen, bevor du dich in eine Sterbliche verwandelst."

Plötzlich ging alles ganz schnell. Arik zog das große scharfe Fleischmesser aus dem Messerhalter und stieß es mit der Spitze voran einmal in seine Hand, genau zwischen Daumen und Zeigefinger. Er hatte seine eigene Hand auf den Küchentisch genagelt. Alle waren paralysiert, selbst Stefan sagte kein Wort mehr. Bevor wir reagieren konnten, hatte Arik das Messer schon wieder aus seiner Hand gezogen. Er hielt die Hand ganz ruhig über dem Tisch und wir sahen gebannt zu, wie ein Blutstropfen langsam auf dem Tisch landete.

Vor unseren Augen heilte die Wunde in Ariks Hand zu.

Nachdem ich mich von Ariks schockierender Vorführung erholt hatte, fragte ich ihn: „Bist du auch ein Lunimi?"

Arik zeigte keine Reaktion. Er blickte nur stumm auf den Riss in der Tischplatte, den er verbrochen hatte.

„Er ist keiner von uns, aber er ist auch kein Mensch", antwortete Zoé für ihn. „Er riecht nach gar nichts und ich bin noch niemandem wie ihm begegnet. Deshalb war ich auch so erschrocken, als ich ihn zum ersten Mal mit Mina gesehen habe."

„Und du hast nicht die leiseste Ahnung, um was es sich bei Arik handeln könnte?", fragte Stefan nach, der sich offensichtlich doch wieder für die Anwesenheit in unserer Runde interessierte.

Zoé antwortete nach kurzem Nachdenken: „Wie die Menschen haben auch wir unsere Mythen, von denen niemand mit Sicherheit weiß, ob sie stimmen. Diese Geschichten erzählen von einer übergeordneten Welt, so etwas wie bei euch der Himmel, in der alles kontrolliert wird, die Träume und auch das Leben nach dem Tod."

„Das gibt es also, das Leben nach dem Tod?", wollte Stefan wissen.

Zoé lachte kurz resigniert auf, bevor sie antwortete: „Da frägst du die Falsche. Ich bin noch nie wirklich gestorben."

12.

Ratloses Schweigen hatte sich ausgebreitet. Alle schienen mit der Müdigkeit zu kämpfen. Es war inzwischen halb zwei geworden. Schließlich unterbrach Arik das Schweigen: „Wir müssen Mina finden. Deshalb bin ich hierher zurückgekommen, auch auf die Gefahr hin, dass mich die Polizei erwischt. Mina ist krank und braucht unbedingt Hilfe."

„Sie ist krank?", fragte ich. Davon wusste ich gar nichts.

„Ja, sie hatte eine Blinddarmentzündung. Wenn sie jetzt unter ungünstigen Bedingungen gefangen gehalten wird, dann kann das ganz schnell lebensgefährlich werden."

Ich versuchte nochmal, Arik zum Reden zu bekommen: „Wer ist ihr Entführer und warum wurde sie entführt?"

Arik antwortete: „Du kennst ihn doch schon. Durch dich ist er erst auf sie aufmerksam geworden." Es war offensichtlich, dass Arik nicht bereit war, mehr zu verraten, denn er wandte seinen Blick schon wieder der Tischplatte zu.

Dafür antwortete mir Zoé: „Mina hat außergewöhnliche Fähigkeiten. Sie ist, zumindest für einen Menschen, ungewöhnlich intuitiv. Sie hat Antennen, mit denen sie Dinge spürt, von denen andere keine Ahnung haben."

Stefan sah plötzlich hellwach aus, nachdem er lange vor sich hingebrütet hatte.

„Leute, wir müssen auf die Umstände schauen und alles ausschließen, was nicht zutrifft. Dann kommen wir automatisch der Wahrheit näher. Also schaut: Es geht nicht um Lösegeld oder Erpressung, denn es sind nie irgendwelche Forderungen bei uns eingegangen. Es geht auch nicht um Macht, Perversion oder Folter, denn Nick wurde nicht gequält. Wenn wir also das Materielle, den Machthunger und das Perverse ausschließen können, dann geht es dem Entführer um die Untersuchung oder Beobachtung seiner Opfer. Er macht irgendeine Art von Experiment, fragt sich nur welches."

„Ich habe von Mina geträumt!", fiel mir plötzlich ein. „Sie war im Heizungskeller eines großen Gebäudes gefangen und sie hatte Stiche im Bauch." Ich verstand nicht, warum mir das erst jetzt einfiel. Ich hatte diesem Traum einfach keine Bedeutung geschenkt. Aber wenn Mina tatsächlich in meinem Kopf war, wenn sie mir Botschaften übermitteln konnte.

„Vielleicht kann ich Kontakt zu ihr aufnehmen?", wandte ich mich fragend an Zoé.

„Wenn du daran glaubst, solltest du dich schnell schlafen legen", meinte Stefan spöttisch.

Bevor ich Stefan so richtig in den Senkel stellen konnte, meldete sich knarzend und rauschend das Babyphone.

„Ich muss zu Pepe und leg mich dann auch gleich aufs Ohr. Falls euch noch was einfällt, weckt mich einfach wieder auf." Ich sah in lauter übernächtigte Gesichter, nur Elgan wirkte hellwach und ausgeruht, aber der war ja auch nicht wirklich von dieser Welt.

13.

Ich habe Fieber. Ich weiß nicht, wie hoch es ist, aber es ist sehr angenehm, da ich nichts mehr als wirklich wahrnehme. Den Schmerz natürlich, den spüre ich trotzdem. Ich kann nur noch auf der rechten Seite liegen, jede andere Position ist unerträglich. Gefroren habe ich zu Anfang, aber er hat mir eine Decke gebracht, nachdem ich ihn darum gebeten hatte. Leider war sie schnell komplett nassgeschwitzt und ich befürchte, dass ich mir noch eine Lungenentzündung einfange unter dem klammen schweren stinkenden Ding. Eigentlich stört mich der Gestank nicht mehr groß. Die Matratze stinkt, die Decke stinkt, ich stinke, aber das Fieber macht das alles erträglich. Ich bin nie ganz bei mir und falls ich doch mal einen hellen Moment habe, mache ich mir Sorgen, dass ich Pepe nicht widersehen könnte, bevor ich sterbe. Das ist das Schlimmste, nicht zu wissen, was mit Pepe ist.

Ein vehementes Läuten an der Haustür riss mich aus dem Schlaf. Beim Aufstehen versuchte ich mir die Einzelheiten des Traums zu vergegenwärtigen, um nichts Wichtiges zu vergessen.

Schlaftrunken öffnete ich im Pyjama die Tür. Draußen stand Frau Lamper mit drei Polizeibeamten in Zivil.

Sie brachte ihr Anliegen sofort auf den Punkt.

„Guten Morgen, Herr Kampfer. Ich habe hier einen Hausdurchsuchungsbefehl, da der dringende Verdacht besteht, dass sich ein zur Fahndung ausgeschriebener Tatverdächtiger in Ihrem Haus befindet."

Ich blieb ganz ruhig und versuchte erst einmal Zeit zu gewinnen.

„Entschuldigen Sie, aber den Durchsuchungsbefehl möchte ich gerne lesen, bevor ich das glauben kann."

Widerwillig überließ mir Frau Lamper das Dokument, mit dem sie mir vorher vor dem Gesicht herumgewedelt hatte. Man merkte förmlich, wie sie mit den Hufen scharrte, und ich hegte die irrsinnige Hoffnung, dass Arik sich durch die Hintertür aus dem Staub machen könnte.

Anscheinend konnte auch Frau Lamper meine Gedanken lesen, denn sie schob mich kurzerhand zur Seite und gab ihren Männern mit einem Wink den Befehl loszulegen.

„Zwei sichern die Vorder- und Hintertür und einer durchkämmt das Haus vom Dachboden bis ins Erdgeschoss. Ich nehme mir den Keller vor", gab sie ihre Anweisungen.

„Wie kommen Sie eigentlich darauf, dass Elgan sich hier versteckt hält?", fragte ich in einem letzten verzweifelten Versuch, sie aufzuhalten.

„Das Phantombild ist auf der Lokalseite der heutigen Tageszeitung und wir haben direkt ein paar Anrufe aus der Bevölkerung erhalten. Eine Zeugin, die nachts nicht schlafen konnte und ihren Hund ausgeführt hat, will ihn erkannt haben, gerade mal eine Querstraße von hier entfernt. Ich denke das reicht als Erklärung aus und jetzt lassen Sie mich bitte meine Arbeit tun."

Ich ging zurück in mein Schlafzimmer und setzte mich zu Pepe aufs Bett. Ich wollte auf jeden Fall bei ihm sein, wenn die

Polizeibeamten hier hereingestolpert kamen. Ich war verzweifelt. Sie würden Elgan finden und dann würde Frau Lamper es mir heimzahlen, dass ich sie hintergangen hatte. Sie wusste, dass ich ein Hacker war, aber bisher hatte sie dieses Wissen nur dazu benutzt, mich unter Druck zu setzen. Vermutlich hatten sie nur einen Anfangsverdacht und noch keine Beweise gegen mich in der Hand. Aber das war nur eine Frage der Ressourcenverteilung. Wer sollte sich um Pepe kümmern, wenn ich in den Knast wanderte? Eigentlich wäre jetzt die Zeit, sich an den Rechner zu setzen und Spuren zu verwischen, aber ich war wie gelähmt. Wenn ich dabei wäre, an meinem Rechner zu arbeiten, wenn die Beamten ins Zimmer kämen, würde ich sie mit der Nase darauf stoßen, dass es hier etwas zu holen gab. Also unternahm ich lieber nichts und versuchte mir vorzustellen, wo sie Elgan letztendlich finden würden. War er in Minas Zimmer oder hatte er sich tatsächlich im Keller versteckt? Egal, sie würden ihn so oder so aufspüren.

Die Tür ging auf und Zoé kam herein. Sie sah nicht perfekt aus wie sonst, sondern irgendwie verpennt und zerknittert.

„Zoé, du siehst ja aus wie ein richtiger Mensch", es sollte ein Scherz sein, aber ich wusste nicht, ob Zoé nach dem, was sie heute Nacht erlebt hatte, schon wieder nach Lachen zu Mute war.

Doch sie musste tatsächlich ein bisschen lächeln und sagte dann: „Ich habe schon prüfend in den Spiegel geguckt und finde es schön, ein bisschen verändert auszusehen. Du hast keine Ahnung, wie langweilig es ist, wenn du Jahrhunderte lang immer ins gleiche Gesicht blickst. Die Menschen haben solche Angst vorm Altern, aber wer sagt eigentlich, dass die Veränderung hässlich und immer nachteilig ist? Wer bestimmt darüber, dass Falten und graue Haare dich verunstalten?"

Zoé setzte sich zu mir aufs Bett und betrachtete den schlafenden Pepe. Sie legte selten ihre Gedanken offen. Die Menschlichkeit schien ihr gut zu tun.

„Ich habe übrigens auf dem Sofa in deinem Wohnzimmer geschlafen. Ich wollte auf keinen Fall rüber zu Raúl gehen. Komisch, irgendwie habe ich es schon lange gespürt, dass er mich nicht mehr liebt. Ich hoffe, dass ich als Mensch besser darüber hinwegkomme."

In diesem Moment öffnete der Polizist, der das Haus durchkämmt hatte, die Tür. Als er unterm Bett und im Schrank niemanden fand, sagte er: „Wir sind dann hier fertig. Frau Kommissarin Lamper lässt Ihnen ausrichten, dass wir ein Auge auf Sie haben, auch wenn wir jetzt nicht fündig wurden."

Ich sah Zoé mit großen Augen an: „Wo ist er?"

Zoé musste lachen. „Ich weiß, wo Raúl in der Garage den Ersatzschlüssel für den Jaguar versteckt hat. Arik hat es sich auf der Rückbank bequem gemacht. Er bleibt dort so lange, bis du ihn abholst."

Die Garage des Nachbarhauses war in diesem besonderen Fall ein großartiges Versteck, denn man konnte über den Garten ungesehen dorthin gelangen.

In diesem Moment wachte Pepe auf und ich war froh, dass er die ganze Aufregung einfach verschlafen hatte. Ich fuhr ihm durch die blonden Locken und er kuschelte sich an mich. Zoé betrachtete uns lächelnd, aber dann musste sie sich losreißen, um viel zu spät zur Arbeit aufzubrechen.

Seltsamerweise machte Zoé auf mich nicht den Eindruck einer gebrochenen Frau. Vielleicht hatte sie, als sie die Existenz als Lunimi aufgab, auch ihre Liebe zu Raúl hinter sich gelassen. Wobei ich Raúls Wut durchaus nachvollziehen konnte. Er musste ja in den letzten zehn Jahren gemerkt haben, dass irgendetwas mit Zoé nicht stimmte. Selbst mir war aufgefallen, dass sie immer gleich gut und gleich jung aussah und nie krank wurde. Es gab einfach keine Veränderungen an ihr. Sie war jeden Tag die gleiche Zoé wie am Vortag. Auch normale existenzielle Fragen, mit denen man sich Anfang zwanzig herumschlägt, schienen für sie nie von Belang. Sie hatte ihren Job als Erzieherin und äußerte nie den Wunsch, etwas anderes zu machen. Erst jetzt verstand ich den Grund. Sie fing sowieso alle zehn Jahre von vorne an. Ihr Leben war vorgezeichnet. Und doch war einmal etwas Unvorhergesehenes passiert – sie hatte sich in Raúl verliebt und dieser Liebe hatte sie sich ganz verschrieben – bis zur gestrigen Nacht.

Noch bevor ich mir endlich einen Kaffee und Pepe ein Müsli machen konnte, kam ein total verbiesterter Stefan in die Küche.

„So eine Scheiße, das ist mir noch nie passiert, dass ich von den Bullen aus dem Bett geschmissen werde", fluchte er lautstark.

„Ich hoffe nur, dass du ihnen keinen Tipp gegeben hast", sagte ich und beobachtete gespannt seine Reaktion auf meine Frage.

„Bist du wahnsinnig? Jetzt treffe ich einmal ein Wesen mit unglaublichen Selbstheilungskräften und du denkst, ich liefere es einfach einer feindlichen Macht aus. Elgan ist viel zu spannend, als dass ich ihn freiwillig hergeben würde."

Wenn man vom Teufel spricht, dachte ich mir, denn in diesem Moment betrat Arik durch den Hintereingang die Küche. Man sah es nur an den zerknitterten Kleidern, dass er auf der Rückbank eines Autos genächtigt hatte. Er selbst sah topfit aus.

„Raúl hat mich in seinem Wagen entdeckt und leider rausgeschmissen", sagte er entschuldigend.

„Kein Problem", entgegnete Stefan mit verschwörerischer Stimme, „die Hausdurchsuchung hat bereits stattgefunden. So schnell kommen die nicht wieder."

14.

„Ich habe heute Nacht von ihr geträumt." Aus Rücksicht auf Pepe wollte ich Minas Namen nicht aussprechen.

Stefan sah mich begriffsstutzig an, aber Elgan wusste sofort, wen ich meinte.

„Und", fragte er gespannt, „erzähl!"

„Es …", ich musste einmal tief Luft holen, bevor ich fortfahren konnte. Ich hatte keine Übung darin, über meine Träume zu sprechen. „Es geht ihr sehr schlecht. Sie hat Angst, dass sie den Kleinen nicht mehr wiedersieht. Sie hat Fieber und immer noch diese Schmerzen."

„Verdammt!", Ariks Augen hatten sich mit Tränen gefüllt.

Stefan versuchte ihn zu beruhigen: „Hey, Mann, das ist doch nur ein Traum!"

„Stefan", fuhr Arik ihn an, „lass es! Du hast keine Ahnung, wie wichtig Träume sind. Sie kann mit ihren Träumen viele Grenzen überwinden. Das macht sie so besonders und deshalb wurde sie entführt."

Arik schien das Sprechen schwer zu fallen. Er wurde aschfahl im Gesicht und sank auf einen Stuhl am Küchentisch.

Stefan sagte erschrocken: „Ich dachte, du darfst uns nichts sagen. Geht es dir deshalb so schlecht?"

„Ich …" Arik wollte antworten, aber dann verstummte er. Er griff sich an die Brust, so als hätte er Atemprobleme.

„Entschuldigt, aber ich muss mich hinlegen."

Stefan und ich sahen uns kurz an. Arik klang so, als hätte er gerade einen Herzinfarkt. Wir fassten ihn rechts und links unter der Schulter und bugsierten ihn die Treppe hoch in Minas Zimmer. Dort legten wir ihn auf ihr Bett. Er sah immer noch sehr blass aus unter seiner sonnengebräunten Haut, aber ich musste mich jetzt um Pepe kümmern, der zu weinen angefangen hatte.

Als wir wieder unten in der Küche waren, seufzte Stefan und sagte: „Es ist echt ein Drama, dass wir von ihm nichts erfahren werden. Er ist ungewöhnlich und besonders, aber so stark traumatisiert, dass er nichts von seinen Geheimnissen Preis geben kann. Wenn er es versucht, bringt es ihn schier um. Es ist jammerschade!"

Ich dachte bei mir, dass Stefan wirklich ein bisschen verrückt war. Mina lag im Sterben, Elgan konnte nicht sprechen und er machte sich Sorgen über sein Untersuchungsobjekt. Aber er glaubte ja auch nicht an die Macht der Träume und an die zwei Welten. Egal, welche Beweise man ihm unter die Nase halten würde, er würde immer nach einer rein rationalen Erklärung suchen. Etwas, das weiter reichte als sein empirisch belegtes Wissen, gab es für ihn nicht. Deshalb machte es keinen Sinn, ihm meine Meinung zu sagen. Er würde seine Einstellung nicht ändern.

„Ich muss jetzt leider los", sagte Stefan schließlich. Wahrscheinlich war er enttäuscht, dass ich keine Lust hatte, mich mit ihm zu streiten. „Ich gehe heute Abend direkt nach der Uni zu Laurena. Ich habe sie wohl in letzter Zeit ein bisschen vernachlässigt."

„Ja, mach das", ich war froh, dass er mich mit Pepe allein ließ. Ich war plötzlich so deprimiert, dass ich unbedingt Ruhe zum Nachdenken brauchte. Mein Traum bzw. Minas Traum machte mir zu schaffen. Ich hatte ein schlechtes Gewissen wegen der Wut, die ich auf sie gehabt hatte. Ich war davon ausgegangen, dass sie sich mit Arik amüsierte, und in Wirklichkeit lag sie in einem elenden Keller und es ging ihr genauso beschissen wie mir damals oder vermutlich noch schlimmer.

Die Vorstellung, dass Mina im Sterben lag, änderte alles. Wer sollte sich um Pepe kümmern, wenn sie tot war und ich im Knast saß, weil die Polizei dahinter kam, womit ich mein Geld verdiente? Noch wusste ich nicht, wie viel sie gegen mich in der Hand hatten, aber ich musste vom Schlimmsten ausgehen.

Meine einzige Hoffnung war Zoé. Vielleicht könnte Pepe bei ihr bleiben, wenn sie mich heiraten würde. Aber Zoés Lebenszeit war inzwischen genauso begrenzt und ich bezweifelte, dass sie sich auf solche Spielchen einlassen würde. Ein Haufen von diesen absurden Ideen geisterte mir im Kopf herum, bis mir schließlich klar wurde, dass ich einfach abwarten musste, wie sich die Dinge weiterentwickelten. Zu diesem Zeitpunkt hatte es weder Sinn, Mina gänzlich abzuschreiben noch Zoé einen Heiratsantrag zu machen.

Da mir nichts Besseres einfiel, um mich abzulenken, begann ich mit Pepe in seinem Zimmer die Holzeisenbahn aufzubauen. Wir waren so in unser Spiel vertieft, dass ich zusammenzuckte, als plötzlich Ariks Stimme in meinem Rücken erklang.

„Du musst mich nicht mehr lange verstecken", sagte er. „Sobald es dunkel ist, lasse ich euch allein."

„Arik krank?", fragte Pepe besorgt.

Ich drehte mich zu Arik um, dem ich den Rücken zuwandte, und musste feststellen, dass er immer noch sehr blass aussah.

„Du musst nicht da raus!", entgegnete ich ihm. „Bei der Polizei habe ich inzwischen verloren. Es ist egal, ob ich kooperiere oder nicht."

„Mach dir darum keine Sorgen!", entgegnete Arik. „Deine Akte ist gelöscht, sowohl die elektronische als auch die papierene. Sie haben nichts mehr gegen dich in der Hand. Aber sie werden dich ab sofort natürlich besonders im Auge behalten. Für die bist du jetzt der größte Hacker aller Zeiten, weil du es geschafft hast, sämtliches Material zu löschen, das sie über dich gesammelt haben. Du musst dir eine andere Arbeit suchen!"

Ich konnte es nicht glauben.

„Wie hast du das gemacht?", fragte ich fassungslos.

„Hier bin ich ein Einbrecherkönig und dort, wo ich herkomme, ein Spezialist für sehr große Netzwerke." Arik verzog schmerzhaft das Gesicht und fasste sich an die Brust. Anscheinend hatte er schon wieder zu viel preisgegeben.

Nachdem er wieder Luft bekam, fügte er hinzu: „Nochmals werde ich dir nicht helfen können. Das ist deine einzige Chance für einen Neustart."

15.

Es wunderte mich nicht wirklich, als Zoé am späten Nachmittag bei mir klingelte und um Asyl bat. Das Haus gehörte inzwischen Raúl alleine und sie musste sehen, wo sie blieb. Ich bot ihr Minas Zimmer an, weil ich davon ausging, dass Arik uns tatsächlich an diesem Abend verlassen würde. Wohl war mir bei dem Gedanken nicht, denn er sah alles andere als gesund aus. Das ewige Lächeln war aus seinem Gesicht verschwunden und alles an ihm war angespannt, so als ob er unter starken Schmerzen litt. Irgendwann raunte Zoé mir zu: „Er hätte nichts sagen dürfen. Das bringt ihn um. Seine Geheimnisse wiegen viel schwerer als meine."

Zoé verstummte kurz, bevor sie fortfuhr: „Ich weiß nur Dinge über die Lunimi, aber Arik kennt die Antworten auf die großen Fragen."

„Woher willst du das alles wissen und was sind die großen Fragen?"

„Na ja, ich schätze mal, dass er weiß, was nach dem Tod kommt, und das ist, denke ich, zumindest eine der großen Fragen."

„Ich war immer der Meinung, dass nach dem Tod nichts mehr kommt", wandte ich ein.

„Quatsch, das Leben ist viel komplexer, als die Menschen es sich träumen lassen. Die meisten von euch denken eindimensional. Geburt – Leben – Tod. Aber da gibt es noch so viel mehr, von dem ihr keine Ahnung habt und ich leider auch nicht."

„Aha", bemerkte ich kritisch, „das sind alles nur Vermutungen deinerseits. Seitdem du ein Mensch bist, hast du dich zu einer richtigen Quasselstrippe entwickelt, die einem mit ihren wirren Theorien den Geist vernebelt."

Zoé dachte kurz nach, dann erwiderte sie nur: „Warts ab!" und verließ das Haus, um in Raúls Abwesenheit ein Paar Kleider von sich einzupacken. Ich sah ihr nach und musste mir eingestehen, dass es noch eine ganze Weile dauern würde, bis ich mich an die neue Zoé gewöhnt hatte. Vorher war sie klug, zurückhaltend und hilfsbereit gewesen und jetzt war sie eine ganz normale Frau, die versuchte sich zu behaupten und durchzusetzen. Es würde auf jeden Fall nicht mehr so angenehm einfach und bequem mit ihr werden. Ich überlegte kurz, ob an Minas Vorwürfen, dass ich ein fauler und phlegmatischer Kerl sei, vielleicht etwas Wahres dran war und musste dann laut über mich selber lachen. Jetzt, wo Mina nicht mehr da war, war es natürlich einfacher, Fehler einzugestehen als vorher. Vielleicht musste ich tatsächlich an mir arbeiten, sonst würde Pepe womöglich auch so ein einzelgängerischer Eigenbrötler werden.

Dann schweiften meine Gedanken ab zu einem weiteren unangenehmen Thema – meiner beruflichen Zukunft. Ich konnte mir nicht vorstellen, wie es Arik gelungen sein sollte, alle Akten über mich zu vernichten. Das Einzige, was ich mir denken konnte, war, dass er meine Spuren im Netz noch sorgfältiger verwischt hatte, als ich dazu in der Lage war. Fakt war, dass ich meine bisherigen Auftraggeber fallen lassen musste. Keine krummen Dinger mehr, was natürlich zur Folge hatte, dass kein Geld mehr auf meine diversen Konten floss, aber das war ja nur vorübergehend. Arik hatte recht. Wenn ich mich ein bisschen bemühte, würde ich schnell legale Aufträge an Land ziehen können – die waren zwar nicht so extrem gut bezahlt, aber dafür lief ich mit ihnen auch nicht Gefahr, Pepe zu verlieren.

16.

Wir wollten bis neun Uhr warten, bis es wirklich stockfinster war und kaum noch Autos auf der Straße unterwegs waren. Pepe schlief schon glücklich – wir hatten ihm nichts von Ariks Aufbruch erzählt. Irgendwie hatte es keiner übers Herz gebracht, ihm zu erklären, dass schon wieder jemand, an dem er hing, uns verließ.

Morgen würde ich ihm sagen, dass Arik bald wiederkommen würde, und vielleicht war das ja auch nicht gelogen. Arik sprach nicht darüber, wo er sich in Zukunft versteckt halten würde. Ich wollte ihm zumindest eine Tasche mit Kleidern und Lebensmitteln mitgeben, aber selbst das lehnte er ab. Ich befürchtete, dass er vorhatte, sich vor den nächsten Zug zu werfen. Seine Hoffnung, bei mir eine Spur zu Minas Aufenthaltsort zu finden, war auf jeden Fall ins Leere gelaufen.

Zoé, Arik und ich saßen schweigend um den Küchentisch und warteten darauf, dass die Zeit verging. Keiner wusste, was er in der ausweglosen Situation sagen sollte.

Um fünf vor neun klingelte es an der Tür. Sekunden später, noch bevor sich einer von uns gerührt hatte, hörten wir einen Motor laut aufheulen. Dann ging alles ganz schnell. Arik sprang auf und rannte aus der Küche. Zoé folgte ihm und rief ihm zu: „Versteck dich besser!"

Dann hörte ich von meinem Platz in der Küche, den ich nicht verlassen hatte, dass die Haustür geöffnet wurde. Was danach kam, war eine Abfolge von Ereignissen, die mir sowohl rückblickend als auch in dem Moment alles andere als real erschienen. Arik kam mit etwas in den Armen zurück. Zoé lief hinter ihm und wiederholte immer die gleichen Worte wie ein Mantra: „Oh, wie schrecklich! Oh, wie schrecklich!"

Arik legte das Bündel, das er in den Armen hielt auf dem Küchentisch ab und fegte dabei alles, was auf dem Tisch stand zu Boden. Dann wandte er sich an mich: „Schließ die Haustür, zieh die Vorhänge zu und mach vor allem mehr Licht. Ich brauche mehr Licht!"

Ich sah nicht auf das, was auf dem Tisch lag, sondern befolgte wie ferngesteuert Ariks Befehle. Nachdem ich die Haustür geschlossen und alle Vorhänge zugezogen hatte, machte ich sämtliche Lampen in der Küche an. Ich trat dabei immer wieder auf die Splitter der Teller und Tassen, die auf dem Boden zerschellt waren. Zoé hörte nicht auf mit ihrer Litanei „Oh wie schrecklich" und ich zog es kurz in Erwägung, sie deswegen anzuschreien, aber dann wurde mir klar, dass ich genauso hysterisch agierte und zwang mich dazu, wieder normal zu atmen und ein bisschen ruhiger zu werden. Arik hantierte am Tisch und ich konnte nicht länger umhin nachzuschauen, was auf unserem Küchentisch lag.

Es waren Reste von Mina. Nicht die Mina, die ich in Erinnerung hatte, sondern ein sehr dreckiger, sehr dürrer Mensch, der ganz entfernt Mina ähnlich sah. Sie war in eine stinkende Decke gewickelt. Ich konnte nicht erkennen, ob sie lebte oder tot war, aber der Gestank nach Krankheit und Dreck drehte mir den Magen um. Ich schaffte es nicht bis zum Klo, sondern übergab mich ins Spülbecken. Hinter mir rief Zoé jetzt hysterisch: „Einen Krankenwagen! Wir brauchen einen Krankenwagen!"

Arik rief laut und bestimmt: „Nein! Sie wird sehr bald sterben. Sie hat eine Blutvergiftung. Es bleibt ihr höchstens noch diese Nacht. Sie will Pepe sehen und das wird sie auch."

Bei seinen Worten wurde es mir noch schlechter. Mit Mühe brachte ich hervor: „Pepe darf sie so auf keinen Fall sehen. Das wäre der Horror für ihn!"

Arik ignorierte mich und sagte: „Sie muss in die Badewanne. Wir müssen sie herrichten für Pepe. Nick, du lässt das Badewasser ein. Zoé, du suchst etwas Schönes für sie zum Anziehen aus ihrem Schrank."

Wir befolgten Ariks Anweisungen wie ferngesteuerte Roboter – so als hätten wir in unseren Leben nie etwas anderes getan. Im Nachhinein denke ich nicht, dass er unseren Willen irgendwie manipulierte, sondern es lag daran, dass Mina so leblos und kaputt aussah, dass wir ihm einfach glaubten, dass sie sowieso keine Chance mehr hatte. Aus meinen Träumen wusste ich, dass sich Mina mehr als alles andere danach sehnte, Pepe wiederzusehen. Und in dem Punkt gab ich Arik recht, käme der Krankenwagen, würde sie in diesem sterben oder in der Notaufnahme.

Als wir Mina mit einer Schere aus ihren Lumpen schnitten und in das warme Wasser der Badewanne hoben, entfuhr ihr ein Stöhnen und ihre Augenlider flatterten kurz. Mir liefen Tränen über die Wangen, als ich ihren abgemagerten Körper und ihre entzündete Haut sah. Ich hatte einen kurzen Flashback und sah wieder die gesunde Mina nackt in der Badewanne liegen, mit ihrem runden vollen Körper und den langen dunklen Haaren. Nun war sie total entstellt. Die Haut hing ihr an den Knochen, weil sie so schnell abgenommen hatte, das Gesicht war hager und eingefallen und die Haare strohig und stumpf.

„Gib mir das Shampoo!", riss Arik mich aus meiner Schockstarre. „Du musst sie festhalten, während ich ihr die Haare wasche. Halt sie unter den Achseln und lass sie vorsichtig ganz ins Wasser gleiten, damit die Haare nass werden."

Ich tat alles, was er von mir forderte, aber als Mina leise aufstöhnte, als ich sie ganz ins Wasser ließ, war es, als ob ein

Bohrer einmal in meinem Herz gedreht würde. Ich konnte mich nicht entsinnen, jemals solches Mitleid mit einem anderen Menschen gefühlt zu haben.

Arik musste drei Mal das Wasser ablassen und neu einlassen, bis Mina nicht mehr verdreckt war. Ihre Haare bekamen wir natürlich nicht richtig hin. Sie waren so verfilzt und verknotet, dass wir sie hätten abschneiden müssen. Ich spürte, dass die langwierige Prozedur in der Badewanne für Mina eine Quälerei war. Arik fasste sie zwar mit einer ungeheuren Zärtlichkeit an, aber was Mina eigentlich brauchte war Ruhe. Ich sah es in ihren Zügen, dass sie litt, und als Arik zum dritten Mal eine Spülung in ihre Haare einmassierte, fragte ich ihn: „Siehst du nicht, wie schlecht es ihr geht? Bitte lass es jetzt endlich gut sein."

Arik blickte auf und sah mir direkt in die Augen. In ihnen stand pure Verzweiflung und ich begriff endlich, was wie hier veranstalteten. Arik versuchte, sie wieder ganz zu machen. Er versuchte, sie zu heilen, indem er Schicht für Schicht den Dreck von ihrem Körper wusch. Er hegte die irrsinnige Hoffnung, dass sie am Ende die Augen aufschlug und ihn anlächelte.

17.

„Du hast recht", antwortete er mir endlich. „Wir sind hier fertig. Wir müssen sie jetzt vorsichtig abtrocknen und dann in ihr Bett tragen."

„Und was dann? Sie stirbt uns jede Minute unter den Händen weg. Was willst du mit ihr machen?"

„Ihr einziger Wunsch ist es, Pepe nochmals zu sehen. Und diesen Wunsch werde ich ihr erfüllen."

Ich spürte, wie sich in meinem Inneren alles verkrampfte. Das konnte einfach nicht sein Ernst sein. Er wollte Pepe diese sterbende Mina zumuten, die fast keine Ähnlichkeit mehr mit seiner Mutter aufwies. Der eigenen Mutter beim Sterben zuschauen, war sicherlich nicht das Richtige für einen Zweijährigen. Pepe wäre für sein ganzes Leben traumatisiert.

Arik schien meine Gedanken lesen zu können, denn er erlöste mich schließlich von meinem inneren Konflikt.

„Wir wecken ihn nicht auf. Du legst ihn schlafend neben Mina und wenn sie gestorben ist, trägst du ihn wieder zurück in sein Bett."

Ich nickte nur. Es war verrückt, aber der Irrsinn war in dieser Nacht zur Richtschnur geworden.

Arik ließ das Wasser ab, das jetzt eine gräuliche Farbe hatte. Auf dem Boden hatte ich ein großes weißes Handtuch ausgebreitet, auf das wir sie vorsichtig legten. Wieder entwich ihr beim Herablassen ein leichtes Stöhnen. Dieses Mal war ich fast erleichtert darüber, denn ihr Atem war inzwischen so flach, dass ich Angst hatte, sie wäre schon in der Badewanne gestorben. Wir falteten das Handtuch um ihren kleinen Körper, was mich daran erinnerte, wie wir am Anfang Pepe als Baby in Tücher eingeschlagen hatten.

Zoé erwartete uns vor der Badezimmertür. Sie hatte unsere Unterhaltung wohl mitangehört, hatte sich aber scheinbar nicht getraut hereinzukommen. Sie blickte auf das weiße Bündel in Arik Armen und auf das Gesicht, das herauslugte und die gleiche Farbe wie das Handtuch hatte. Zoé weinte lautlos.

Arik sagte zu ihr: „Du würdest mir sehr helfen, wenn du alle Spuren von mir und Mina beseitigen könntest. Jeder Stuhl, auf dem ich saß, der Tisch, vor allem das Bad mit der Badewanne und selbst der Boden müssen geputzt werden. Die Polizei wird später kommen und dann müsst ihr alles so erklären können, dass euch nichts geschieht. Und sie dürfen nichts finden, was sie an eurer Geschichte zweifeln lassen könnte."

Zoé nickte stumm. Sie stand offensichtlich unter Schock und war dankbar, eine Aufgabe übertragen zu bekommen, bei der sie möglichst wenig denken musste.

Ich folgte Arik und hielt ihm die Tür zu Minas Zimmer auf. Dann schlug ich die Bettdecke zurück, damit er Mina ins Bett legen konnte. Wir entfernten das feuchte Handtuch, in das sie gewickelt war und ich holte die Kleider, die Zoé für sie herausgesucht hatte. Das Anziehen übernahm Arik alleine. Er meinte, es sei besser, wenn die Polizei vor allem seine Fingerabdrücke sicherstellte. Zoé hatte für Mina neben der Unterwäsche eine türkisfarbene Jogginghose und eine lila Tunika ausgewählt, aber auch diese Farben ließen sie nicht weniger krank aussehen. Die ganze Prozedur dauerte eine halbe Ewigkeit und ich dachte mir mehr als einmal, dass wir hier Zoés Hilfe gut gebrauchen hätten können.

Schließlich war Elgan fertig und deckte Mina sanft zu. „Lass uns kurz runter gehen", sagte er, „und uns mit Zoé besprechen."

Als wir in der Küche waren, suchte er sich aus dem Messerblock das schärfste Messer aus. Mit dem Rücken zu uns und langsam und mit Bedacht die Messer einzeln prüfend, fragte er Zoé, wo sie schon überall geputzt hatte. Während Zoé noch am Aufzählen war, sprang Elgan mit drei großen Schritten auf uns zu und versetzte uns beiden abwechselnd mit dem Gemüsemesser Schnitte in die Arme. Ich bekam zwei ab und Zoé einen. Bis ich reagieren konnte, war der Spuk schon wieder vorbei. Ich wollte mich auf ihn stürzen, aber das Messer in Ariks Hand hielt mich davon ab.

Zoé schluchzte auf. Der Schnitt an ihrem Arm sah richtig tief aus. „Scheißkerl", war das Einzige, was sie unter Stöhnen herausbrachte.

„Nick, hol schnell den Verbandskasten", wies Arik mich an. Inzwischen hatte ich kapiert, was die Show bedeuten sollte, und machte mich auf die Suche nach Verbänden und Desinfektionsspray. Dabei hinterließ ich eine saubere Blutspur auf Zoés frisch geputztem Boden, was bestimmt auch mit zum Plan gehörte.

„Am besten verbindest du die Wunden so, dass das Blut noch durchsickert", meinte Elgan, als ich zurückkam. „Dann seht ihr so schlimm verletzt aus, dass sie euch alles glauben werden."

Nachdem ich Zoé und mich selbst etwas nachlässig versorgt hatte, sodass das Blut tatsächlich noch die Verbände rot färbte, fuhr Arik fort.

„Ihr zwei habt hinten im Garten gesessen und euch unterhalten. Um zwölf Uhr kamt ihr rein, weil es zu kalt wurde und weil ihr müde wart."

Ich schaute schnell auf die Küchenuhr. Es war tatsächlich erst zwölf.

„Hier in der Küche habe ich euch erwartet. Ihr wolltet die Polizei rufen, da griff ich euch mit dem Messer an und verletzte euch schwer. Ihr durftet euch verbinden und danach zwang ich euch mit vorgehaltenem Messer dazu, diese Gläser hier auszutrinken. Danach seid ihr sofort eingeschlafen und erst am nächsten Morgen von Pepe wieder geweckt worden. Dass Mina auch im Haus ist, davon habt ihr gar nichts mitbekommen.

„Was ist in den Gläsern?", wollte Zoé misstrauisch wissen. Der Schmerz trieb ihr Tränen in die Augen. Die Sache mit dem Schnitt in ihren Arm, hatte sie Arik gegenüber nicht gerade wohlwollender gemacht.

„Jeweils zwei aufgelöste Tabletten von Nicks Schlafmittel."

„Du nimmst Schlaftabletten?", Zoé sah mich überrascht an.

„Ja", gab ich zu. „Seit der Entführung kann ich nicht mehr normal schlafen und ab und zu nehme ich eine", versuchte ich sie zu beschwichtigen.

„Er hat dich von dem Zeug abhängig gemacht und du musst in Zukunft unbedingt die Finger davon lassen", warf Elgan ein. „Aber jetzt weiter im Plan. Zoé, du trinkst das jetzt und legst dich dann aufs Sofa zum Schlafen. Du musst morgen unbedingt aufwachen, wenn Pepe um sechs aufsteht. Das wird schwer genug!"

„Ich möchte mich noch von Mina verabschieden", sagte Zoé mit leiser, aber fester Stimme.

„Dann mach das jetzt gleich, aber pass auf, dass du nicht in Nicks Blutspur trittst. Ein einziger Blutstropfen oben im Teppich und euer Alibi ist hinfällig."

„Wozu brauchen wir überhaupt ein Alibi?", fragte Zoé.

„Damit sie euch nicht wegen unterlassener Hilfeleistung ins Gefängnis stecken und damit Pepe seinen Vater behält", gab Arik zu Antwort.

„Und was erwartet mich morgen früh um sechs? Seid ihr dann noch da oder verschwindest du mit Mina heute Nacht?", hakte Zoé weiter nach.

„Wir sind dann oben im Schlafzimmer, aber die Tür wird abgeschlossen sein und der Schlüssel von Innen stecken. Die Polizei wird sie aufbrechen müssen. Dadurch verhindern wir, dass Pepe aus Versehen seine tote Mutter findet."

18.

Zoé war ganz und gar nicht begeistert von Ariks Plan. Das sah man ihr deutlich an. Ihre Abneigung gegen ihn, von dem Punkt an, an dem er in ihr Leben getreten war, hatte sie nie abgelegt. Für Zoé war Arik nicht der Retter, sondern derjenige, der uns alle ins Verderben gestürzt hatte. Aber ich wusste auch, dass sie sich fügen würde. Wir hatten alle drei den Punkt überschritten, ab dem es ein Zurück gab.

Nach einer Viertelstunde kam Zoé wieder runter. Ihr Gesicht war verheult und sie sah nicht gut aus. Das war das erste Mal, dass ich mit Zoé schlechtes Aussehen verband. Ich wollte sie in den Arm nehmen, aber sie schob mich von sich weg.

„Ich glaube, sie stirbt jeden Moment. Ihr habt nicht mehr viel Zeit, wenn Pepe nochmal bei ihr sein soll. Aber weckt ihn auf keinen Fall auf! Dass würde er nicht verkraften!"

Zoé schluchzte auf und nahm im selben Moment entschlossen ihr Glas, um das Schlafmittel hinunterzuspülen. Dann legte sie sich aufs Sofa und zog sich eine Decke über den Kopf.

Jetzt sind nur noch wir zwei übrig, dachte ich, und schmerzlich fiel mir auf, dass ich Mina schon nicht mehr mitzählte.

Arik unterbrach meine Gedanken. „Wir gehen jetzt nach oben. Ich möchte, dass du Pepe aus dem Bett holst und neben Mina legst. Ich werde den beiden eine Geschichte erzählen. Du kannst gerne dabeibleiben, weil es wahrscheinlich auch für dich interessant sein dürfte. Danach bringst du Pepe wieder zurück in sein Bett und ich schließe die Tür von Innen ab, damit Pepe morgen früh nicht hereinkommen kann. Du musst dann runtergehen und deinen Schlaftrunk zu dir nehmen."

„Woher weiß ich, dass du uns nicht vergiftest und dann mit Mina und Pepe abhaust?", wandte ich ein.

Arik war offensichtlich ungeduldig, denn er antwortete: „Dann trink das Glas nicht aus und überleg dir eine gute Geschichte, die du morgen der Polizei erzählen kannst."

Die schwierigste Übung war es, Pepe, ohne ihn zu wecken, in Minas Bett zu verfrachten. Wir hatten in Minas Schlafzimmer nur ein kleines Nachtlicht eingesteckt, sodass es fast dunkel war und man nur Umrisse erkennen konnte. Elgan legte Pepe sanft neben seiner Mutter ins Bett, sodass sich die beiden leicht berührten. Dann legte er sich neben den schlafenden Pepe und begann leise auf Mina einzureden.

Ich fragte mich, ob Mina irgendetwas von dem, was um sie herum geschah, mitbekam. Sie war ganz sicher nicht bei Bewusstsein und das Einzige, was man noch von ihr vernahm, war ab und zu ein leichtes Stöhnen. Wenn sie bei Bewusstsein wäre, würde sie bestimmt Schmerzmittel brauchen und dann wäre die ganze Situation hier unhaltbar gewesen.

Ich setzte mich neben das Kopfteil des Bettes auf den Boden, um nichts von Ariks Geschichte zu verpassen, und lehnte den Rücken an die Wand.

Von den dreien im Bett sah ich nichts und so schloss ich die Augen und konzentrierte mich ganz auf Ariks leise Worte.

„Es begann alles damit, dass du geträumt hast. Du träumtest von einem Bahnhof, von dem die Züge abfahren zu den nichtgelebten Träumen der Menschen. Du warst tot in deinem Traum und bist in einen Zug eingestiegen, der nach Südamerika fuhr. Du warst alleine, aber das hat dir nichts ausgemacht.

So einen Traum zu träumen ist nicht verboten, aber es ist sehr gefährlich, weil er der Wirklichkeit erschreckend nahe kommt. Mina, stell dir kurz vor, dass das Leben nach dem Tod vielleicht besser sein könnte als das Leben auf der Erde. Dass in dem Leben nach dem Tod deine Wünsche in Erfüllung gehen könnten, ohne dass du dich dafür abrackern müsstest. Dass es nach dem Tod ein Leben ohne Qualen und Schmerzen gibt. Dass du nach dem Tod zufriedener sein könntest, als du es im Leben ja warst.

Nach dem Tod kommt die Traumwelt. Die Träume der Menschen sind genauso wichtig und real, wie ihr Leben im Wachzustand. Leider wissen das nur sehr wenige. Soweit wir wissen gibt es nur ein einziges Volk auf der Erde, das die Träume für realer hält als den Wachzustand.

Nach dem Tod lebst du in den Träumen der Menschen weiter. Vielleicht erinnerst du dich nicht daran, aber wir sind selten alleine in unseren Träumen. Meistens sind da noch andere Menschen, Statisten oder Hauptdarsteller. Wenn du dein

Leben lang davon geträumt hast reich und erfolgreich zu sein, dann wirst du nach deinem Tod die Möglichkeit haben reich und erfolgreich zu werden, und zwar in den Träumen der Reichen und Erfolgreichen. Du wirst erleben, wie es sich anfühlt reich und berühmt zu sein, aber du wirst auch erfahren, was diese Menschen für Ängste haben und wovor sie sich am meisten fürchten.

Du wirst dich so lange in dieser Traumwelt bewegen, bis du genug davon hast.

Die Zeit, die du in der Traumwelt verbringst, ist nicht vergleichbar mit deiner Lebenszeit. Es gibt Menschen, die sterben wunschlos und glücklich. Entweder waren sie sehr bescheiden oder sie konnten ihre Wünsche im Laufe des Lebens verwirklichen. Diese verbringen nur kurze oder gar keine Zeit in der Traumwelt. Andere halten sich dort endlos lange auf. Jeder kann so lange bleiben, wie er braucht, um seine Bedürfnisse zu stillen und zufrieden zu werden. Danach gehen die Menschen weiter in eine andere Welt, von der ich selber nichts weiß.

Das Problem mit deinem Traum ist, dass niemand ihn träumen darf, weil er die Welten verbindet. Kein lebender Mensch darf in die Traumwelt der Toten eindringen. Zum einen, weil die Lebenden nicht wissen dürfen, dass nach dem Tod etwas Gutes für sie kommt. Wenn sie es wüssten, würde kaum einer das Leben durchstehen. Alle würden Selbstmord begehen, wodurch auch die Traumwelt verloren gehen würde. Die Menschen müssen ihre Angst vor dem Tod behalten, wenn beide Welten weiterhin nebeneinander existieren sollen.

Der andere Grund, warum dein Traum verboten war, ist komplizierter. Vor sechshundert Jahren haben wir einen unserer Wächter auf die Erde verstoßen. Er meinte, dass man die Menschen für schlechtes Handeln mit Albträumen bestrafen müsste. Wir Wächter sehen uns lediglich als Systemadministratoren, aber er hatte plötzlich einen höheren Anspruch an seine Arbeit. Er wollte die Menschen zum Besseren erziehen, und zwar mit Angst. Hierfür schuf er schreckliche Alpträume und quälte die Menschen damit. Das war eine dunkle, eine von Aberglauben und Angst gezeichnete Epoche für die Menschen.

Schließlich haben wir uns gegen ihn verbündet. Weil wir alle zusammenstanden, konnten wir ihn in diese Welt, das heißt zu den Menschen, verbannen. Seitdem sucht er den Weg zurück. Er weiß, dass der Weg nur über die Träume der Menschen führen kann. Deshalb entführt er sie und zeichnet ihre Träume auf. Es ist ein ausgloses Unterfangen, so wie eine Nadel im Heuhaufen zu suchen, aber er hat sehr viel Zeit und sonst nichts zu tun. Wir wissen nicht genau, was er vorhat, falls es ihm gelingt zurückzukommen. Aber wir gehen davon aus, dass er unser System aus Rache zerstören wird.

Er hat dich vier Wochen lang in seiner Gewalt gehabt, aber offensichtlich hast du deinen Traum in dieser Zeit nicht nochmals geträumt. Ich schätze, er hat dich heute Nacht zurückgebracht, damit wir dich wieder „reparieren" und er dich danach erneut für seine Zwecke missbrauchen kann. Anscheinend hat er nicht gespürt, wie nahe du dem Tod bist.

Dein Traum, Mina, hat eine Verbindung geschaffen, über die er in die Traumwelt und weiter zu uns gelangen könnte. Deshalb musste ich meine Welt verlassen und hierher kommen, nicht nur wegen deines Traumes, sondern auch weil Nick von ihm entführt worden war. Das war ein gefährlicher Zufall, den wir nicht auf sich beruhen lassen konnten. Ein Traum, der so noch nie geträumt worden war, und ein Mann, in dessen Kopf er sich bewegte. Das war, rein statistisch gesehen, unmöglich und ein Einschreiten unsererseits schien zwingend notwendig.

Allerdings ist es gar nicht so einfach ein Mensch zu werden. Bedürfnisse wie Hunger und Schlaf kennen wir nicht und

Gefühle wie Liebe auch nicht. Aber je länger ich hier bin, umso menschlicher werde ich und umso geringer werden meine besonderen Fähigkeiten. Deshalb ist es mir misslungen dich zu beschützen.

Wir Wächter bewegen uns außerhalb von menschlichen Moralvorstellungen. Wir sind weder gut noch böse, weshalb Zoé mich auch nicht riechen konnte, auch nicht im übertragenen Sinne. Wir haben keine Gefühle, aber das Verschmelzen mit einem menschlichen Körper hat mich so verändert, dass ich mich in dich verliebt habe. Vom ersten Augenblick an und ich werde alles versuchen, um mit dir zusammenzubleiben.

Es gibt da eine Möglichkeit und ich hoffe, dass mein Plan funktionieren wird. Wenn zwei Menschen, die sich lieben, gleichzeitig sterben, werden sie nicht getrennt, sondern können zusammen in den Zug steigen."

Arik brach seine Erzählung ab. Seine Stimme war immer leiser geworden und ich hatte Schwierigkeiten, ihn zu verstehen. Ich stand auf und beugte mich über das Bett. Ich konnte erkennen, dass Arik sich an den Hals fasste. Er schien keine Luft mehr zu kriegen. Seine Augen waren weit aufgerissen und ich sah zum ersten Mal Angst in ihnen. Endlich nahm er die Hand vom Hals und fuhr fort zu sprechen.

„Ich weiß nicht, was mit mir passiert, wenn ich sterbe. Ich hoffe, dass ich soweit Mensch geworden bin, dass ich nach meinem letzten Atemzug direkt mit dir vor unserem Zug stehe. Aber ich bin mir nicht sicher und deshalb habe ich Angst. Im Moment habe ich so viel Angst vor dem Sterben wie jeder andere Mensch auch. Es ist ein schreckliches Gefühl, wenn man nicht weiß, was kommt. Ich habe keine Schmerzen, aber ich spüre, dass mit jedem Wort, das ich über unsere Welt verliere, Energie aus mir gezogen wird.

Mina, ich weiß nicht, ob du mich irgendwo tief in dir drin hören kannst oder ob du spürst, dass Pepe neben dir liegt und schläft. Es tut mir so leid, dass ich dich alleine gelassen habe. Ich hätte die ganze Zeit bei dir bleiben sollen. Dann hätte er sich nie getraut, dir etwas anzutun. Ich dachte, ich könnte dich auch aus der Ferne beschützen, aber ich habe versagt."

19.

Es wurde still im Zimmer und ich hörte außer Pepes regelmäßigen Atemzügen nicht das geringste Geräusch. Die Vorstellung, dass Pepe zwischen zwei Toten lag und jederzeit aufwachen konnte, jagte mir einen Schrecken ein. Ich beschloss, bei Mina und Arik den Puls zu fühlen, um mich zu vergewissern, dass sie noch lebten. Als ich mich über Mina beugte, sah ich, dass ihre Augen offen waren. Vermutlich war sie gerade aufgewacht und wusste überhaupt nicht, wo sie war.

„Mina", flüsterte ich ihr zu und ergriff ihre Hand. „Ich bin es Nick. Erkennst du mich? Du bist zu Hause und in Sicherheit. Pepe liegt neben dir und schläft. Wir dürfen ihn nicht aufwecken, aber ich werde deine Hand jetzt vorsichtig auf seinen Kopf legen, dann kannst du ihn spüren."

Ich war in diesem Moment so glücklich, dass Mina bei Bewusstsein war. Plötzlich war ich mir sicher, dass Arik das Richtige getan hatte. Im Krankenhaus wäre sie alleine auf der Intensivstation gestorben. Sie hätte Pepe nicht nochmals gespürt und ich hätte keine Möglichkeit gehabt, mich von ihr zu verabschieden.

Mina sah mich immer noch angsterfüllt an, aber sie schien mich verstanden zu haben, denn sie blieb ganz still liegen.

„Du brauchst keine Angst zu haben", versuchte ich sie zu beruhigen. „Pepe geht es gut, obwohl er dich schrecklich vermisst. Zoé und ich kümmern uns um ihn und Stefan ist auch da. Natürlich können wir dich nicht ersetzen, aber ich bemühe mich ihm alles zu geben. Vertrau mir, bitte!"

Mina war nicht im Stande zu reden, aber ich konnte im Halbdunkel erkennen, wie ihre Finger sachte über Pepes Haare strichen.

Ihr Gesicht verkrampfte sich und ich dachte im ersten Moment, sie hätte starke Schmerzen. Ich strich ihr über die Wange und spürte die Feuchtigkeit von Tränen. Mina weinte. Dann fielen ihr die Augen zu und ich hörte mich selbst Worte flüstern, die eigentlich niemals über meine Lippen kommen sollten.

„Es tut mir so leid, dass ich so stur war und nicht mit dir geredet habe. Das war so dumm und egoistisch von mir. Ich konnte es nicht fassen, dass du mich nicht mehr liebst. Ich wollte dich bestrafen, aber das war schrecklich kindisch von mir und hat uns alle unglücklich gemacht. Ich möchte so gerne alles ungeschehen machen."

Ich weiß nicht, ob sie mich noch gehört hat. Es sah so aus, als wäre sie wieder in die Bewusstlosigkeit hinübergeglitten.

Trotzdem fuhr ich fort leise auf sie einzureden: „Es ist tatsächlich alles meine Schuld. Ich habe damals auf dem Rastplatz angehalten, um dich anzurufen und um dir zu sagen, dass ich eine Auszeit bräuchte. Ich hatte einen Fehler bei meiner Arbeit gemacht und musste eine Weile abtauchen. Aber das wollte ich dir am Telefon gar nicht verraten. Ich wollte dir alleine die Schuld in die Schuhe schieben. Ich hätte dir am Telefon gesagt, Mina ich halte das nicht mehr aus mit dir. Du bist so verändert, ich kenne dich nicht wieder. Ich brauche eine Pause. Ich hätte mich als Opfer dargestellt. Ich war so feige. Ich hatte Angst, dass du mich verlässt, wenn ich dir die Wahrheit sage. Wenn du gewusst hättest, dass ich mit etwas Illegalem mein Geld verdiene. Das hättest du doch nicht akzeptiert, oder? Jetzt wo wir Verantwortung für ein Kind hatten.

Aber es kam nicht zu dem Telefonat und zu den Lügen. Auf dem Rastplatz sah ich die Kapelle und da ich wahnsinnig nervös war, dachte ich mir, ich gehe da jetzt rein und sammle mich ein bisschen, bevor ich dich anrufe. Aber dann kam er dazwischen und ich musste für meine Feigheit ein Jahr lang büßen."

Ich strich ihr leicht über die Wange. Sie reagierte nicht. Ihre Augen blieben geschlossen.

Ich ging auf die andere Bettseite und schüttelte Arik, der genauso leblos war. Nach einer gefühlten Ewigkeit wachte er endlich auf.

„Du musst die Tür hinter mir abschließen. Das war doch dein Plan, oder?"

Arik fiel es offensichtlich schwer zu sprechen. Er räusperte sich und versuchte mehrfach Worte aus seiner Kehle herauszupressen, bis es ihm schließlich gelang.

„Nimm Pepe mit und geh. Pass immer gut auf ihn auf!"

Aus einem Impuls heraus nahm ich seine Hand. Sie war eiskalt. Plötzlich war ich mir sicher, dass die beiden morgen früh tot sein würden. Ich hatte noch so viele Fragen, vor allem zu demjenigen, der uns entführt hatte, aber ich sah ein, dass in diesem Raum niemand war, der mir antworten würde.

Behutsam nahm ich Pepe auf den Arm und warf noch einen Blick zurück. Arik war näher zu Mina gerückt und hatte die Arme um sie geschlungen.

Das letzte Bild war ein friedliches Bild.

Die Wächter

Vor einer riesigen Schaltzentrale stand ein alter Mann. Er ließ seinen Blick keine Sekunde lang von den blinkenden Lämpchen und Monitoren. Ein jüngerer Mann trat neben ihn und zusammen beobachteten sie die Zentrale.

„Ich hätte nie gedacht, dass es dir gelingt zurückzukehren", unterbrach der Alte schließlich die stille Betrachtung.

„Du hast sehr gut gearbeitet", fuhr er fort, „wenn auch mit unorthodoxen Mitteln."

„Sie kann uns nicht mehr schaden und ich bin zurück. Was wollt ihr mehr?", fragte der andere.

„Ein Mensch weiß nun Bescheid."

„Keiner wird ihm Glauben schenken."

„Seine Freunde wohl und sein Sohn auch."

„Es sind nur Worte. Sie werden in der Erinnerung verblassen."

„Diese Geschichte ist noch nicht abgeschlossen. Du musst alle überwachen. Wenn es zu viele Mitwisser gibt, verselbstständigt sich alles. Dann wird aus einer kleinen Geschichte eine Seuche, die sich blitzschnell auf der ganzen Welt ausbreitet. Du hast uns von einem Problem befreit und gleichzeitig viele neue Probleme bereitet."

Der Jüngere sagte nichts mehr, sondern hatte lediglich ein schuldbewusstes Gesicht aufgesetzt. Innerlich aber musste er lachen, weil er alles erreicht hatte, was er wollte, und nicht einmal sein Meister hatte die Veränderung bemerkt.

Teil III.

Er fluchte laut, als er mit Schwung in die Einfahrt einbog und ein schwarzer Mercedes ihm den Weg versperrte. Fast wäre er mit dem Rad auf dem Auto gelandet. „Welcher Idiot ...", fing er an, aber dann fiel ihm ein, dass es drei Uhr nachts war und dass er mit seinem lauten Fluchen möglicherweise Menschen wecken könnte, womöglich sogar Pepe und dann wäre Nick mal wieder sauer auf ihn.

Eigentlich war alles Laurenas Schuld. Wenn sie nicht ausgerechnet heute Nacht mit ihm Schluss gemacht hätte, läge er jetzt im warmen Bett, friedlich schnarchend, und stände nicht hier im Regen vor der blockierten Einfahrt. Kurzerhand schloss er sein Fahrrad an einer Straßenlaterne auf dem Gehsteig an. Als Nächstes fiel ihm auf, dass der Bewegungsmelder nicht ansprang. Im Dunkeln suchte er seinen Schlüssel heraus und brauchte nach den drei Bieren, die er intus hatte, eine gefühlte Ewigkeit, um das Schlüsselloch zu treffen. Obwohl er auf Anhieb den Lichtschalter im Flur fand, wurde es nicht hell, sondern blieb stockdunkel.

„Verdammt, auch das noch!", murmelte er vor sich hin. Er tastete sich bis in die Küche vor und war zum ersten Mal dankbar für die ganzen Taschenlampen, die Mina überall im Haus deponiert hatte. Im Küchenschrank wurde er fündig. Es war so eine Klein-Mädchen-Taschenlampe, aber sie würde genügen, um ihn heil die Treppe hochzubringen. Während er die Taschenlampe ausprobierte, fielen ihm die Flecken auf dem Küchenboden auf. Zum ersten Mal wurde ihm bewusst, dass an diesem Abend noch mehr nicht stimmte, als dass seine Freundin mit ihm Schluss gemacht hatte und der Strom ausgefallen war. Sein Verstand schaltete einen Gang höher und das Adrenalin verscheuchte die Alkoholnebel, die ihm die klare Sicht nahmen. Er setzte sich auf einen der Küchenstühle und zog zuerst die Schuhe und dann die Jacke aus. Achtlos ließ er beides liegen und kniete sich auf den Boden, um die Spuren genauer in Augenschein zu nehmen. Es handelte sich um Spritzer, Tropfen und Schlieren, dort wo jemand achtlos durch die Flüssigkeit am Boden gelaufen war.

Er stand auf und ging ins Wohnzimmer. Da lag jemand unter einer Decke auf dem Sofa. Er hob vorsichtig die Decke an und erkannte Zoé, die dort im Tiefschlaf gefangen war. Er hob die Decke weiter hoch und sah den fleckigen Verband um ihren Arm. Von ihr stammte also das Blut, aber warum hatten sie es nicht weggewischt? Weil der Strom ausgefallen war vermutlich. Hatte sie schon wieder versucht, sich etwas anzutun, jetzt wo es wohl endgültig aus war mit Raúl?

Stefan war noch nicht wirklich glücklich mit seiner Erklärung. Was suchte der schwarze Mercedes in der Einfahrt? Er beschloss, sich selbst Gewissheit zu verschaffen und einen Blick in Minas Zimmer zu riskieren. Vermutlich war Arik doch nicht wie besprochen am Abend gegangen, sondern versteckte sich weiterhin hier vor der Polizei. Mit der Taschenlampe war er schnell im ersten Stock. Er bemühte sich Minas Tür möglichst lautlos zu öffnen. Als er sich durch den Türspalt schob, bemerkte er einen unangenehmen Geruch. Es roch nach Krankheit. Schnell ließ er den Lichtstrahl der Taschenlampe einmal quer durchs Zimmer kreisen. Sein Herz schlug schneller, als er erkannte, dass direkt vor ihm ein Mann auf einem Stuhl saß. Stefan wich einen Schritt zurück, aber der Mann bewegte sich nicht. Er hatte die Augen geschlossen und sein Kopf war verdrahtet. „Trau dich! Sei kein Feigling", sprach sich Stefan selbst Mut zu und ging schnell an dem Mann vorbei bis zum Bett. Dort lag Arik und in seinem Arm ein Mensch, den er nicht sofort erkannte. Auch ihre beiden Köpfe waren mit Kabeln verbunden. „Verdammt!", Stefan fluchte wieder leise. „Ich bin hier mit drei Leichen in einem Zimmer!"

In fünf Sätzen war er draußen, zückte sein Handy und wählte den Notruf. Während er seine Angaben machte, kam ihm eine Idee, wer die dritte Person, der Mensch in Ariks Arm, sein könnte. Er nahm all seinen Mut zusammen und betrat das Zimmer erneut. Er leuchtete das Gesicht an, dass ihm einmal so vertraut gewesen war. Ja, nein, möglicherweise. Er wollte nicht, dass sie es war. Dass dieses tote, verhärmte Gesicht zu Mina gehörte. Im selben Moment, als er sich eingestand, dass sie es doch sein könnte, hörte er ein leichtes Geräusch, die Andeutung eines Geräuschs. Er legte ihr die Hand auf die Stirn. Sie war kalt, aber nicht so kalt. Schnell griff er nach ihrer Hand und fühlte ihr den Puls. Da war noch etwas zu spüren, ein ganz kleines Flattern. „Mina, du schaffst es", raunte er ihr zu. Ihr Wiedersehen hatte er sich anders vorgestellt. Mit einer gesunden Mina, die zwar gezeichnet war von der Entführung, aber doch lebendiger als dieses kleine Häufchen Haut und Knochen. Er wischte sich Tränen aus dem Gesicht. Jetzt war keine Zeit zum Heulen. Er beugte sich weiter über das Bett und nahm Ariks Hand. Ein Pulsschlag war noch weniger spürbar als bei Mina, aber auch bei ihm meinte er etwas zu fühlen.

Den zweiten Mann, der im Sessel vor dem Bett saß, hatte er noch nie gesehen. Er leuchtete ihm ins Gesicht und wartete auf eine Reaktion. Vielleicht auf Augenlieder, die plötzlich aufklappten, oder auf die Hand, die nach vorne schnellte und nach ihm griff. Aber nichts dergleichen geschah. Als er sich sicher war, dass der Mann vor ihm nichts Unvorhergesehenes tun würde, nahm er auch seine Hand, ließ sie aber sogleich wieder fallen. Die Hand war eiskalt, er war definitiv tot. Da hörte er die Sirenen und atmete erleichtert aus.

2.

„Sie waren ganz sicher so gut wie tot, als ich das Zimmer verlassen habe", sagte ich zu Stefan, als wir uns endlich mit einer Kanne starken Kaffees in die Küche gesetzt hatten. Ich fühlte mich wie in Watte gepackt und war der festen Überzeugung, dass Arik mindestens drei Schlaftabletten in meinem Nachttrunk aufgelöst hatte. Stefan sah auch nicht fitter aus, als ich mich fühlte. Er hatte in dieser Nacht überhaupt keinen Schlaf bekommen. Nachdem die Krankenwagen Mina und Arik abgeholt hatten, war direkt die Polizei gekommen. Sie hatten versucht, Zoé und mich wachzukriegen, aber den Einzigen, den sie erfolgreich geweckt hatten, war Pepe gewesen. Stefan hatte sich sofort um Pepe gekümmert, nicht auszudenken, wohin Pepe sonst gekommen wäre. Er saß auf meinem Schoß und ich drückte ihn fest an mich. Er ließ es ohne Widerworte geschehen und war auffallend ruhig. Vermutlich versuchte er, irgendetwas von dem Gespräch der Erwachsenen aufzuschnappen, was ihm erklären könnte, warum heute alles anders war als sonst. Es war zehn Uhr am Vormittag und Zoé und ich hatten bis vor kurzem tief und fest geschlafen.

Dank Ariks Plan waren wir alle noch zu Hause. Hätten wir nicht die Wunden an den Armen gehabt, hätten sie uns bestimmt gewaltsam, ob schlafend oder wach, mit aufs Revier geschleift oder gleich in Untersuchungshaft genommen. Aber durch die blutigen Verbände und Stefans gutem Zureden waren die Polizisten zu der Überzeugung gelangt, dass Zoé und ich eher Opfer waren und hatten uns schlafen lassen. Allerdings unter der Bedingung, dass wir nach einer Behandlung im Krankenhaus, sofort auf die Wache kommen sollten. Ich konnte beim besten Willen nicht klar denken und überließ deshalb Zoé und Stefan die Konversation.

„Also wegen den Schnitten braucht ihr nicht in die Klinik. Das Messer war scharf, wir haben die Wunden desinfiziert und die Schnitte werden gut verheilen", sagte Stefan, der sich anscheinend in allen Bereichen auskannte.

„Was ist genau passiert, nachdem ich eingeschlafen bin?", wollte Zoé wissen.

Ich zeigte mit dem Finger kurz auf Pepe und versuchte dann einigermaßen schlüssige Sätze zuerst in meinem Kopf zu formulieren und dann auch zu äußern. Im Kopf verhaspelte ich mich ein paar Mal, aber verbal kam dann tatsächlich allgemein Verständliches heraus: „Sie war weggetreten und er hat von der Traumwelt erzählt. Während seiner Erzählung ist er immer schwächer geworden und schließlich ganz verstummt."

„Was für eine Traumwelt?", hakte Zoé nach, wobei ich sah, wie Stefan bei ihrer Frage die Augen verdrehte.

„Er sagte, dass man nach dem Tod in die Traumwelt käme und in den Träumen der Lebenden weiterleben würde. Es gibt wohl eine Art Steuerungszentrale, die das Ganze koordiniert und er war einer von den Admins."

„Und das war alles, was nach dem Tod passiert?", fragte Zoé und klang dabei fast ein bisschen enttäuscht.

„Nein", sagte ich. „Arik meinte, das sei nur die erste Stufe, danach gäbe es noch etwas anderes, was er aber selbst nicht kennen würde."

„Oh nein!", meldete sich Stefan zu Wort. „Was für ein furchtbares Gelaber! Ihr solltet lieber eure Alibis nochmals absprechen und dann fahren wir ins Krankenhaus und schauen, ob wir was über den Zustand der beiden in Erfahrung bringen können und danach müssen wir alle drei aufs Revier und unsere Aussagen machen."

„Und wer kümmert sich um Pepe in der ganzen Zeit?", gab ich zu bedenken.

„Wie wäre es, wenn wir Raúl fragten? Der kann doch auch mal was tun. Vielleicht kann er sogar Pepe zum Proben mitnehmen", schlug Stefan vor.

Jetzt war es an Zoé, die Augen zu verdrehen.

Ich antwortete: „Pepe ist heute durch den Wind. Ich bleibe mit ihm hier, bis ihr von der Polizei zurückkommt und dann gehe ich und Zoé passt auf ihn auf."

Die zwei nickten müde und Zoé ging ins Bad, um zu duschen, und Stefan nach oben, um sich umzuziehen.

Minas Zimmer war gesperrt. Wir konnten es vorerst nicht benutzen, weil sich ein seltsames Verbrechen darin abgespielt hatte, bei dem es zwar keine äußeren Verletzungen gab, aber eine Menge Kabel und einen Toten.

Während die zwei beschäftigt waren, wiegte ich Pepe in den Schlaf. Ich schaukelte ihn sanft in meinen Armen hin und her und summte dazu ein beruhigendes Schlaflied. Wahrscheinlich war ich selbst kurz im Sitzen eingeschlafen, denn Stefans Stimme schreckte mich auf, als er seinen Kopf in die Küche steckte.

„Übrigens kannst du mir einen Gefallen tun? Du kannst Laurena anrufen und ihr sagen, dass sie mit ihrem Schlussmachen zwei Menschenleben gerettet hat und dass wir ihr alle sehr dankbar sind."

Natürlich würde ich nichts dergleichen tun. Ich war Laurena nicht dankbar dafür, dass Stefan jetzt noch mehr Zeit in meinem Haus verbringen würde, und außerdem hatte ich Wichtigeres vor. Ich würde versuchen, mich in den Rechner der Uniklinik zu hacken, denn es war sehr unwahrscheinlich, dass Stefan und Zoé vor Ort irgendwelche relevanten Informationen bekämen.

3.

Bevor Pepe erwachte, hatte ich alles herausbekommen, was ich wissen musste. Bei Arik bestand Verdacht auf Lungenembolie und Mina hatte eine Blutvergiftung aufgrund eines

Blinddarmdurchbruchs. Mina lag auf der Intensivstation und bekam intravenös Antibiotika. Offensichtlich trauten sie sich nicht, sie in diesem Zustand zu operieren. Arik war anscheinend immer noch im OP.

Ich wusste, dass ich eigentlich an Mina denken sollte, aber mein Denken und Fühlen war durch die Wirkung des Schlafmittels so eingeschränkt, dass ich nur noch planlos durch das Internet surfte, bis ich an einem Artikel auf einem seriösen Nachrichtenportal hängenblieb.

Das Bild zu dem Artikel zeigte eine Massenkarambolage auf einem Highway und der Titel, der mir in fetten Lettern in die Augen stach, lautete: „Unerklärliche Phänomene sorgen weltweit für Chaos".

Da ich an meinem Verstand zweifelte, druckte ich den Artikel aus und nahm ihn mit zu Pepe ins Wohnzimmer, der dort immer noch friedlich auf dem Sofa schlief, nichts ahnend, dass seine kleine Welt und auch die große da draußen dabei waren, aus den Fugen zu geraten. Mit zitternden Fingern nahm ich die drei Blätter und versuchte mich auf die Buchstaben zu konzentrieren, die vor meinen Augen einen wilden Tanz vollführten.

„Seit heute Morgen um acht Uhr erreichen uns aus der ganzen Welt Meldungen von außergewöhnlichen Vorkommnissen, die es so wohl noch nie gegeben hat. Die Meldungen ähneln sich stark und sind so zahlreich, dass man davon ausgehen kann, dass es sich um tatsächliche Geschehnisse handelt.

Die Augenzeugen beschreiben, dass wie aus dem Nichts Menschen auftauchen und wieder verschwinden. Diese Fremden erscheinen in Wohnungen, auf der Straße, auf dem Land oder in der Stadt. Es scheint keine Gegend zu geben, in der dieses Phänomen nicht beobachtet werden würde. Zudem gibt es Berichte, dass Augenzeugen verstorbene Angehörige in den Fremden wiedererkannt haben wollen. Hierbei handelt es sich um Spekulationen, wobei es bereits zehn solcher Fälle gibt, bei denen genau dies berichtet wurde.

Das plötzliche Auftauchen dieser Personen hat die Welt ins Chaos gestürzt. Es kam zu über Tausend Unfällen in den letzten zwei Stunden. Schulen wurden gleich nach dem Öffnen wieder geschlossen, da man nicht weiß, ob die unbekannten Personen gefährlich sind und um eine Massenhysterie unter den Schülern zu verhindern. Der Verkehr ist in vielen Städten zum Erliegen gekommen, da die Menschen fluchtartig ihre Autos verlassen, um sich in Sicherheit zu bringen.

Scheinbar gibt es jedoch keinen sicheren Ort, denn selbst in den eigenen vier Wänden, tauchen die Fremden auf und verbreiten Angst und Schrecken. Bis jetzt ist es noch niemandem gelungen, diese Menschen anzufassen oder mit ihnen zu sprechen. Zu schnell entziehen sie sich wieder dem Kontakt und verschwinden wieder dorthin, woher sie gekommen sind. Dies ist jedoch nur eine Vermutung, denn bisher kann noch kein Fachmann erklären, woher die Personen kommen oder ob es sich überhaupt um reale Menschen oder doch eher um Projektionen handelt. Auch von den Geheimdiensten gibt es bisher keine Stellungnahmen. Da das Phänomen in jedem Land der Erde auftritt, scheint es sich nicht um einen Terroranschlag zu handeln, und falls doch, so ist der Terror gegen die Menschheit als Ganzes gerichtet.

Allen Berichten gemein ist, dass die Fremden wohl genauso erschreckt sind, hier aufzutauchen, wie die Menschen, die dem Ereignis beiwohnen. Einhellig wird gesagt, dass sie einen angsterfüllten oder panischen Eindruck machen würden. Manche sind wohl nicht zeitgemäß gekleidet, sondern ihre Kleidung sieht aus, als kämen sie direkt von einem Maskenball. Auch sind die Nationalitäten in den Gruppen der „Auftaucher" bunt gemischt. Die Menschen wirken wie zufällig zusammengewürfelt.

Das Phänomen ist noch zu jung, als dass man zu diesem Zeitpunkt schon mit offiziellen Stellungnahmen von Regierungsseite aus rechnen könnte. Es wird wohl noch einige Stunden dauern, bevor es erste erhellende Einsichten zu der Herkunft des Phänomens gibt. Anzunehmen ist, dass heute noch im Laufe des Tages der Ausnahmezustand in den meisten Ländern der Welt verhängt wird. Für die Bevölkerung heißt es, ruhig Blut zu bewahren und vorsichtig zu sein. Immerhin gibt es noch keinen Fall, in dem von gewalttätigen Angriffen der Personen berichtet wird.

Mit Sicherheit lässt sich nur sagen, dass wir vor einem neuen Vorgang stehen, der sich unseres Wissens nach, so noch nie auf der Erde abgespielt hat. Ob eine neue ausgefeilte Technologie dahintersteckt oder ein Naturphänomen wie zum Beispiel eine Spiegelung oder ob es sich tatsächlich um die Überschneidung zweier parallel existierender Welten handelt – zumindest eines scheint sicher: Es wird uns die nächsten Tage intensiv beschäftigen."

Nachdem ich den Artikel zweimal gelesen hatte, schnappte ich mir mein Handy und suchte nach allem, was zu dem Phänomen bisher im Netz gepostet worden war. Es war jedoch schon so viel, dass ich erleichtert abbrach, als Pepe aufwachte.

Pepe hatte Hunger und ich ging in die Küche, um ihm ein Brot zu schmieren. In einer Ecke des Raums stand eine Gestalt, eine Frau, wie ich bei genauerem Hinsehen feststellte. Ich hatte noch nie zuvor so einen Menschen gesehen. Ihre Haare waren lang, grau und strähnig und hingen ihr ins Gesicht, sodass ich dieses nicht wirklich erkennen konnte. Sie trug weite zerlumpte Röcke, dem Anschein nach, mehrere übereinander und ihre Kleidung starrte vor Dreck. Ich hatte keine Angst vor ihr, denn die Frau hatte selbst so viel Furcht, dass sie am ganzen Körper zitterte. Sie tat mir sofort Leid. Sie sah nicht aus wie eine Verbrecherin, sondern eher wie eine fürchterlich arme Bettlerin. Ich machte einen Schritt auf sie zu und im selben Augenblick war sie verschwunden.

Ich sah mir die Ecke genau an, in der sie gestanden hatte, aber da war nichts, nicht mal Spuren von ihren Schuhsohlen. Auch hätte es eigentlich bei dem ganzen Dreck, den die Frau mit sich herumtrug, in der Küche unangenehm riechen müssen. Aber ich nahm nichts Besonderes wahr. Diese Frau war nicht real gewesen, aber das machte ihr Erscheinen nicht weniger unheimlich. Ich konnte mir lebhaft vorstellen, wie jeder den Kopf verlor, der wie aus dem Nichts mit so einem Phänomen konfrontiert wurde. Während ich Pepe sein Brot schmierte, überlegte ich, was das alles mit uns zu tun hatte, mit Arik und Mina und mit dem toten Mann heute Morgen in Minas Schlafzimmer. Nach Stefans Beschreibung – jung, gutaussehend, blond – könnte es sich durchaus um meinen Entführer handeln. War es verrückt anzunehmen, dass dieses weltweite Chaos etwas mit dem Drama zu tun hatte, das sich in diesen vier Wänden abspielte? Ich musste mich zuerst mit Zoé und Stefan besprechen, denn ich ahnte, dass ich hier alleine nicht weiterkommen würde. Voller Ungeduld wählte ich Zoés Nummer, während Pepe zufrieden an seinem Butterbrot kaute. Ich erreichte weder Stefan noch Zoé und dann wurde mir bewusst, dass vermutlich alle gerade versuchten, ihre Angehörigen und Freunde zu erreichen und die Netze bei dem Ansturm zusammengebrochen waren. Als es an der Haustür läutete, atmete ich erleichtert auf. Ich würde mich jetzt über jeden erwachsenen Menschen freuen, mit dem ich mich über die neuesten Vorkommnisse austauschen konnte.

4.

Vor der Tür stand Raúl. Mit ihm hatte ich nicht gerechnet.

Er wirkte etwas verlegen, so als hätte er etwas angestellt und wüsste jetzt nicht, wie er sich verhalten sollte. Und ein bisschen war es natürlich auch so. Pepe lockerte die Situation auf, indem er zwischen meinen Beinen hindurchfegte und sich Raúl in die Arme warf. Raúl fing Pepe im Flug gekonnt auf und wirbelte ihn im Kreis einmal um seinen Kopf herum. Schließlich bat ich ihn herein, denn es war kalt draußen geworden und Pepe war immer noch im Schlafanzug.

Ohne Raúl etwas zu trinken anzubieten, setzten wir uns an den Küchentisch. Ich wollte, dass er wieder verschwunden war, bis Zoé zurückkam.

Raúl räusperte sich und sagte: „Die Vorstellung für heute Abend ist abgesagt. Sie wollen nicht riskieren, dass nichteingeladene Gäste auf der Bühne auftauchen und eine Massenpanik ausbricht, bei der womöglich noch jemand totgetrampelt wird. Die Proben gehen weiter, aber abends habe ich bis auf Weiteres frei."

Ich hatte wie immer keine Lust auf Smalltalk und fragte unumwunden: „Was willst du hier?"

Nach kurzem Zögern sah er mich mit entschlossenem Blick an und sagte: „Ich mache mir Sorgen um sie und ich wollte sehen, ob es ihr gut geht."

„Meinst du wegen dem Chaos da draußen", ich sah kurz zum Fenster hinaus, „wegen den Krankenwagen heute Nacht oder weil du sie ziemlich übel behandelt hast?"

Er nickte nur, was wohl seine Zustimmung zu allem signalisieren sollte. Ich überlegte, ob ich ihn einfach wegschicken sollte oder ob wir ihn brauchen würden und kam zu dem Schluss, dass ein weiterer Verbündeter nützlich sein könnte.

„Weißt du Raúl, manche Leute können mit der Wahrheit einfach nicht leben. Und das hat Zoé bestimmt gewusst. Deshalb hat sie dich so lange im Unklaren gelassen, weil sie genau wusste, dass du sie verlassen würdest. Anstatt es zu honorieren, dass sie endlich den Mut gefunden hat, ihr Leben zu riskieren, nur um dir die Wahrheit zu sagen, verlässt du sie und bezeichnest sie als Monster. Wer ist denn hier bitte schön das Monster?"

Raúl stand auf. Seine Gesichtszüge hatten sich verhärtet. Im Weggehen drehte er sich nochmals um und sagte: „Du weiß gar nichts. Du weiß nicht, wie es ist, wenn man zehn Jahre lang belogen wird."

Ich überließ es Pepe, ihn zur Tür zu begleiten, denn ich musste an Mina und an die Tatsache denken, dass ich sie von Anfang an darüber belogen hatte, mit was ich tatsächlich mein Geld verdiente. Eigentlich waren es immer die gleichen Gründe, warum man die Menschen, die man liebte, belog. Angst sie zu verlieren, keine Lust auf Diskussionen oder womöglich, vor die Wahl gestellt zu werden: Dein Job oder ich oder das ewige Leben oder ich wie im Fall von Zoé und Raúl. Ich rannte Raúl hinterher, denn Feigheit und Bequemlichkeit waren keine guten Gründe, um etwas, das getan werden musste, nicht zu tun.

Er stand schon vor seiner Haustür, als ich zu ihm hinüberrief: „Hey, ich habe einen Fehler gemacht. Ich komme mit Pepe zu dir rüber und erkläre es dir. Bis gleich!"

Er nickte mir zu und ich machte mich daran Pepe anzuziehen. Während ich ihn in die viel zu engen Klamotten zwängte – ich musste unbedingt mal in die Innenstadt, um ihm neue Sachen zu kaufen – dachte ich darüber nach, was ich eigentlich für ein Problem mit Raúl hatte. War ich eifersüchtig wegen Zoé? Seit ich Mina getroffen hatte sicherlich nicht mehr. Vermutlich hatte er einiges, was ich nicht hatte. Er hatte einen tollen legalen Job, für den er jede Menge Anerkennung bekam und der ihm ganz nebenbei zu einer sagenhaften Figur verhalf. Und er hatte diese südländische Ausstrahlung, den feurig-leidenschaftlichen Blick, der echte Emotionen versprach. Neben Raúl fühlte ich mich immer minderwertig, ein bisschen gutaussehend, ein bisschen unterhaltsam, aber doch eher unterdurchschnittlich.

Trotz oder vielleicht gerade wegen meinen Komplexen erzählte ich ihm schließlich alles, was sich seit vorgestern, als er überstürzt die Runde verlassen hatte, zugetragen hatte. Ich endete mit meinem Verdacht, dass die Erscheinungen etwas mit Ariks Traumwelt zu tun haben könnten.

„Aber warum geschieht das alles gerade jetzt?", fragte Raúl. Offensichtlich ließ er sich auf meine Gedankengänge ein und tat sie nicht sofort als Unsinn ab.

„Es könnte mit dem toten Mann in Minas Zimmer zu tun haben. Stell dir vor, er wäre der verstoßene Wächter und hätte durch Arik und Mina eine Möglichkeit gefunden wieder in die Schaltzentrale zu kommen. Immerhin waren ihre drei Köpfe mit Kabeln verbunden. Das muss doch etwas bedeuten. Was würde er als Erstes machen, wenn er dorthin zurückkäme?"

Raúl musste nicht lange überlegen mit der Antwort: „Sich rächen. Die Kollegen ausschalten und den Menschen zeigen, dass sie nicht allmächtig sind."

„Sondern er!", fügte ich Raúls Satz noch hinzu.

Als ich mich von ihm verabschiedete, fragte ich beiläufig: „Und bist du jetzt wieder mit der Frau vom Theater zusammen?"

„Frägst du für dich oder für Zoé?", konterte Raúl mit einer Gegenfrage.

„Nur für mich", antwortete ich rasch. „Zoé spricht nicht von dir."

Nach einem Zögern sagte Raúl: „Ehrlich gesagt, traue ich mich nicht so recht, es ihr gegenüber anzusprechen, dass ich mich von Zoé getrennt habe. Eva ist eine tolle Frau und ich möchte sie nicht vor den Kopf stoßen, indem ich ihr jetzt erneut Hoffnungen mache."

„Trau dich!", riet ich ihm und fügte mit einem Lächeln hinzu. „Du lebst nach allem, was wir jetzt wissen, nur einmal."

5.

Erst um sieben Uhr abends kamen Zoé und Stefan nach Hause. Sie sahen beide unendlich müde aus, so als hätten sie den ganzen Tag Schlange gestanden. Und so war es letztendlich auch gewesen. Im Krankenhaus hatten sie lange gewartet, nur um dann abgewiesen zu werden, weil es beiden Patienten so schlecht ging, dass man sie nicht besuchen konnte. Auf dem Polizeirevier war dagegen nichts losgewesen, weil alle Beamten im Einsatz waren. Die Polizei wurde ständig hierhin und dorthin gerufen, je nachdem, wo gerade die unheimlichen Gestalten auftauchten. Immerhin hatte es in unserer Stadt noch keine größeren Unfälle gegeben, zumindest keine Massenkarambolagen mit Toten wie anderswo. Obwohl kaum jemand auf dem Revier war, mussten Stefan und Zoé ewig warten, bevor jemand die Zeit fand, ihre Aussage aufzunehmen. Der Polizist hatte auch abgewunken, was meine Aussage anging. Sie hatten jetzt Wichtigeres zu tun und würden sich zur gegebenen Zeit bei mir melden. Ich war erleichtert darüber, dass ich an diesem Tag nicht mehr zur Polizei musste. Auf der anderen Seite wunderte ich mich, denn immerhin hatte heute Morgen eine Leiche in meinem Haus gelegen.

Stefan hatte der Polizei mitgeteilt, dass es sich bei dem Toten möglicherweise um den Entführer von Mina Rose und mir handelte und der Polizist hatte dies zu Protokoll genommen. In den nächsten Tagen würde ich den Mann identifizieren müssen, aber unser Fall hatte offensichtlich durch die neuesten Ereignisse keine Priorität mehr. Ich spürte gleichzeitig Enttäuschung und Erleichterung. Enttäuschung, denn ich hatte gehofft mehr über die Identität des Toten und die seltsamen Kabel, die Stefan in Minas Schlafzimmer gesehen hatte, zu erfahren. Und Erleichterung darüber, nicht weiter auf Frau Lampers Radar zu stehen.

Nachdem ich Pepe ins Bett gebracht hatte, setzten wir uns mit einer Flasche Wein ins Wohnzimmer. Stefan und Zoé hatten die Wartezeit im Krankenhaus und auf dem Polizeirevier ebenfalls dazu genutzt, sich über das neue weltweite Phänomen der plötzlich auftauchenden Personen zu informieren. Insofern fielen sie nicht aus allen Wolken, als ich ihnen von der Frau in Lumpen in unserer Küche erzählte.

Zoé fiel dazu nur ein: „Hoffentlich kommt sie nicht wieder, wenn Pepe im Raum ist. Womöglich steht sie heute Nacht neben dem Sofa, wenn ich schlafe. Ich glaube, ich lasse lieber das Licht an, sonst kriege ich meinen ersten Herzinfarkt seit tausend Jahren."

Stefan warf ein: „Genau, du bist doch deiner Meinung nach schon so lange auf der Welt. Dann kannst du uns ja verraten, ob es solche Projektionen vorher schon einmal gegeben hat."

Zoé seufzte nur, ließ sich aber nicht auf seine Provokation ein: „Nein, ich habe von so etwas nie zuvor gehört. Das hat aber nichts zu sagen, denn früher wusstest du ja auch nicht, was am anderen Ende der Welt geschah."

Ich versuchte das Thema zu wechseln und endlich anzusprechen, was mich schon den ganzen Tag umtrieb: „Vermutet ihr nicht auch einen Zusammenhang zwischen unserem Toten, den Kabeln und diesen Vorkommnissen. Das Ganze hat doch exakt angefangen, als er gestorben ist."

„Und wie lautet deine Theorie?", fragte Stefan mit seinem leicht überheblichen Ton.

„Geh doch einfach mal kurz davon aus, dass Arik nicht gelogen hat, dass es die Traumwelt und den Verstoßenen tatsächlich gibt. Was wäre, wenn er es gestern Nacht geschafft hat, wieder dorthin zu kommen, wo er herkam, nämlich in die Schaltzentrale."

„Um dort was zu tun?", unterbrach mich Stefan.

Zoé übernahm meinen Gedankengang: „Die Welt ins Chaos zu stürzen natürlich. Er will sich an allen rächen. An den Menschen für ihre Überheblichkeit und an den anderen Wächtern, weil sie ihn dazu verdammt hatten, unter den Menschen zu leben."

Ich wartete auf Stefans Widerspruch, der auch prompt kam.

„Wenn ich mich kurz euren wirren Ideen anschließe, komme ich aber zu dem Ergebnis, dass das Chaos nicht so schlimm ist. Innerhalb von wenigen Tagen werden sich die Menschen an das Phänomen gewöhnt haben. Solange diese „Auftaucher", wie sie von der Presse genannt werden, nichts anstellen, außer aufzutauchen und wieder zu verschwinden, sehe ich nicht, was das für schreckliche Folgen für die Menschheit haben sollte. Und das soll die Rache des Verdammten sein, eine klägliche Rache ist das."

Zoé hatte die Stirn in Falten gelegt, als sie zugab: „Ich glaube du hast recht. Wir sind erst am Anfang. Er fängt gerade erst damit an, die Welt aus den Angeln zu heben."

6.

Was meine Theorie in Bezug auf Frau Lamper anging, lag ich vollkommen daneben. Dies wurde mir schlagartig klar, als sie am nächsten Morgen vor der Tür stand. Die alte Dame sah gut aus, sie strahlte mich an, als hätte sie den größten Fisch an der Angel. Neben ihr stand ein unscheinbarer Typ in Anzug und Krawatte mit Aktenmappe unter dem Arm.

„Dürfen wir reinkommen, Herr Kampfer? Wir stören uns sicherlich nicht daran, dass sie noch im Pyjama sind", flötete sie liebenswürdig, so als wären wir alte Bekannte.

„Mich stört es dagegen sehr", entgegnete ich ihr kühl. „Ich ziehe mich um und solange können Sie gerne vor der Tür warten." Ich zog die Tür wieder zu und überlegte fieberhaft, ob es Arik tatsächlich gelungen sein könnte, meine Akte zu löschen. Es blieb mir wohl nichts anderes übrig, als zu pokern. Als Erstes ging ich in die Küche und setzte einen Kaffee auf, was sehr lang ging: Bohnen malen, Cafetera ausspülen, Milch aufschäumen. Während der Kaffee auf eine trinkbare Temperatur abkühlte, schaute ich ins Bad und fischte aus dem Wäschekorb ein paar alte Kleider von mir. Pepe schlief noch und ich würde nicht riskieren, ihn jetzt zu wecken.

In zerknitterten, muffig riechenden Klamotten und mit dem dampfenden Kaffee in der Hand öffnete ich endlich der Polizei die Tür. Leider hatte sich die Laune von Frau Lamper nicht verschlechtert. Vor ihrem Kollegen wollte sie anscheinend unbedingt einen guten Eindruck machen.

„Kommen sie rein!", sagte ich kurz angebunden und geleitete die beiden in die Küche.

Frau Lamper unterließ es, mir den Mann, der sie begleitete, vorzustellen, was mich noch misstrauischer machte.

Ohne abzuwarten, dass sie den Anfang machte, fragte ich sie barsch: „Was wollen Sie von mir?"

Frau Lamper antwortete mit Unschuldsmiene: „Ich wollte Ihnen einen Weg ersparen, indem ich das hier mitgebracht habe." Ohne weitere Umschweife holte sie Fotos aus ihrer Tasche und legte sie sorgfältig eines neben dem anderen vor mir auf den Tisch.

Ich war erschüttert, ihn wiederzusehen. Es gab Fotografien mit Kabeln und ohne. Er war zweifellos ein gut aussehender Mann gewesen, wenn auch nicht besonders männlich. Jetzt, nachdem ich Ariks Geschichte gehört hatte, wusste ich, warum er auf mich immer unmenschlich gewirkt hatte. Er war nicht von dieser Welt gewesen und hatte sich wie ein Fremd-körper zwischen all den Menschen bewegt. Er kannte keine Skrupel, war aber auch nicht bösartig. Da gab es sicherlich schlimmere Kidnapper.

Plötzlich fiel mir wieder ein, dass Frau Lamper und ihr Be-gleiter auf eine Erklärung von mir warteten.

Ich nickte und sagte: „Das ist mein Entführer." Und nach einer Weile fügte ich, um meiner Aussage mehr Gewicht zu geben noch hinzu: „Da besteht nicht der geringste Zweifel."

Frau Lamper stellte ihre erste Frage, wobei sie ihr Gesicht in Sorgenfalten legte: „Haben Sie irgendeine Erklärung dafür, was diese drei Menschen heute Nacht in Ihrem Haus veran-staltet haben könnten?"

Ich räusperte mich, um Zeit zu gewinnen, und beschloss bei Ariks Geschichte zu bleiben, auch wenn sie sich anders entwickelt hatte als geplant. Es war wichtig, dass Zoé und ich die gleiche Version erzählten, auch wenn Arik noch am Leben war und ihm diese Version möglicherweise zum Nachteil ge-reichen konnte.

„Zoé und ich saßen hinter dem Haus auf der Terrasse und unterhielten uns", fing ich an. „Um zwölf Uhr rum wurde es uns zu kühl und wir kamen ins Haus. Dort erwartete uns Herr Elgan. Ich habe keine Ahnung, wie er ins Haus gekommen ist. Er wollte, dass wir zwei Gläser Wasser trinken, die er vorbe-reitet hatte. Wir weigerten uns. Daraufhin ging er mit einem Küchenmesser auf uns los und verletzte uns beide. Wir muss-ten tun, was er von uns verlangte. Etwas anderes blieb uns nicht übrig."

„Und Frau Rose?", fragte die Kommissarin.

„Wir haben außer Herrn Elgan niemanden gesehen. Zoé und ich tranken, dann bestimmte er, dass Zoé sich ins Wohn-zimmer und ich mich in mein Zimmer begeben sollte. Das war mir recht, denn dort schlief auch Pepe. Ich wurde sehr müde und bin erst spät am nächsten Morgen aufgewacht. Es tut mir leid, dass ich Ihnen nicht weiterhelfen kann. Ich wüsste selber gerne mehr."

Während ich erzählte, wunderte ich mich, wie leicht es mir fiel, die Polizei zu belügen. Keinerlei schlechtes Gewissen und keine Nervosität hemmten meine Worte. Es war so, als würde ich selbst an meine Geschichte glauben.

Frau Lamper sah ein bisschen enttäuscht aus. Sie schaltete das Aufnahmegerät aus und wandte sich dann an ihren Kollegen.

„Ich gehe dann mal. Es gibt viel zu tun da draußen."

Sie nickte mir kurz zu, stand auf und verließ die Küche.

Ich konnte es nicht fassen, dass sie den unbekannten Schlipsträger einfach bei mir zurückgelassen hatte. Doch ich sollte bald merken, dass dies kein Versehen war.

„Sie haben sich in unsere Datenbank gehackt. Können Sie mir bitte verraten, wie Sie das genau bewerkstelligt haben?" Er hatte eine unangenehm hohe Stimme und seine blassen hellblauen Augen starrten mich durchdringend an.

Ich fing an zu schwitzen und fluchte innerlich, weil ich mir noch keine gute Geschichte für diesen Anlass zurechtgelegt hatte. Weil mir nichts Besseres einfiel, schüttelte ich nur den Kopf und senkte den Blick, um wenn möglich demütig und reuevoll zu wirken.

„Sie brauchen keine Angst zu haben", fuhr er fort. „Ich werde Sie weder foltern noch einsperren. Im Gegenteil, wir wollen Sie engagieren. Für ein angemessenes Honorar sollen Sie herausfinden, wer hinter dem Phänomen steckt. Wir bezahlen natürlich nur bei Erfolg."

Er schob mir eine Visitenkarte über den Tisch und stand ebenfalls auf, so als würde er die Möglichkeit, dass ich seinen Auftrag ablehnte, nicht in Erwägung ziehen. Auf der Karte standen nur ein Name und eine Telefonnummer, aber ich war mir sicher, dass ich es mit einem Angestellten des BND zu tun hatte. Ich begleitete ihn bis zur Tür, in der er sich nochmals zu mir wandte und sagte: „Ich würde gerne mehr Druck auf Sie ausüben, das können Sie mir glauben, aber wir haben momentan leider zu viel Wichtigeres zu tun."

Ich sah ihm nach, bis ich in der kühlen Oktoberluft zu frösteln begann. Als ich die Tür endgültig ins Schloss zog, hatte ich ein ungutes Gefühl. Es handelte sich definitiv um Angst. Was hatte mir Arik nur eingebrockt? Ich war ein kleiner Fisch und kein Hai, der sich mühelos in die Datenbanken der internationalen Geheimdienste hackte. Was würde passieren, wenn ich keinen Erfolg hatte, was sehr wahrscheinlich der Fall sein würde? Würden sie mir dann Pepe wegnehmen, um mich unter Druck zu setzen. „Ganz langsam", beruhigte ich mich selbst. „Für die bist du tatsächlich nur ein kleiner Fisch und probieren kann man es ja mal. Dass sie sich an dich wenden, zeigt nur, wie verzweifelt sie sind."

7.

Ich ging in die Küche und setzte mir noch einen Kaffee auf. Ein flüchtiger Blick auf die Uhr zeigte mir, dass es bereits neun war. Pepe schlief ungewöhnlich lang. Zoe schien heute besonders früh zur Arbeit gegangen zu sein, denn sie war mir heute Morgen nicht begegnet. Mit dem Kaffee in der Hand schlich ich in mein Zimmer, um Pepe nicht zu wecken, und fuhr den Rechner hoch. Als Erstes wollte ich mir einen Überblick verschaffen, wie sich die Lage mit den „Auftauchern" entwickelt hatte, und danach würde ich nach Minas und Ariks Akten sehen. Ich hatte Angst davor, dort etwas Schreckliches zu finden, und schob die Recherche deshalb vor mir her. In meiner Vorstellung war Mina schon einmal gestorben und ich wollte das nicht nochmal erleben. Sie musste gesund werden und zu

Pepe zurückkehren. Ich hatte bei ihr sehr viel wieder gut zu machen.

Als ich die ersten Nachrichten des Tages durchscrollte, fasste ich Hoffnung, dass sich die Lage entspannt hatte. Doch dann kamen neue Nachrichten, die das Phänomen der „Auftaucher" in den Schatten stellten. Bevor ich meine Schlüsse ziehen konnte, fing ich an zu schwitzen und meine Atmung beschleunigte sich. Mein Körper erfasste das Unfassbare schneller, als mein Gehirn dazu bereit war. Dann ging schlagartig der Rechner aus.

Langsam ging ich auf mein Bett zu, indem Pepe ruhig schlief. Ich setzte mich zu ihm und sagte leise seinen Namen. Ich wollte ihn rufen, aber aus meinem Mund kam nur ein leises Krächzen. Dann schüttelte ich ihn leicht an der Schulter, aber Pepe reagierte nicht. Ich nahm ihn auf den Arm und wusste instinktiv, dass ich jetzt alles, wirklich alles mit ihm hätte machen können, ohne dass er aufgewacht wäre. Mit dem schlafenden Pepe ging ich ins Wohnzimmer, wo ich Zoé auf dem Sofa fand. Auch sie war im tiefsten Schlaf ihres Lebens gefangen. Ich versuchte gar nicht erst, sie zu wecken, sondern stieg die Treppen zum Dachzimmer hinauf. Ich hatte Stefans Refugium noch nie betreten. Ich klopfte nicht an, sondern trat direkt ein. Offensichtlich hatte ich ihn bei etwas Intimem gestört, denn er riss die Hände unter der Decke hoch und schrie mich an.

„Sag mal, spinnst du! Was soll denn das?"

Ich entgegnete nichts, sondern setzte mich auf den Boden neben seine Matratze und zeigte ihm den schlafenden Pepe. Erst jetzt spürte ich, dass mir Tränen über die Wangen liefen.

Stefan konnte sich keinen Reim aus meinem Verhalten machen und bekam Panik.

„Was ist? Ist er tot?"

Ich schüttelte nur den Kopf, woraufhin Stefan die Hand vorsichtig auf Pepes Stirn legte und sagte: „Fieber hat er auch nicht."

Und dann nach einem Zögern: „Warum wacht er nicht auf?"

Trotz der Todesangst, die ich um Pepe ausstand, spürte ich ein Gefühl der Erleichterung. Seit ich Stefan kannte, freute ich mich zum ersten Mal darüber, ihn im Wachzustand zu sehen. Wenn auch er geschlafen hätte, wäre ich wahrscheinlich durchgedreht und es hätte niemanden gegeben, den das gekümmert hätte.

Schließlich fand ich meine Stimme wieder: „Sie schlafen alle, verstehst du. Das ist der zweite Teil seiner Rache. Es kommen kaum noch Menschen zu uns aus der Traumwelt, dafür lässt er die Lebenden nicht mehr aus dem Schlaf zurück. Wir haben nicht mal mehr Strom."

„Was?", Stefan unterbrach mich, um seine Leselampe neben dem Bett einzuschalten. Erfolglos.

„Wie viele?", fragte er leise. Ich sah ihm an, dass er mir glaubte und dass er die Ungeheuerlichkeit meiner Geschichte schnell verstanden hatte.

„Ich weiß es nicht. Aber wir müssen uns gut überlegen, ob wir die Akkus unserer Handys damit leeren, nach Nachrichten zu suchen, oder rausgehen und uns ein eigenes Bild von der Lage machen."

Stefan überlegte kurz, dann sagte er: „Gut, du hast recht, aber auf den Schreck brauche ich erst einen Kaffee. Haben wir noch Gas?"

Ich zuckte nur mit den Schultern und war froh, dass ich meine zwei Tassen schon intus hatte.

8.

Bevor wir gingen, packten wir die Sachen aus dem Kühlschrank in eine Kiste und trugen sie in den Keller. Die einzige Pizza im Kühlfach machten wir uns zum Frühstück, wobei ich mir Mühe geben musste, eine kleine Ecke hinunterzubringen. Stefan aß dagegen mit großem Appetit. Die Fischstäbchen hatten wir vorsorglich in die Tonne geschmissen.

Zoé schlief tief und fest auf dem Sofa. Für den Fall, dass sie aufwachen sollte, hatte ich ihr einen Zettel auf den Couchtisch gelegt. Um sie nicht unnötig zu beunruhigen, hatte ich geschrieben: *„Liebe Zoé, Stefan und ich machen nur kurz einen Spaziergang mit Pepe. Mach dir keine Sorgen! Grüße Nick"*

Als ich Pepe auf den Wickeltisch legte, merkte ich, dass es meine Kräfte überstieg, mein schlafendes Kind, das mir in diesem Moment so furchtbar hilflos erschien, anzuziehen. Es erinnerte mich zu sehr an die Situation mit der bewusstlosen Mina in der Badewanne. Es war ein Grauen, das ich nicht nochmal durchstehen konnte. Ich wechselte Pepe nur die Windel, dann bat ich Stefan darum, Pepe anzuziehen. Zuerst wollte er widersprechen, aber dann sah er meinen verstörten Gesichtsausdruck und verschwand im Bad. Kurz darauf hörte ich ihn fluchen bei dem Versuch, den schlafenden Pepe in die viel zu engen Kleider zu zwängen. Stefan ließ gehörig Dampf ab, aber das war mir egal, denn Pepe hörte ihn sowieso nicht.

Ich band mir den schlafenden Pepe im Tragetuch vor den Bauch, was etwas beschwerlich war, da er nächste Woche zwei werden würde und das Tuch kaum noch um ihn und mich herumreichte, aber ich wollte seinen Herzschlag und Atem die ganze Zeit spüren. Es kam mir vor, als würden wir zu einer Odyssee aufbrechen, von deren Ausgang unser Leben abhing – oder vielleicht auch „nur" Pepes Leben. Das Wichtigste war zum nächsten Krankenhaus zu kommen und dort an Infusionen für Pepe und Zoé zu kommen. Pepe hatte nicht mehr viel

Babyspeck und würde nicht lange ohne Nahrung auskommen. Dann dachte ich an Mina und dass sie vielleicht nicht operiert werden konnte. Ich beschloss, dass wir direkt zur Uniklinik, in der Mina und Arik lagen, aufbrechen würden. Ich hatte eine weite Winterjacke übergezogen, mit der ich Pepe zusätzlich schützen konnte. Stefan wollte dagegen nicht wahrhaben, dass es Herbst geworden war und lief immer noch mit seiner dünnen Jeans-Jacke herum. Als wir fast an der Kreuzung waren, hörte ich, wie jemand meinen Namen rief. Mit einer Vollbremsung stoppte Raúl sein Fahrrad direkt hinter mir.

„Sagt mal, spinnt ihr beiden? Warum lauft ihr mitten auf der Straße?", fragte Raúl sichtlich sauer.

Ich sah seinem Gesicht an, dass er noch von nichts wusste und sich ganz normal auf dem Weg zur Probe befand wie an jedem andern Morgen auch.

„Du wirst heute keine Probe haben, Raúl", klärte ihn Stefan auf, „weil die Hälfte der Menschheit in einem Dornröschen-Schlaf liegt. Es gibt nicht mal Strom. Ist dir das nicht aufgefallen?"

Raúl klappte seinen Mund wieder zu und mir kam die Idee, dass genau so der ungläubige Thomas ausgesehen haben könnte.

Er sagte nur: „Ihr spinnt ja!" und trat erneut in die Pedale.

Ich rief ihm nach, so laut ich konnte: „Wir treffen uns an der Uniklinik!", aber ich war mir nicht sicher, ob er mich noch gehört hatte, so schnell war er um die Ecke gebogen.

„Eva", erklärte ich Stefan. „Er hat Angst um seine neue Flamme. Es scheint etwas Ernstes zu sein."

„Arme Zoé", sagte Stefan. „Letztendlich sind wir alle austauschbar, ganz egal, wie groß die Liebe war."

Nicht alle, dachte ich bei mir und drückte Pepe fester an mich.

Die Stadt war ausgestorben. Es fuhren keine Straßenbahnen, keine Busse und nur vereinzelt waren ein paar Autos und Polizeistreifen unterwegs. Die Läden, an denen wir vorbeikamen, hatten alle geschlossen. Ohne Strom funktionierten weder die Türen, Kassen noch die Kühlregale. Irgendwann in Laufe des Tages würden hier sicherlich die Scheiben bersten, wenn sich die Menschen, die nicht schliefen, gewaltsam Zutritt zu den Lebensmitteln verschaffen würden. Aber noch war die Lage ruhig. Stefan und ich verloren kein Wort mehr, es war alles zu gespenstisch.

Andererseits war mir das Szenario seltsam vertraut. Es erinnerte mich an die Zombie- und Weltuntergangs-Filme, die ich gesehen hatte. Wirklich gewundert hätte es mich nicht, wenn uns hinter der nächsten Ecke eine Armee Toter entgegengekommen wäre. Aber nichts dergleichen geschah. Vermutlich war die Idee mit der Zombie-Armee Punkt drei auf der Agenda des Verstoßenen.

Ich machte mir Gedanken darüber, was er mit seiner Rache bezweckte. Offensichtlich mochte er die Menschen nicht besonders. Er wollte sie erziehen wie ein strenger Vater – sie besser machen, als sie waren. Die Frage war, ob dies ein Vernichtungsfeldzug oder eine Erziehungsmaßnahme war. Davon hing letztendlich auch Pepes Leben ab. Würde er wieder aufwachen oder im Schlaf sterben. Die Antwort darauf lag sicherlich in der Persönlichkeit meines Entführers begründet. War er skrupellos, hatte er überhaupt Gefühle? Waren ihm die Menschen zuwider oder mochte er zumindest bestimmte Teile des menschlichen Wesens?

Je mehr ich grübelte, umso klarer wurde mir, dass ich auf meine Fragen keine Antworten bekommen würde. Zwar hatte ich ein Jahr lang in seiner Gewalt gelebt, aber ich kannte ihn deshalb nicht. Sicherlich war er nicht wie Arik, der sich schnell in der Welt der Menschen eingelebt und sich sogar verliebt hatte.

Stefan unterbrach meine Gedanken: „Weißt du, wovor ich heute am meisten Angst haben werde?"

„Nein, keine Ahnung", antwortete ich.

„Einzuschlafen natürlich! Ich werde mir irgendwoher Koffein besorgen und das Schlafen so lange wie möglich hinauszögern."

„Denkst du eigentlich immer nur an dich? Kannst du deinen Grips nicht dafür einsetzen zu überlegen, wie wir alle aus diesem Horrortrip wieder herauskommen?"

„Du brauchst mir nichts erzählen! Nur durch Pepe hast du deine soziale Ader entdeckt. Noch vor ein paar Wochen hast du dich um nichts und niemanden gekümmert. Wahrscheinlich wären wir gar nicht in dieser Situation, wenn du dich nicht in Selbstmitleid gesuhlt hättest."

Ich wurde nicht sauer, dafür wusste ich zu genau, dass er recht hatte. Mit Schuldzuweisungen kamen wir hier nicht weiter.

Kurz nach unserem Disput standen wir vor den Gebäuden der Uniklinik.

9.

Es war schön in ein Haus zu kommen, in dem es Strom gab. Das erweckte den Eindruck von Normalität. Sofort stieg mir der Geruch von Putz- und Desinfektionsmitteln in die Nase, der so typisch war für Krankenhäuser. Also hatten zumindest die Raumpfleger nicht komplett verschlafen. Es war erst zehn Uhr, aber nach meinem Gefühl waren Stunden vergangen, seit ich zuletzt auf die Uhr gesehen hatte. Die Zeit verging ohne die übliche Hektik offensichtlich langsamer. Statt dem Kommen und Gehen von Ärzten, Krankenschwestern und Patienten herrschte in der Eingangshalle der Chirurgie gähnende Leere. Immerhin war der Infoschalter besetzt. Die junge Frau hinter der Glasscheibe hatte verheulte Augen und schnäuzte sich gerade ausgiebig in ein Papiertaschentuch.

„Ich habe einfach den Stecker gezogen", brachte sie mühsam hervor, als wir vor ihr standen.

„Hat vermutlich ohne Unterlass geklingelt, oder?", sagte Stefan einfühlsam und fuhr fort: „Sie können das Telefon ruhig wieder einstecken. Es gibt da draußen keinen Strom mehr. Es werden nicht mehr so viele Anrufe kommen."

„Was soll ich denn bloß tun?", fragte die Frau verzweifelt. „Niemand gibt mir irgendwelche Anweisungen. Es ist kaum jemand da. Was ist nur passiert?"

„Die Menschen schlafen alle noch", versuchte ich sie zu beruhigen. „Sicherlich werden sie im Laufe des Tages aufwachen und dann wird sich die Lage wieder normalisieren. Machen Sie sich keine Sorgen!"

Meine beruhigenden Worte lösten nur einen neuen Anfall von Verzweiflung bei ihr aus.

Nachdem sie ihre Nase freibekommen hatte, konnte sie endlich wieder sprechen.

„Als ich heute Morgen um sechs zur Arbeit bin, haben mein Mann und mein Sohn noch geschlafen und jetzt erreiche ich sie nicht. Die Leitung ist tot."

„Gehen Sie nach Hause!", riet ihr Stefan. „Überzeugen Sie sich davon, dass alles in Ordnung ist und kommen Sie dann wieder. Das wird heute niemandem auffallen, wenn Sie für eine Stunde verschwinden."

Sie nickte und kramte ihre Sachen zusammen, die sie hastig in die Handtasche stopfte. Dann hängte sie ein Schild von Innen an die Scheibe, auf dem stand „Kurzzeitig nicht besetzt".

Bevor sie sich aus dem Staub machen konnte, fragte Stefan: „Wenn Sie uns bitte noch sagen könnten, wo Mina Rose und Arik Elgan liegen."

Die Anfrage versetzte die gerade noch aufgelöste Frau wieder in ihren professionellen Arbeitsmodus und ohne zu zögern, gab sie die Namen ein.

„Frau Rose liegt auf der Station Baumgärtner und Herr Elgan ist auf der Intensivstation. Da können Sie heute sicherlich nicht hin."

Wir bedankten uns bei ihr und wünschten ihr viel Glück für den Tag. Das würde sie sicherlich brauchen können.

Wir suchten das Treppenhaus und ich dachte währenddessen an die ganzen Menschen, die jetzt gerade in einem Aufzug feststeckten. Dann beruhigte ich mich selbst mit dem Gedanken, dass der Stromausfall nicht ewig dauern würde.

„Was wollen Sie hier?", eine Krankenschwester kam direkt auf uns zu, als wir die schwere Tür der Station Baumgärtner aufdrückten und in den langen weißen Flur traten. Sie verstellte uns den Weg.

„Wir wollen meine Lebensgefährtin Frau Rose besuchen. Sie soll hier auf der Station liegen", sagte ich beschwichtigend.

Die Pflegerin beruhigte sich sofort und lächelte sogar ein bisschen. Sie war klein und stämmig und ich traute ihr zu, dass sie einen ganzen Trupp an ungebetenen Gästen mit ihrer resoluten Erscheinung aufhalten konnte.

„Wir sind angehalten heute alle Besucher genau zu kontrollieren, damit es nicht zu Diebstählen bei den schlafenden Patienten kommt." Dann deutete sie auf das Tragetuch und fragte: „Ist das Frau Roses Kind?"

Ich nickte nur und spürte einen Kloß im Hals.

„Ist es heute schon mal aufgewacht?", fragte die Schwester weiter, jetzt sichtlich besorgt.

Diesmal schüttelte ich den Kopf.

Sie überlegte kurz, bevor sie sagte: „Sie sollten Frau Rose auf keinen Fall beunruhigen. Sagen sie ihr, dass das Kind schläft, aber dass alles in Ordnung ist und ich hole sie nach einer Viertelstunde wieder aus dem Zimmer. Wir wollen hoffen, dass sie nichts merkt."

Sie führte uns zur richtigen Tür und flüsterte uns zu: „Die Zimmernachbarin ihrer Frau schläft." Schlafen war inzwischen zu einem äußerst negativ besetzten Ausdruck geworden.

Ich hielt die Luft an, als ich die Türklinke herunterdrückte.

10.

Ich rechnete mit dem Schlimmsten. Ich hatte mich auf eine bleiche, halb verhungerte Mina mit strähnigen Haaren eingestellt, die ihrem früheren Selbst in keinster Weise ähnelte.

Mina lag im Bett am Fenster. Sie blickte nach draußen und schien uns zuerst nicht zu bemerken. Wider Erwarten sah sie gut aus, zwar dünn, aber nicht das Häufchen Haut und Knochen, das ich in Erinnerung hatte. Innerhalb von nicht mal zwei Tagen hatten sie sie im Krankenhaus wieder aufgepäppelt. Ihre Haut war glatt, ihre Wangen voll und ihre Haare sahen frisch gewaschen aus. Ich fragte mich, wie eine gerade operierte, vor kurzem noch totkranke Frau so schnell wieder so gut aussehen konnte.

Stefan schienen die gleichen Gedanken umzutreiben, denn er sagte laut zu ihr: „Mensch Mina, dir geht es ja wieder gut. Wie ist denn das passiert?"

Mina wandte uns ihr Gesicht zu. Sie schaute mich mit weit aufgerissenen Augen an und fragte dann: „Ist er in dem Tragetuch?"

Ich war froh, dass Stefan das Reden übernahm.

„Pepe schläft gerade. Er ist auf dem Weg hierher eingeschlafen. Es war ein bisschen viel für ihn die letzten Tage.

„Spricht er immer noch nicht?", Mina deutete mit dem Kopf auf mich.

„Doch, doch", versicherte Stefan schnell, „aber es fällt ihm gerade nichts Gescheites ein."

„Ich möchte Pepe sehen, jetzt!", Minas Stimme zitterte. Gleich würde sie sich auf mich stürzen und sich mit Gewalt ihr Kind holen.

Abwehrend hob ich die Hände und sagte: „Ganz ruhig, du bekommst Pepe sofort."

Stefan half mir ungeschickt dabei, den schlafenden Pepe aus dem Tragetuch herauszuheben. Ich legte ihn neben Mina ins Bett. Mina weinte, als sie Pepe an sich drückte. Vor lauter Tränen und Erleichterung schien sie nicht zu bemerken, dass Pepe viel zu fest schlief. Glücklicherweise trat jetzt die Schwester ins Zimmer und erfasste mit einem Blick den Ernst der Lage.

Entschlossen trat sie an Minas Bett und sagte streng: „So, die Besuchszeit ist für heute beendet. Bitte nehmen Sie das Kind wieder an sich und verlassen Sie den Raum."

Vorsichtig nahm ich ihr Pepe aus dem Arm. Mina machte keine Anstalten ihn festzuhalten. Sie hatte nicht mehr damit gerechnet, Pepe nochmals im Arm halten zu dürfen. Vermutlich würde sie noch lange weinen. Gerne hätte ich sie getröstet, aber andererseits war ich froh, dass die Schwester uns aus dem Zimmer warf.

Auf dem Gang begegnete uns ein Arzt, der uns wie die Schwester aufhielt und fragte, was wir hier zu suchen hätten. Stefan erklärte ihm, dass wir Mina Rose besucht und uns gewundert hätten, dass es ihr so gut ging.

Der Arzt war offensichtlich erleichtert und sagte: „Ja, Frau Rose ist so ein seltener Fall, wo sich alles zum Positiven wendet. Die Anfangsdiagnose Blinddarmdurchbruch und Blutvergiftung waren ganz verkehrt. Wir haben sie endoskopisch operiert, aber da war alles in Ordnung in ihrem Bauch. Sie war höchstens dehydriert, aber ansonsten ist sie kerngesund. Na ja, manchmal gibt es solche Fehldiagnosen im Eifer des Gefechts. Möglicherweise wurden Unterlagen vertauscht. Bei dem Chaos kann so etwas schon passieren. Von mir aus kann sie morgen entlassen werden."

„Das ist ja wunderbar", entgegnete Stefan perplex. „Wir bräuchten übrigens dringend Infusionen für den Kleinen hier. Es ist der Sohn von Frau Rose und er ist heute Morgen nicht aufgewacht."

Der Arzt sah erschrocken aus. Er sah uns ernst an, bevor er meinte: „Ich kann Ihnen da leider nicht weiterhelfen. Falls er bis morgen nicht aufgewacht ist, sollten Sie ihn unbedingt in die Kinderklinik bringen."

Ich drückte Pepe fester an mich. Es war das Allerletzte, was ich wollte, aber wahrscheinlich das einzig Vernünftige.

Der Arzt hatte sich schon abgewandt, als Stefan ihn mit den Worten aufhielt: „Entschuldigen Sie bitte, aber ein Freund von uns liegt ebenfalls hier. Er heißt Arik Elgan."

Mehr sagte er nicht, sondern sah den Arzt nur erwartungsvoll an. Dieser war offensichtlich misstrauisch geworden bei der Erwähnung des Namens.

„Der Patient der Polizei? Und der gehört zu Ihnen?", fragte er.

„Er ist ein Freund von Frau Rose und sie will morgen bestimmt wissen, wie es ihm geht und wo er liegt, damit sie ihn besuchen kann."

„Na ja", sagte der Arzt. „Ich bin zwar nicht zuständig, aber mit dem Besuchen wird das sicher nichts. Herrn Elgan geht es schlecht und er wird auf der Intensiv von der Polizei bewacht."

Stefan bedankte sich überschwänglich bei dem jungen Arzt für die Informationen und dies zeigte Wirkung, denn im Gehen fügte dieser noch leise hinzu: „Er wird von einem schlafenden Polizisten bewacht."

11.

Ohne zu sprechen machten wir uns auf den Heimweg. Was hätten wir auch sonst tun sollen? Wahrscheinlich schlief die Hälfte der Bevölkerung, was das normale Leben zum Erliegen brachte. Inzwischen hatten ein paar Läden geöffnet und in einigen Wohnungen brannte Licht. Es schien wieder Strom zu geben. Die Menschen, denen wir begegneten, sahen uns alle groß an, so als wäre die Anonymität der Großstadt plötzlich aufgehoben. Es gab eine Verbindung zwischen vormals Fremden. Wir gehörten zu den Wachen. Aber jeder, der sich trotz Panik ein bisschen Verstand bewahrt hatte, wusste, dass er irgendwann schlafen musste. Nachdem mir diese Gedanken durch den Kopf gegangen waren, sagte ich zu Stefan: „Komm wir gehen zum Laden um die Ecke und schauen, ob er auf hat. Ich will mich mit Cola eindecken."

Stefan nickte nur zustimmend. Ihn plagten offensichtlich ähnlich düstere Gedanken. Eigentlich hatte ich es mir immer schön vorgestellt, im Schlaf zu sterben. Mein Opa war so gestorben und ich dachte, es sei sehr friedlich, einfach so am Abend einzuschlafen und nicht mehr aufzuwachen. Für die Angehörigen war so ein plötzlicher Tod natürlich nicht schön, aber für den Betroffenen selbst war er sicherlich ein Geschenk. Würde uns der verstoßene Engel so ein Geschenk machen? Um uns zu strafen schickt er uns den sanftesten Tod, den man erleben kann. Das klang nicht logisch.

„Stefan, ich glaube nicht, dass er die Leute ewig schlafen lässt. Ich denke, dass sie wieder aufwachen."

„Wie kommst du da drauf?", fragte Stefan.

„Er will uns bestrafen! Warum sollte er uns dann einen sanften Tod schenken? Das ist doch keine Strafe."

Stefan hatte offensichtlich einen Teil seines Widerspruchsgeist eingebüßt, denn er meinte nur besorgt: „Na ja, für die meisten von uns wäre es schon eine Strafe. Die Mehrheit will sicherlich noch länger leben. Du meinst also, da kommt noch etwas Schlimmeres?"

Ich nickte und versuchte mir vorzustellen, in welchen Traumwelten, die Menschen, die heute nicht aufgewacht waren, wohl gefangen waren.

Wir ergatterten nur zehn kleine Flaschen Cola. Der Laden war halb leergekauft. Ich fragte mich, wofür die Leute Hamsterkäufe machten, wenn sie sowieso demnächst alle schlafen würden. Dann bräuchte niemand mehr Essen oder Trinken.

Mit unseren spärlichen Einkäufen beladen standen wir vor unserem Haus, als wir die Schreie hörten. Jemand schrie da drinnen in äußerster Panik.

„Mach endlich die Tür auf", herrschte ich Stefan an.

Er brauchte eine Ewigkeit, um seine Schlüssel zu finden, während die Schreie drinnen weitergingen. Als ihm der Schlüsselbund aus den zitternden Fingern fiel, schrie ich ihn an: „Stefan reiß dich jetzt zusammen. Wir müssen da rein!"

Schließlich schaffte er es, die Tür aufzuschließen, und wir stürmten ins Haus – ich immer noch mit dem schlafenden Pepe im Tragetuch.

Im Haus herrschte weitgehend Chaos. Die Jacken lagen auf dem Flurboden, das Geschirr in der Küche war aus den Schränken gerissen und Tausend Scherben lagen über den Boden verstreut. Im Wohnzimmer fanden wir sie. Zoé saß auf dem Boden und schrie ohne Unterlass. Raúl hatte sie gepackt und hielt sie von hinten umschlungen wie in einer Zwangsjacke. Der Schweiß stand ihm auf der Stirn und sein Gesicht und seine Arme waren voller blutiger Kratzer. Im ersten Moment wollte ich auf Raúl losgehen, aber dann sah ich an Zoés Gesicht, dass sie nicht sie selbst war. Ihre Augen waren starr und angstgeweitet. Ihre Schreie verursachten mir Gänsehaut. Sie erinnerten mich an Minas Schreie unter der Geburt.

Über den Lärm hinweg fragte Stefan: „Was sollen wir tun?"

Raúl antwortete sofort: „Vielleicht ein Eimer kaltes Wasser. Sie tobt seit einer halben Stunde. Ich kann sie nicht mehr lange halten."

Während Stefan Wasser holte, wollte ich von Raúl wissen, was überhaupt passiert war. Die Probe war abgesagt worden, da die Hälfte des Ensembles nicht erschienen war. Daraufhin war er wieder nach Hause gefahren und hatte die Schreie und das Gepolter aus meinem Haus gehört. Er hatte schnell den Ersatzschlüssel geholt und war hineingegangen. Da war Zoé gerade dabei gewesen, das Wohnzimmer zu verwüsten und Minas Bücher aus den Regalen zu reißen. Er hatte versucht, mit ihr zu sprechen, aber sie hatte sich sofort auf ihn gestürzt und ihm das Gesicht zerkratzt. Seitdem hatte er sich darauf beschränkt, sie einfach nur festzuhalten.

Stefan kam mit leeren Händen wieder und sagte: „Ich finde keinen Eimer. Wie wäre es, wenn wir sie ins Bad bringen und sie in der Badewanne kalt abduschen?"

„Wenn es sein muss", sagte ich. „Ich lege Pepe vorher ins Bett und helfe mit, denn das schafft ihr alleine nicht."

Zoé machte nicht den Eindruck, als würde sie irgendetwas von unseren Plänen mitbekommen. Sie war wie in Trance. Sie schrie und jeder einzelne ihrer Muskeln war bis zum Zerreißen gespannt. Wenn Raúl sie losließe, würde sie explodieren.

Zu dritt gelang es uns, sie ins Badezimmer zu bugsieren. Stefan und Raúl legten sie in die Badewanne und hielten mit aller Kraft ihre Arme und Beine nach unten gedrückt. Mir kam die Aufgabe zu, sie mit kaltem Wasser abzuspritzen. Wie so oft in den letzten Tagen fühlte ich mich wie in einem Film. Das hier war nicht real. Nach dem Dreh würden wir uns alle zusammensetzen und gemütlich ein Bier trinken. Die schreiende Zoé spielte ihre Rolle fantastisch. Sie hatte wirklich nichts mehr gemeinsam mit der Zoé, die ich kannte, sondern war zu einer wilden Furie mutiert, die eigentlich in die Psychiatrie und nicht in unsere Badewanne gehörte.

Das eiskalte Wasser spritze auf die drei herunter. Stefan und Raúl fluchten, denn sie bekamen fast genauso viel ab wie ihre Gefangene. Zoé schrie zuerst noch lauter, aber dann schien das kalte Wasser Wirkung zu zeigen. Sie wachte aus ihrer Trance auf und murmelte nur noch leise vor sich hin: „Bitte aufhören!"

Stefan und Raúl ließen vorsichtig ihre Arme und Beine los und standen wie zwei begossene Pudel vor der Badewanne. Zuerst verharrten sie noch in Hab-Acht-Stellung, aber als sie sich sicher waren, dass von der Frau in der Badewanne keine Gefahr mehr ausging, schnappten sie sich jeder ein Handtuch und verließen den engen Raum.

Ich blieb zurück und suchte ein halbwegs trockenes Handtuch für Zoé heraus, die angefangen hatte, unkontrolliert zu zittern. Ich half ihr langsam auf und wickelte sie in das Handtuch. Dann legte ich meine Arme um sie, um sie mit meinem Körper zu wärmen, da sie immer noch schlotterte und ich ihr nicht aus den klatschnassen Kleidern helfen wollte. Ihr Körper entspannte sich etwas in meinem Arm und ihre Zähne hörten auf zu klappern.

In diesem Moment wurde die Tür aufgerissen und Mina stand im Türrahmen. Hinter ihr lehnte Raúl an der Wand. Mina sah entsetzt von Zoé zu mir und wieder zu Zoé und versuchte zu verarbeiten, was sie da gerade sah.

Raúl hatte sich schneller gefangen. Er stellte nur lapidar fest: „Ich werde wohl hier nicht mehr gebraucht. Dann kann ich heimgehen und mir trockene Sachen anziehen und die Kratzer verarzten."

Ich hielt Zoé weiterhin fest.

Schließlich holte Mina tief Luft und fragte, „Wo ist Pepe?"

Ohne ihr zu antworten, schloss ich die Tür und verriegelte sie. In diesem Moment gab es nur Zoé, die mich brauchte und die ich trösten musste. Sie war der einzige Mensch, der immer zu mir gehalten hatte, auch in der schwersten Zeit. Jetzt musste ich für sie da sein.

Ich streichelte Zoé über die nassen Haare und flüsterte ihr beruhigende Worte ins Ohr, bis sie sich schließlich von mir löste und mich mit einem Kopfnicken hinausschickte.

12.

Mina hatte nicht mit den Fäusten gegen die verschlossene Badezimmertür getrommelt, was untypisch für sie war. Ich fand sie in meinem Schlafzimmer mit Pepe auf dem Arm, den sie wie ein kleines Baby hin und her wiegte. Sie weinte nicht, aber sie war verzweifelt. Das sah ich ihr an. Sie sah schön aus, aber gleichzeitig unendlich traurig.

„Das Widersehen verläuft zur Zeit nicht ideal", stellte ich etwas unbeholfen fest. „Er wird wieder aufwachen so wie Zoé", fügte ich hinzu und setzte mich neben sie aufs Bett.

Mina nickte nur, war aber nicht wirklich überzeugt.

„Lässt du mich bitte mit ihm alleine?", fragte sie mich.

„Gleich", gab ich zur Antwort, „aber zuerst sagst du mir, was du hier zu suchen hast. Du solltest doch erst morgen entlassen werden."

Mina erklärte: „Als ihr gegangen wart, habe ich den Fernseher angeschaltet und da kamen Nachrichten über die Menschen, die überall auf der Welt schlafen und nicht wachzukriegen sind. Da musste ich einfach wissen, ob es Pepe gut geht." Sie brach ab, denn ganz offensichtlich hatten sich ihre schlimmsten Befürchtungen bestätigt.

Widerstrebend verließ ich das Zimmer. Ich war es inzwischen gewohnt, alleine für Pepe verantwortlich zu sein, und es fühlte sich seltsam an, diese Verantwortung jetzt abzugeben.

In der Küche läutete das Telefon. Das Krankenhaus rief an, um mir mitzuteilen, dass Frau Rose unerlaubter Weise die Station verlassen hatte. Ich versprach anzurufen, falls sie zu Hause auftauchen würde, und legte auf.

Zoé war in der Küche. Anstatt sich auszuruhen, versuchte sie, das Chaos zu beseitigen, das sie angerichtet hatte. Als ich hinzukam, war sie gerade dabei, Scherben zusammenzufegen. Sie sah mich und sagte: „Mensch Nick, du bist ja ganz nass. Willst du dir nichts Trockenes anziehen?"

„Mein Zimmer ist besetzt", gab ich ihr zur Antwort.

„Warte", sagte sie, „ich besorge dir Sachen von Stefan."

Nach fünf Minuten kam sie wieder mit einer Jeans und einem Pulli über dem Arm.

Ihre Miene war sorgenvoll: „Stefan liegt auf dem Bett und schläft. War wohl alles zu viel. Ich habe mich nicht getraut, ihn zu wecken."

Ich zog die Kleider aus, die Zoé nass gemacht hatte, und bemerkte dabei ihren Blick, der über meinen Körper wanderte. Plötzlich stand sie vor mir und öffnete den Bademantel, den sie sich übergezogen hatte. Wir schliefen in der Küche miteinander, umgeben von kaputtem Glas und Porzellan. Es war ein Akt der Verzweiflung. Wir fühlten uns beide am Ende und klammerten uns auf dem Küchenstuhl aneinander wie Schiffbrüchige.

Als es vorbei war, spürte ich ein Gefühl von Scham, als hätte ich etwas Verbotenes getan. Es war eine komische Sache, miteinander zu schlafen, nachdem man schon zehn Jahre befreundet war.

Als wir uns wieder angezogen hatten, fragte ich sie, auch um die peinliche Stille zwischen uns zu vertreiben: „Was hast du erlebt, als du geschlafen hast?"

Zoé tat etwas, was ich sie noch nie hatte tun sehen. Sie ging an den Küchenschrank und holte sich eine Flasche Rum und ein Glas. Dann fegte sie mit dem Handbesen die Scherben vom Küchentisch und setzte sich, vor ihr die Flasche und das Glas.

„Das stehe ich nicht nüchtern durch", gab sie als Erklärung an und schenkte sich das Glas randvoll.

Dann erzählte sie von ihren Träumen. Sie hatte vom Krieg geträumt – ein Albtraum hatte den nächsten gejagt, und zwar pausenlos. Sie war verfolgt worden, unter Feuer geraten, hatte mitansehen müssen, wie Zivilisten massakriert wurden. Sie war mittendrin in all dem Leid gewesen, welches Menschen sich gegenseitig im Krieg antun. Vor ihren Augen waren Körper explodiert, Frauen vergewaltigt worden und Kinder verbrannt. Sie hatte versucht wegzulaufen, war aber immer Teil des Gemetzels geblieben. Auch sie verlor einen Arm, wurde vergewaltigt und verbrannte schließlich mit anderen zusammen eingesperrt in einem Haus.

Normalerweise wacht man aus einem Albtraum auf, wenn er nicht mehr auszuhalten ist. Aber bei diesem Traum war das nicht der Fall. Sie wachte erst auf, als sie tot war.

Zoé hatte die halbe Flasche Rum geleert, als ihr Bericht endete. Ich sah ihr an, dass sie inzwischen total betrunken war. Am Schluss sagte sie mit einem unangenehmen Lallen in der Stimme: „Ich habe dich verführt. Du konntest nichts dafür. Ich wollte mich wieder lebendig fühlen nach dem ganzen Tod in meinem Traum."

Ich nahm ihr den Rum weg und gab ihr stattdessen eine Cola aus dem Kühlschrank. Wenn sie jetzt wieder einschliefe, würde es die Situation bestimmt nicht verbessern. In Gedanken war ich bei Pepe und fragte mich fieberhaft, was er wohl gerade träumte und ob der Verstoßene auch Kinder mit solch schrecklichen Bildern quälte und damit ihre Seele zerstörte. Dann stellte ich mir vor, wie viele Kinder tatsächlich gerade solche Erlebnisse hatten, wie Zoé sie beschrieben hatte und wie sie daran zerbrachen. Später würden sie sich entweder selbst mit Drogen kaputtmachen oder genauso brutal werden wie die Erwachsenen, die sie misshandelt hatten.

Während ich darüber nachdachte, wurde ich immer wütender, nicht nur auf den Verstoßenen, der auch meinen Sohn in seinen Klauen hatte, sondern auch auf die Habgier, die Gewalt und das Machtstreben der Menschen, die uns genau an diesen ausweglosen Punkt gebracht hatten. War die Lösung, die Hälfte der Menschheit in Albträume zu versenken, in der Hoffnung, sie wären danach geläutert? Oder ging es darum, einfach das ganze System lahmzulegen, denn im Moment tobten gewiss keine Kriege. Schlafende Soldaten konnte man schwerlich einsetzen.

Zoé unterbrach meine Gedanken: „Ich werde mich eher umbringen, als nochmals in diese Hölle zu gehen." Sie hatte das Gesicht in den Händen vergraben.

„Wenn sich alle umbringen, die zu sensibel sind, um diese Träume auszuhalten, weißt du, wer dann übrig bleibt?", fragte ich sie barsch.

„Nein, und das ist mir auch total egal. Ich weiß nur, dass ich es nicht kann."

„Dann bleiben die Arschlöcher übrig, genau die, die auf so ein Gemetzel stehen."

Zoé widersprach: „Ich denke, jeder hat seine Schwachstelle. Es gibt noch andere schlimme Sachen außer Krieg. Jeder fürchtet sich vor irgendetwas."

„Verdammt", ich hieb mit voller Wucht die Faust gegen die Wand. Außer dem wohltuenden lauten Knall, den der Schlag verursachte, hörte ich etwas knacken. Ich betrachtete meine roten Fingerknöchel. Ein Knöchel schien gebrochen zu sein. Der Schmerz tat mir gut.

13.

Ich hatte mir einen Beutel mit Eiswürfeln gemacht und auf meine Hand gelegt. Zoé saß gedankenverloren am Tisch und versuchte offensichtlich ihre grauenvollen Träume zu verarbeiten. Nebenan hörte ich, wie sich jemand geräuschvoll im Bad übergab. Ich fragte mich gerade, ob es Mina vielleicht wieder schlechter ging und ich nach ihr sehen sollte, als Stefan in die Küche gestürmt kam. Er hatte einen hochroten Kopf und ihm hing noch ein Speichelfaden aus dem Mundwinkel. Folglich war er für die unguten Geräusche im Bad verantwortlich.

Mit einem Satz war er beim Kühlschrank und holte eine Flasche Wasser heraus, die er ohne abzusetzen leerte. Nun schien es ihm besser zu gehen, denn er setzte sich zu uns und sagte mit einem breiten Grinsen: „Ich habe ihn ausgetrickst. Ich habe eine Möglichkeit gefunden, wie man auch dem schrecklichsten Albtraum entkommen kann."

Natürlich starrten wir ihn erwartungsvoll an, denn wir wussten ja beide, dass er tatsächlich geschlafen hatte und jetzt saß er eine Stunde später vor uns und es ging ihm offensichtlich gut genug, um uns auf die Folter zu spannen.

Endlich fing er an zu erzählen: „Ihr glaubt nicht, wovon ich geträumt habe. Na ratet mal. Ach vergesst es Leute, da kommt ihr nie drauf! Als Kind bin ich fleißig in die Kirche gerannt und das Einzige, wovor ich richtig Angst hatte, war, dass ich irgendwann in der Hölle lande. Und genau dorthin hat es mich jetzt verschlagen. Ich sage euch, das war so gruselig." Er machte eine kurze Kunstpause.

Zoé nutzte die Gelegenheit um einzuwerfen: „Engel und Traumwelten sind Humbug, aber die Hölle ist real, äußerst logisch."

Stefan hatte ihren Einwand nicht registriert. Er war viel zu gebannt von seiner eigenen Geschichte.

„Als wir nach Hause kamen und nachdem wir dich gebadet hatten, merkte ich, wie müde ich war. Auf der anderen Seite hatte ich schreckliche Angst davor, einzuschlafen und nie wieder aufzuwachen. Ich überlegte, ob es vielleicht möglich wäre, wenn man schon nicht von außen geweckt werden konnte, ob ein starker innerer Reiz eine größere Chance hätte."

Wieder pausierte er und starrte uns erwartungsvoll an. Ich stöhnte und sagte: „Jetzt komm schon, verrat uns deinen Trick."

„Ich habe mir von Zoé aus der Küche vier Chilischoten genommen. Meine Annahme basierte darauf, dass man, wenn der Druck gehörig groß wird, automatisch im Traum anfängt, mit den Zähnen zu knirschen. Es ist zwar keine angenehme Art aufzuwachen und ich finde es auch nicht super, sich ständig zu erbrechen, aber alles in allem ist es bestimmt besser, als tagelang in der Hölle zu schmoren."

„Das heißt, wenn ich Pepe verletzen würde, würde er aufwachen?", fragte ich entsetzt.

„Nein, ich denke nicht. Der, der dieses nette Programm geschrieben hat, hat geplant, dass niemand die Schlafenden aufwecken kann. Dass sie sich selbst im Traum verletzen oder erschrecken, hat er nicht bedacht. Nur deshalb ist es möglich."

„Du meinst, es ist eine Software?"

„Natürlich, wie soll das sonst gehen, global gedacht. Irgendwo steht ein riesiger Rechner und wenn wir schlafen, hat er Zugang zu unseren Träumen. Im Wachzustand kann er uns nichts anhaben."

Zoé stand auf, etwas unsicher auf den Beinen vom Rum und von dem, was sie durchgemacht hatte. Vermutlich auch wegen unseres kurzen, aber heftigen Zwischenspiels auf dem Küchenstuhl.

„Ich ziehe mich an und dann gehe ich einkaufen", sagte sie. Wir starrten sie fragend an. Sie sagte nur ein Wort: „Chilis!"

„Wir müssen deinen Trick publik machen, das gibt die Nachricht der Jahrhunderts", sagte ich zu Stefan, nachdem Zoé gegangen war.

„Wenn Zoé zurück ist mit einem Kilo Chilis, von mir aus", gab er zur Antwort.

Ich zögerte. Jetzt, wo wir eine Lösung für das Schlaf-Problem gefunden hatten, dachte ich daran, dass es manchen Menschen vielleicht gar nicht schlecht tat, schreckliche Albträume zu haben. Möglicherweise war dies die einzige Chance, die die Menschheit noch hatte, dem Kämpfen, dem Morden, der Umweltzerstörung und der Gier ein Ende zu machen. Letztendlich dachte ich genauso wie der Verstoßene. Mein Menschenbild war schon immer ein zutiefst pessimistisches gewesen. Vielleicht sollte man noch einen Tag warten mit dem Posten von Stefans Trick. Aber was nützte das, wenn sich dann gerade Menschen wie Zoé in der Zwischenzeit das Leben nahmen. Wir konnten nicht sieben, entweder halfen wir allen oder niemandem.

14.

„Wie war die Hölle?" Die Frage war mir so rausgerutscht. Eigentlich interessierte mich das gar nicht, sondern ich hatte nur gefragt, weil Stefan plötzlich so niedergeschlagen aussah.

Er räusperte sich, bevor er anfing zu sprechen. Aus seinen Augen blickte die pure Verzweiflung.

„Ich denke, jeder hat seine eigene persönliche Hölle. Das ist das, wovor er sich am meisten fürchtet. Vermutlich lernen die Menschen diese Angst erst kennen, wenn sie diesen Traum träumen, weil sie tief in ihnen schlummert. Meine persönliche Hölle war immer die Angst davor, lebendig begraben zu werden. Ich bin auf dem Dorf aufgewachsen und auf dem Land erzählen sich die Kinder die schlimmsten Geschichten, von behinderten Kindern, die auf den Höfen im Keller eingesperrt, und von Menschen, die lebendig begraben werden. Das mit dem Lebendig-begraben-Sein habe ich mit der Hölle, von der der Pfarrer uns gewarnt hat, in Verbindung gebracht. Man stirbt und wacht im Sarg unter einem riesigen Haufen Erde auf und dort bleibt man bis ans Ende aller Tage. Als ich vorhin eingeschlafen bin, habe ich mich genau dort wiedergefunden. Absolute Schwärze, eine Enge, sodass ich mich nicht bewegen konnte, und fast keine Luft zum Atmen. Es roch nach Moder und feuchter Erde. Ich bin nicht erstickt, aber ich hatte fürchterliche Angst davor. Ich konnte nur in meinem Grab liegen und durchdrehen."

Stefan hörte auf zu reden. Er hatte die Hände ineinander verkrallt und hing seinen schrecklichen Erinnerungen nach.

Ich war mir durchaus der Tatsache bewusst, dass die Idee mit den Chilis nur ein Grashalm war, an den ich mich klammerte. Was war denn meine persönliche Hölle, in der ich schmoren würde, sobald ich einschliefe? Da musste ich nicht lange in meinem Unterbewusstsein graben. In meinem Albtraum wäre ich wieder ein hilfloses Kind und mein Vater wäre allein mit mir zu Hause und betrunken. Zuerst würde er mich mit Worten quälen. Er würde mir erzählen, wie dumm ich war und wie unfähig, das aus mir nie etwas Gescheites werden und dass ich irgendwann auf der Straße landen würde. Denn ich wäre faul und undankbar. Später, wenn er dann mehr getrunken hatte, wurde er rührselig. Manchmal begann er zu weinen und versicherte mir, wie lieb er mich doch hätte, dass ich sein Ein und Alles wäre. So ein liebes Kind, gerade das Gegenteil von meiner Mutter, der Schlampe, die abends ausging, um sich zu amüsieren, anstatt bei ihm zu Hause zu bleiben, wo es doch so gemütlich und nett war. Irgendwann war er zu müde zum Reden und schlief in seinem Sessel ein. Zu diesem Zeitpunkt war mein Martyrium noch längst nicht zu Ende. Ich ging ins Bett und konnte nicht einschlafen, weil ich nichts mehr wusste. Ich war total verwirrt. War ich ein gutes oder ein böses Kind? War ich sein Ein und Alles oder sein Sargnagel?

Irgendwann, von einem Tag auf den anderen war er verschwunden. Vermutlich hatte meine Mutter ihn rausgeschmissen. Aber da wir nicht über sein Verschwinden redeten, weil alle nur froh waren, ihn los zu sein, blieb bei mir immer die Angst, er könne eines Tages wiederkommen, sich wieder bei uns einnisten und seine alten Gewohnheiten wieder aufnehmen.

Ich war mir ziemlich sicher, dass dies das Szenario wäre, wenn ich jetzt einschliefe. Er wäre wieder da.

15.

Mina betrat die Küche und sie hatte jemanden im Schlepptau. Auf dem Arm trug sie Pepe, der immer noch tief und fest schlief.

„Habt ihr die Klingel nicht gehört? Dieser Herr hier will dich sprechen Nick", sagte sie.

Stefan und ich waren so in unsere Gedanken versunken, dass wir offensichtlich das Läuten nicht gehört hatten. Wir starrten beide Mina an. Sie war noch schöner geworden. Ihre Haut blasser und das dunkle Haar voller. Ihre Augen waren groß und leuchtend blau. Waren sie nicht früher braun gewesen? Ich schüttelte verwirrt den Kopf. Minas Gegenwart irritierte mich sichtlich und auch Stefan schien beeindruckt.

„Mensch Mina, vor zwei Tagen warst du nur noch ein Haufen Haut und Knochen und jetzt bist du das blühende Leben. Das Elixier kannst du echt mal an mich weiterreichen."

In diesem Moment fiel es mir wie Schuppen von den Augen. Kein menschliches Wesen regenerierte sich so schnell. Mina war gestorben und zu einem Lunimi geworden. Wir hatten wieder einen Engel in unserer Mitte. Ich verstand nur den Grund nicht. Mina war nie besonders engelsgleich gewesen, warum hatte ausgerechnet sie das ewige Leben geschenkt bekommen. Das musste etwas mit den vielen Engeln in ihrer Umgebung zu tun haben. Mit Zoé, Arik und dem Verstoßenen. Meine unglaubliche Entdeckung musste ich erst einmal für mich behalten, denn wir hatten einen ungebetenen Gast.

Der Mann, der hinter Mina die Küche betreten hatte, kam auf mich zu. Zuerst erkannte ich ihn nicht, weil er dieses Mal in Jeans und Pulli und nicht im Anzug auftrat.

Er streckte mir die Hand entgegen und sagte: „Max Müller. Kann ich Sie unter vier Augen sprechen?"

Ich ignorierte seine Hand und entgegnete: „Sie sehen aus, als hätten Sie schlecht geschlafen. Wir haben hier keine Geheimnisse voreinander, also setzten Sie sich und schießen Sie los." Ich musste selbst über meinen dummen Spruch mit den Geheimnissen schmunzeln, denn hier hatte jeder Geheimnisse vor jedem. Aber gegenüber Fremden konnte man ja so tun als ob, vor allem dann, wenn sie vom Geheimdienst kamen.

Herr Müller, oder wie auch immer er in Wahrheit hieß, sah sich in dem Chaos der Küche um, nickte mit dem Kopf und murmelte: „So ähnlich sieht es bei mir zu Hause auch aus."

Dann setzte er sich und fuhr fort: „Wir befinden uns im absoluten Ausnahmezustand. Jetzt ist alles möglich, sogar ein dritter Weltkrieg."

Ich widersprach ihm: „Lassen Sie die Schwarzmalerei. Die Hälfte der Weltbevölkerung schläft. Da zieht niemand in den Krieg."

„Sie verstehen nicht!", entgegnete Müller scharf. „Die Versorgung der Menschen mit dem Nötigsten, mit Essen,

Wasser und Strom ist gefährdet. Das wird ein Kampf jeder gegen jeden."

„Das stimmt nicht", stieg Stefan in die Diskussion ein. „Im Schlaf verbraucht der Mensch nicht groß Kalorien. Das Gleiche gilt für Strom und Wasser. Der weltweite Bedarf geht drastisch zurück. Das Problem ist die Wirtschaft, die zusammenbricht. Es fließen keine Gelder mehr. Die Finanzmärkte sind lahmgelegt. Es geht wie immer nur ums Geld."

Mina hatte sich in einer Ecke der Küche postiert, ziemlich genau dort, wo die Erscheinung vorgestern aufgetaucht war.

Sie unterbrach unsere Diskussion: „Und wenn es etwas Gutes ist? Etwas, dass die Menschheit langfristig vor dem Aussterben bewahrt. Jeder besinnt sich wieder auf das Wesentliche, auf seine Angehörigen, auf sein Essen und Trinken. Zum ersten Mal haben alle auf der Welt die gleichen Probleme. Niemand will einschlafen und alle warten darauf, dass ihre Nächsten wieder aufwachen. Ist es nicht genau das, was wir brauchen? Ein Anhalten? Eine Pause? Alleine die Anzahl der Kinder, die jetzt nicht gezeugt werden, wird die Weltbevölkerung gewaltig reduzieren."

Herr Müller antwortete: „Das wird auch nötig sein bei den Ernteausfällen. Ich habe ehrlich gesagt keine Zeit für philosophische Exkurse. Ich wollte Ihnen nur mitteilen, Herr Kampfer, dass Sie alle Unterstützung bekommen, die Sie brauchen, wenn Sie helfen können, das Problem zu lösen. Das heißt Geldmittel und auch sonst jegliche technische Hilfe."

„Geben Sie mir nochmals Ihre Karte, die letzte habe ich direkt entsorgt, und zwei Tage Zeit", antwortete ich, denn ich wollte ihn schnell wieder loswerden.

„Wir haben keine zwei Tage. Wenn Sie den Spuk bis morgen beenden, bekommen Sie eine Leibrente von 3000 € im Monat, und das auch, wenn Sie hundert Jahre alt werden."

Ich war kurz sprachlos über das Angebot. Das war wie ein Sechser im Lotto.

„Warum ich?", fragte ich dann.

„Sie sind nicht der Einzige, dem wir dieses Angebot unterbreiten. Wir haben unsere eigenen Leute und wenden uns darüber hinaus an alle Hacker, an die wir herankommen, denn es handelt sich offensichtlich um ein hochkompliziertes Programm."

Herr Müller lehnte sich auf seinem Stuhl zurück und verschränkte die Arme. Es war klar, dass er nicht alle Informationen preisgab, die sie hatten. Wenn er gewusst hätte, wie weit wir ihm an Erkenntnis voraus waren, wäre seine kühle Überheblichkeit sicherlich schneller geschmolzen als ein Eis in der Sonne.

Ich wagte einen Vorstoß, denn ich war neugierig, wie nah sie an der Wahrheit dran waren. „Sie glauben also, dass irgendwo ein Superrechner steht, der die menschlichen Gehirne manipuliert."

Er sagte nichts, sondern zuckte nur mit den Achseln.

„Aber wie genau das Bewusstsein beeinflusst wird, wissen Sie nicht. Sie wissen einfach herzlich wenig …"

Stefan trat mir unterm Tisch auf den Fuß. Er wollte verhindern, dass ich mich verplapperte.

Herr Müller sagte: „Ich bin nicht hier, um Sie in alles einzuweihen, sondern wegen eines Geschäftes. Sie können es annehmen oder ablehnen."

Mina meldete sich erneut zu Wort: „Sie haben gesagt, dass wir jede Hilfe bekommen können, die wir brauchen. Ich möchte einen totkranken Freund, der im Krankenhaus liegt, hier nach Hause holen, damit er in Ruhe sterben kann. Wenn Sie das für uns arrangieren können, verspreche ich Ihnen, dass Herr Kampfer die nötige Energie aufwendet, um unser aller Problem zu lösen."

Herr Müller runzelte skeptisch die Stirn: „Sie meinen den Mann, der die Menschen in diesem Haus brutal überfallen und mit dem Messer attackiert hat? Sie meinen den Mann, der angeblich von den Toten auferstanden ist?"

Mina blieb ruhig: „Herr Elgan war ein guter Freund von mir und er liegt im Sterben. Ich verspreche Ihnen, dass wir ihn nicht fortschaffen."

„Dafür werde ich sorgen", sagte Herr Müller. „Wir werden das Haus rund um die Uhr überwachen."

„Wenn Sie dafür noch Personal übrig haben", murmelte ich in meinen Dreitagebart, aber niemand hörte mir zu.

16.

Eine Stunde später fuhr ein Krankenwagen vor. Minas Idee war so einfach wie genial. Sie tat so, als würde sie aus Nächstenliebe handeln, und holte den einzigen Menschen zu uns zurück, der uns möglicherweise dabei helfen konnte, den Plan des Verstoßenen zu durchkreuzen. Im ersten Moment war ich ihr auf den Leim gegangen und eine Welle der Eifersucht hatte mich erfasst, eigentlich ziemlich absurd, wo ich erst heute mit ihrer besten Freundin geschlafen hatte. Herr Müller hatte mein wütendes rotes Gesicht bemerkt und war wohl zu dem Schluss gekommen, dass es sich bei der Aktion um ein Machtspiel zwischen Mina und mir handelte.

Er hatte keinen Verdacht geschöpft und eingewilligt, Elgan bis zu seinem Tod hier zu lassen.

Zwei Sanitäter, die so müde aussahen, als könnten sie kaum die Augen offen halten, schoben Arik ins Haus. Er war nicht bei Bewusstsein und sah furchtbar aus. Eine Infusionsnadel steckte in seinem Arm. Mina ordnete an, dass er in ihr Zimmer gebracht und in ihr Bett gelegt wurde. Zu diesem Zweck hatte sie das Polizeisiegel kurzerhand von ihrer Tür entfernt – um eine solche Straftat kümmerte sich im Ausnahmezustand wohl niemand – und das Bett frisch bezogen und durchgelüftet.

Mina hatte Pepe an mich übergeben und es war klar, dass sie sich jetzt vorrangig um Arik kümmern würde.

Nachdem sich die Zimmertür hinter ihr und dem sterbenden Arik geschlossen hatte, kehrte ich mit Pepe auf dem Arm zu Stefan in die Küche zurück. Zoé saß auch schon am Tisch, auf dem ungefähr zwei Kilo Chilischoten lagen.

„Ich habe alle Geschäfte im Umkreis von zwei Kilometern um ihre Chilivorräte erleichtert. Chilis sind das neue Gold, wie ihr wisst."

Zoé strahlte. Sie war ganz offensichtlich stolz auf sich. Ich betrachtete Zoé eingehend und fand, dass sie ungewöhnlich abgeschlagen aussah. Im gleichen rasanten Tempo, in dem Mina an Schönheit gewann, alterte Zoé und bekam erste Falten und Augenringe. Inzwischen sah sie richtiggehend durchschnittlich aus. Sie war keine Frau mehr, nach der man sich auf der Straße umschauen würde. Es hatte mir immer gefallen, mich in Zoés Schönheit zu sonnen, und ich hörte in mich hinein, um zu ergründen, was diese Veränderung mit mir machte. Ich spürte nichts. Ich war mit dem Engel Zoé knapp zehn Jahre lang befreundet gewesen und die Frau, die bei mir am Tisch saß und so normal wirkte und nichts Glamouröses mehr an sich hatte, war mir seltsam fremd, obwohl ich ihr vor ein paar Stunden körperlich zum ersten Mal nahe gekommen war.

Ich verschob meine Überlegungen in Bezug auf Zoé auf später und rückte meinen Stuhl am Tisch so zurecht, dass ich bequem mit Pepe Platz nehmen konnte.

Ich betrachtete die vielen knallroten Schoten, die auf mich schon immer einen giftigen Eindruck gemacht hatten, und fragte in die Runde: „Sollen wir Pepe eine in den Mund tun?"

Meine Frage rief unterschiedliche Reaktionen hervor. Zoé schüttelte entschieden den Kopf, während Stefan zustimmend nickte.

„Er könnte ersticken", bekräftigte Zoé ihre Ablehnung gegen meinen Vorschlag.

„Es wäre einen Versuch wert", entgegnete Stefan.

Nach kurzem Nachdenken sagte ich schließlich: „Ich muss Mina fragen. Wir müssen jetzt wieder zusammen entscheiden."

„Ach habt ihr das bisher?", stichelte Stefan und fuhr fort: „Das hat mir Mina aber anders erzählt. Sie meinte, sie hätte alle Entscheidungen, die Pepe betrafen, immer alleine gefällt."

Wortlos legte ich Zoé Pepe in den Arm, bevor ich mich an Stefan wandte.

„Vergiss nicht, es herrscht Ausnahmezustand und dies hier ist immer noch mein Haus. Ich kann dich jederzeit vor die Tür setzen!"

„Stell dir vor", entgegnete Stefan gut gelaunt, „ich gehe sogar freiwillig. Raúl hat mich gefragt, ob ich nicht Lust hätte, zu ihm zu ziehen, und mir wird es hier eh zu eng. Und auch zu esoterisch mit diesen ganzen selbsternannten Engeln." Er warf Zoé einen provozierenden Blick zu, für den ich ihn hätte schlagen können.

Ich reagierte erstaunlich ruhig, indem ich sagte: „Dann zieh doch am besten heute schon aus, dann kann Zoé das Zimmer haben und muss nicht mehr im Wohnzimmer schlafen." Letztendlich hatte ich darauf, das Stefan auszog, schon seit Monaten gewartet.

Anscheinend spürte er meine kaum unterdrückte Freude über seinen Entschluss, uns zu verlassen, denn er war nun sichtlich gekränkt, griff sich beim Aufstehen eine Handvoll Chilis und verließ wortlos die Küche.

An Zoé gewandt sagte ich: „Du glaubst nicht im Ernst, dass Raúl ihn gefragt hat, ob er zu ihm zieht, weil er ihn so sympathisch findet. Raúl will einfach nicht alleine im Haus sein, falls er einschläft."

Zoé sah mich kritisch an. Zwischen ihren Augenbrauen stand eine Zornesfalte, als sie sagte: „Stefan war Mina ein guter Freund, als du weg warst. Er hat dafür gesorgt, dass sie nicht komplett depressiv geworden ist. Ich habe gesehen, wie abfällig du mich vorhin gemustert hast. Jetzt wo ich nicht mehr atemberaubend schön bin, findest du mich nicht mehr interessant und fragst dich, warum du überhaupt mit mir befreundet warst. Als Lunimi habe ich nur die guten und schönen Seiten an jedem Menschen gesehen. Jetzt, wo ich alles sehe, bereue ich, dass ich meine Unsterblichkeit für euch geopfert habe. Es war vorher so viel einfacher und angenehmer."

Zoé war verstummt. Sie hatte den Kopf gesenkt und starrte auf die Tischplatte. Mir fiel nichts ein, was ich ihr erwidern konnte. Sie hatte ja recht. Ich war genauso ein egoistisches Arschloch wie alle anderen auch oder vielleicht war ich sogar noch schlimmer als die anderen.

Ich musste an Mina denken und dass sie mit Arik alleine war. Anstatt bei Zoé zu bleiben und mich weiter mit ihr auseinanderzusetzen, beschloss ich nach Mina zu sehen.

17.

Bevor ich die Treppe nach oben ging, legte ich Pepe in meinem Zimmer ins Bett. Ich hatte das Gefühl, dass es zum Streit zwischen Mina und mir kommen würde und da wollte ich Pepe, auch wenn er schlief, nicht dabeihaben. Ich war mir durchaus darüber im Klaren, dass meine Eifersucht und Wut fehl am Platz waren. Ich hatte Mina schon sehr lange aufgegeben gehabt und keinerlei Besitzansprüche an sie. Trotzdem konnte es nicht sein, dass sie sich in meinem Haus um den

Mann kümmerte, in den sie verliebt gewesen war, während ich in der Gefangenschaft unendlich gelitten und von ihr geträumt hatte.

In meinem ganzen Leben war ich noch nie so eifersüchtig wie jetzt gewesen. Ich sah die schöne Mina am Bett eines kranken alten Mannes sitzen und ihm verliebt über die Wange streichen.

Vor Minas Tür hielt ich einen Moment inne. Ich wusste nicht recht, wie ich ihr alles, was mir auf der Seele brannte, um die Ohren hauen konnte. Ich war dabei, erste Sätze zu formulieren, als ich ein Stöhnen hörte. Zuerst dachte ich, es wäre Arik, der vor Schmerzen stöhnte, doch dann erkannte ich das Geräusch wieder. Es musste bald zwei Jahre her sein, seit ich es zuletzt gehört hatte. Mina stöhnte vor Lust, laut und intensiv. Sie war kurz vor dem Höhepunkt. Leise drückte ich die Klinke herunter, nur um festzustellen, dass die Tür verriegelt war. Ich hob die Faust, um gegen die Tür zu hämmern, doch dann ließ ich sie wieder sinken. Plötzlich befiel mich eine große Niedergeschlagenheit. Aller Kampfgeist war weg und ich fühlte mich leer und nutzlos wie ein kaputter Reifen.

Ich ging die Treppe wieder hinunter und legte mich neben Pepe ins Bett ohne mich auszuziehen. Ich nahm seine kleine Hand in meine, aber auch diese Berührung konnte mich nicht mehr trösten. Kurz dachte ich noch an die Chilis in der Küche, doch dann war ich schon eingeschlafen. Das Letzte, was ich bewusst wahrnahm, war, dass er wieder bei mir war.

Epilog

Lieber Nick,

irgendwann wirst du wieder aufwachen. Du wirst in die Küche gehen, um dir einen Kaffee zu kochen. Hier wirst du diesen Brief finden und die halbe Flasche Rum, die du sicherlich brauchen wirst, wenn du ihn liest.

Es tut mir leid, dass du alleine bist, wenn du aufwachst und niemanden hast, mit dem du über deine Albträume sprechen kannst. Aber Stefan und Raúl warten auf dich nebenan und sind für dich da.

Deine wichtigste Sorge wird Pepe gelten. Er ist aufgewacht, kurz nachdem du eingeschlafen bist, und es ging ihm sehr gut. Er scheint wunderbare Träume gehabt zu haben, denn er wollte am liebsten gleich wieder einschlafen. Ich glaube, er hat mich tatsächlich wiedererkannt. Er hat Mama zu mir gesagt und ich war noch nie so glücklich und so gerührt wie in diesem Moment.

Sie haben Ariks toten Körper abgeholt. Er ist gestorben, nachdem wir miteinander geschlafen haben. Ich glaube, es war ein schöner Tod. Wir haben die Hoffnung, dass er nach seinem Tod in die Schaltzentrale kommt und dort mit dem gefallenen Engel verhandeln kann. Arik hofft, dass er ihn davon überzeugen wird, den Menschen noch einmal eine Chance zu geben. So wie es aussieht, ist unser Plan aufgegangen. Das mit den Träumen hat aufgehört. Vielleicht werden die ganzen Albträume tatsächlich etwas bewirken in der Zukunft. Oder die schönen Träume, die die Kinder hatten, von einer friedlichen Welt und einer intakten Umwelt, in der die Menschen sich umeinander kümmern und nicht darum, immer mehr zu besitzen und immer wohlhabender zu werden. Falls nicht, kann der Verstoßene sie jederzeit wieder einsetzen. Ich denke die ganze

Zeit darüber nach, ob es tatsächlich Kräfte von außen bedarf, um die Menschheit in vernünftige Bahnen zu lenken.

Ich bin mit Zoé und Pepe weggegangen. Du brauchst nicht nach uns zu suchen. Zoé hat noch genügend Kontakte, bei denen wir Unterschlupf und Unterstützung finden. In zehn Jahren, wenn Pepe anfängt sich zu fragen, warum seine Mutter nicht älter wird, bringe ich ihn dir zurück. Das wird schrecklich für mich werden, aber ich werde ihm immer schreiben und mit ihm telefonieren können. Ich hoffe, du gönnst mir diese zehn Jahre mit ihm.

Wir würden uns nach allem, was vorgefallen ist, nicht mehr gut verstehen und für Pepe und auch für uns ist es besser so.

Falls du nun wütend und verzweifelt bist, mach einfach das, was du immer getan hast. Schalte deinen Rechner an und fang an zu arbeiten.

Mina

Danksagung

An dieser Stelle möchte ich mich herzlich bei folgenden Unterstützern und Unterstützerinnen bedanken: Reiner, Tanja, Cora, Beate, Miri, Jens, Nina und Coco.

Zeitfracht Medien GmbH
Ferdinand-Jühlke-Straße 7
99095 Erfurt, Deutschland
produktsicherheit@kolibri360.de